小泉八雲と近代中国

小泉八雲と近代中国

劉岸偉

岩波書店

はしがき——世界史の時代を生きた作家——

本書は二十世紀初頭から日中戦争に至るまで、小泉八雲ことラフカディオ・ハーン(Lafcadio Hearn, 1850-1904)の作品が中国大陸でどのように読まれてきたかを概観し、その意味を吟味した批評的考察である。

ハーンは英語を母語とし、英語で創作する作家である。と同時に、彼は小泉八雲という日本名をもち、創作素材の大半を日本に求めた作家でもある。多くの日本人読者にとって、小泉八雲は『怪談』や『骨董』の作者として親しまれ、その「ロマンチックな詩人」、「風変わりな文人」というイメージは未だに強い。一方、欧米の英語圏においては、ハーンのことをただ十九世紀浪漫主義流派の群小作家の一人、異国趣味のルポライターとしか扱っていないという感が拭えない。

ところが、世間に通俗的に捉えられているイメージとは裏腹に、小泉八雲ははるかに陰翳に富んだ作家である。半生の漂泊のすえ、日本にたどりついたハーンは、西洋文明の冷酷、貪欲と偽善を憎悪する一方、その「文明の力」が世界を靡かせるであろうと予見した。だからこそ、この東洋の国は前世から約束された「理想郷」のように見えた。だが、やがてハーンは欧化の怒濤に身を任せざるを得ない明治日本人の苦悩を目のあたりにするのである。世紀の転換期を見据えた鋭い文明批判家は、アニミズムの物《もの》の怪《け》の世界へ沈潜していく。日本の「原風景」を描いたハーンの作品は、英語で書かれた明治文学として、近代日本人の心を洞察した歴史記録として、民族体験の深層に触れた、個人と歴史との対話として、今でもアクチュアルな意味をもっている。しかし、そのテクストは近代日本の歴史的・社会的文脈にあまりにも深く食い込んだ形で読まれたため、作家の声がとかくかき消され、しばしば日本を取り巻く国際世論の消長や、あるいは日本国内の政治情勢の変化によって解釈されてしまう。内外の一部の読者がハーンに辟易したのもこのためではなかろうか。第二次世界大戦後、欧米におけるハーンの名声の下落と、戦前・戦後の日本においてハーンがとかくナショナリズムの文脈で語られたことはその典型的な例である。

西洋と日本のはざまに生きたハーンの生涯。毀誉褒貶《きよほうへん》のあいだを揺れ動くハーンの評価。この生前没後のドラマは、第三者の目にどう映るだろうか。日本、あるいは欧米の読者にはほとんど知られていないが、一九三〇年代をピークにして、ハーンの著書は中国語に翻訳され、中国で広く読まれていた時期があった。小泉八雲という名のもとに、ハーンの作品が近代中国でどう受け入れられたのだろうか。近代中国というプリズムを透して作家の世界がどう見えてくるだろうか。それを解読することによって、近代日本の歴史的・社会的文脈を一度相対化し、そのコンテクストに過度に拘束されることなく、新たな作家論を構築していく地平が開かれるであろう。

現代において、大半の中国人読者にとって、「小泉八雲」という名前は、もはや忘却の彼方に消えてしまった名の一つであろう。ほぼ同時代の空気を吸い、同じ時期に作家活動をしていた、例えばドストエフスキー(一八二一―八一)、マークトウェーン(一八三五―一九一〇)、モーパッサン(一八五〇―九三)などに比べる時、ハーンの存在感はいっそう稀薄なものになってしまうに違いない。

　確かに、創作家としてのスケール、作品の知名度、あるいは近代中国に与えたインパクト、というもろもろの点では、ハーンよりもっと中国人に親しまれた作家は多数いる[1]。ところが、清末から数えて半世紀近い中国文化思想史において、ハーンほど多彩な顔をもち、異なるアクセントで読まれ、もろもろの文脈で語られた外国人作家は果たして他に誰がいるだろうか。ハーンの文業が、中国の読書界に広く迎えられたのは、一九三〇年代だった。中国においても、小泉八雲という漢字名で知られていたこの作家は、時の移り変わりによって、さまざまな色合いの変幻を見せた。叙情詩人の如き心をもつ東洋の解釈者として、日本文化をこよなく愛した親日家として、情熱的でしかも巧みな教授法を心得た最良の西洋文学の紹介者として、国民性研究の道を切り開く先達の一人として、エキゾチックで情緒に富む名文を残した随筆家として、それに時には日華親善を訴える国策文学のカムフラージュとして、といった具合であった。

　小泉八雲になる以前のハーンの漂泊の半生をスケッチしたジョナサン・コットは、ハーンに惹かれた理由について、次のように述べている。

　　私はやがて、ラフカディオ・ハーンが(彼に対する陳腐な批評が言うような)日本においてのみ随筆家としての輝きと才能を発揮した気取った凝《こ》りすぎの散文粗描(『空想とその他の幻想』)

の作家にとどまらず、ジャーナリストとしてだけではなく、小説家や批評家、翻訳家、民俗学者、英文学者、日本の仏教の解釈者としても素晴らしい業績を残していることを発見した。
(『さまよう魂』真崎義博訳、文藝春秋刊)

この多彩な才能と幅広い分野での創作活動を見れば、近代中国においてハーンが何故かくも多様な文脈で語られたのかについて、ある程度の説明がつく。もちろん、作家没後に起こったこれらのドラマは、本人の与り知らないところだが、中国の文壇・読者と小泉八雲との出会いは、中国近代文化史に書き込まれるべき一章であった。

ハーンは十九世紀もちょうど半分が過ぎた一八五〇年に生まれた。十九世紀の後半といえば、ロンドン(一八五一)、パリ(一八五五)で相次いで万国博覧会が開催され、ダーウィンの『種の起原』(一八五九)がセンセーションを巻き起こし、マルクスが『資本論』第一巻(一八六七)を完成させた。十九世紀は「人種」という概念がはじめて登場し、異民族、異文化間の差異がこれまでになく意識されてくる一方、経済活動も思想伝播もつねにグローバル規模に拡大していく、まさに世界史の時代の幕開けであった。

ハーンは一九〇四年、日露戦争の最中に亡くなった。そしてその約十年後、第一次世界大戦が勃発、人類はかつてない惨禍に見舞われた。大戦への反省から東西文明の対話が生まれ、東洋と西洋の融合を求める、いわば世界史の時代を生きる自覚が生まれた。ハーンが西洋出身の作家でありながら、東洋人の心の琴弦に触れ、その魂を洞察した「東洋の解釈者」として、中国人読者の前に現れたのはこの時だった。「西洋の世紀」とも呼ばれる西洋文明優越の時代において、「ネーティブ」文化の内面に深く踏み込んだ観察がハーンにできたことは単なる偶然ではない。思えば、ギリシアで生まれ、ダブリンで少年期を過ごし、アメリカで文名を挙げ、仏領西インド諸島で民俗を採り、ついに極東の日本にたどりついた彼の経歴にも大いにかかわるであろうが、なによりもまず彼はアニミズムを認める作家であった。幼時の霊体験はともかく、アメリカ南部の波止場で耳にした黒人の唄やマルティニークで採集したクレオールの民謡から、彼は無数の霊的存在の声を聞き取れた。来日した後も、日本の民俗に惹きつけられ、草葉の蔭に潜むものの声に耳を傾けた。それ故に名前も知らぬ東洋の一盲女の唄が異邦人であるハーンの胸に魂の共鳴を呼び起こしたのであろう。言ってみれば、ハーンの思想と文学は、人種と文化の障壁を乗り越え、「一民族の経験の総量を超越した」人類の普遍性を志望しているものであり、ハーン自身は固定した価値観に囚われぬ複眼的観察をつねに心がけた、世界史の時代を生きた作家であった。文化と人種間の差異を明確に意識しながら、対象の異質性に理解を示す一方、それに溺れることなく、異文化を受け入れようとするハーンの生き方は、無意識的ではあるが、文化の多元と統合、相対性と普遍性が議論され、異質文化の共生共存が課題として提起されている世界の今日の状況を先取りしているともいえる。

十九世紀以降の中国社会の変容を考察するにあたって、西洋文化への抵抗、またその受容はつねに大きなテーマであった。西洋文明の圧倒的な力を目のあたりにして、中国人は自らの伝統文化の変革を余儀なくされた。とくに一部の先覚者にしてみれば、民族の資質から思考の様式に至るまで、全面的に改造する必要があった。民族資質についての探索は国民性研究のブームを引き起こし、思考様式への反省は文体の革新運動——新文学運動に火をつけることになる。こうした近代中国が経験した思想文化史上の重大な一齣一齣に小泉八雲がいずれも登場した。とくに東アジアにおいて、世界像が転換する時期にあたって、小泉八雲の批評が果たした役割を検証すれば、われわれはあらためて批評家ハーンを再認識しなければならないであろう。

ハーンの生涯最後の十数年は小泉八雲として日本で過ごした。そして作家ハーンの名声もこの日本時代の著書によって定まったのである。当然のことながら、中国で小泉八雲について語ること、中国での小泉八雲の運命は、近代中日関係の消長盛衰《しょうちょうせいすい》のある側面を証言するものでもあった。

明治日本についてのハーンが記述した数々——自然、民俗、詩歌、芸術——は、日本文化のオリジナリティをややもすれば見過ごしてしまう中国人読者にとって、まことに新鮮な画面であったといえる。その瑞々しい感性、細やかな観察、ユニークな分析が中国人の日本研究に少なからぬ刺激を与えたことはいうまでもない。近代中国の知日派知識人は小泉八雲の著書から大いに示唆と感化を受けた。

一九三〇年代の後半になると、日中関係の悪化に伴って、「敵を知る」という意味での日本研究ブームが現われたが、すると小泉八雲は日本人の心気を知り尽くした知日家の先達としてまた脚光を浴びたのである。そして日中戦争の勃発は、さらに小泉八雲に思わぬ役柄を押しつけることになる。日本占領期に刊行された雑誌などに小泉八雲の名が散見できる。「親日家」のイメージが一人歩きしているから、「小泉八雲」という名は恰好のカムフラージュであり、看板であった。ところが一方では、日本の侵略に抵抗する側がハーンの日本研究の良質な部分、例えばその集大成ともいうべき遺著『日本――一つの解明』の中国語訳を共産党の地下組織が掌握した『雑誌』に掲載したことは実に興味深い事実であった。「戦時下の小泉八雲」に関する考察は、占領期文学の解読のみならず、日本近代思想史にも思いがけない側面から光をあてるとともに、「詩人」の一面のみを強調されてきたハーンの日本研究を正確に把握するための一助になるであろう。

ハーンは世界史の時代を生きた作家である。この作家を近代中国の知識人がどう受けとめたかを追体験する本書は、いわば比較文化史の視点よりハーンの姿を捉え直す新たな作家論の試みでもある。なにしろ小泉八雲と近代中国との因縁を掘り起こすことは、近年見直されつつあるハーンの多彩な文学活動、世紀末の転換を鋭く見据えた文明批評、その豊饒《ほうじょう》かつ錯綜する作品世界、それを生み出した作家の世界史的意味を客観的に捉え、それらを照らし出す光源の一つになるのではなかろうか。少なくとも私はこう期待している。

注

1　『中外文学比較史 1898-1949』(上、下二巻、範伯群主編、江蘇教育出版社、一九九三年)は、近年中国人学者による、注目に値する比較文学の成果の一つである。巻末の索引には、近代中国に関わった主要な外国人作家として、一五八人が収められているが、ハーンの名前はない。第十章「イギリス、フランスのエッセイと中国現代散文」において、一個所だけ小泉八雲の「小品文を論ずる」が言及されている。

凡　例

一　小泉八雲作品の引用は原則として、ホートン・ミフリン社版『著作集』全十六巻（*The Writings of Lafcadio Hearn*, Boston and New York, Houghton, Mifflin & Co., 1922）によるが、巻数（ローマ数字）と頁数（アラビア数字）のみを記した。この『著作集』に収録されていない作品については、そのつど出所を注記する。

一　日本語訳については、既刊の邦訳を借用した場合、訳者名だけを（　）内に明記した。特記がない場合、拙訳による。借用した日本語訳は以下のとおり。

西脇順三郎・森亮編『ラフカディオ・ハーン著作集』全十五巻（恒文社）
平川祐弘編『小泉八雲名作選集』全五冊（講談社学術文庫）
平井呈一全訳『小泉八雲作品集』全十一巻（恒文社）
柏倉俊三訳『神国日本（解明への一試論）』（平凡社、東洋文庫）

一　日本語文献の表記については、旧字体を一部常用漢字に書き改めたが、歴史的仮名遣いはそのままにした。

目　次

【扉写真】
右より小泉八雲(晩年)周作人(一九三一年)、魯迅(一九三三年)、胡愈之、辜鴻銘

第一章

世紀末の文明批判

1　東洋と西洋の融合

一九〇三年の二月、岡倉天心(一八六二―一九一三)の英文著書 "*The Ideals of the East*"(『東洋の理想』)は、ロンドンのジョン・マレー社から出版された。「アジアは一つである」という冒頭のセリフは、まさに著者の文化理念を凝縮したアフォリズムであった。極端に圧縮された簡潔鋭利な警句であるだけに、後に政治的着色がつきやすい標語として一人歩きしたのである。例えば昭和期に入ると、「大東亜共栄圏」という当局のイデオロギーにもこのセリフがキーワードとして利用されていたが、それは明らかに天心の本意にそぐわぬものであった。

"the East" は、いうまでもなく「西洋」を意識した「東洋」のことを指している。十九世紀以降、「西洋」は「文明」の力によって、「東洋」を征服し、君臨し、また「発見」もしてきた。この「東洋」の内側に生きた人間として、その「発見」は一種の欺瞞《ぎまん》にすぎないと気づいた時に、天心の伝統への自覚が生まれたのである。東京大学のお雇い西洋人教師フェノロサの薫陶《くんとう》を受けて、天心が日本の伝統美術に開眼したという事情を考えれば、この自覚は実に苦渋に満ちた体験であったに違いない。

恥ずかしいことだが、われわれの近隣諸国に関する印象は、大部分、ヨーロッパを出所にしているので、実際に歪曲の意図はなくても、おのずからヨーロッパ人の解釈によって潤色されている。外交官の恐るべき作り話、宣教師の胸も裂けんばかりの手管《てくだ》、就中《なかんずく》、文人旅行者の旺盛な想像力が、彼らの嫌忌感からする奇怪な色彩で、彼らの冷酷さからする非合理な色彩で、東洋を塗りつぶしている。外国人の誤解にたいするわれわれの無感動と、われわれのユーモアの感覚そのものによって、われわれはこういう考えもつかぬ中傷にたいして反駁しないでいるが、われわれは、沈黙がわれわれ自身の同胞に西洋人と五十歩百歩の中傷を犯させるかもしれないことを忘れているのである。(「東洋の覚醒」桶谷秀昭訳、平凡社『岡倉天心全集』第一巻、以下同)

ポストモダンの旗手であるサイードの「オリエンタリズム」批判を思わせる透徹した観察力と日本近代の両義性をいち早く察知したという点において、文明批判家としての天心の力量を示している。「ギリシアのバイロンとともに泣き、インドのキップリングとともに笑い、日本のピエール・ロティとともにほほえむ」、互いに知り合おうとしないわが同胞——東洋人の哀しみを振り返った後、天心は次の如く一喝する。

しかし、結局、西洋は東洋について何を知っているのか。ヨーロッパ人の東洋学の学識など、ほんとうに空しいものである！　オクスフォードやハイデルベルグに、バラモン学の知識でインドの二流の学者に対抗できる者がいるであろうか。ベルリンやソルボンヌに、儒教の古典の把握にかけて、三流の清国官吏に比肩し得る者がいるだろうか。ヨーロッパには日本美術の博識な権威がいるが、その人の知識は骨董商の雑談から得たものなのだ。（「東洋の覚醒」）

この「東洋の覚醒」（*The Awakening of the East*）と題するノートは、『東洋の理想』とほぼ同じ時期――一九〇二年インドに滞在していた時に執筆されたらしい。あまりにも露骨で過激な西洋批判のせいか、岡倉天心の生前にはついに活字とならなかったのである。しかし、西洋人の偏見と東洋人の無自覚への批判は、晩年の天心の批評活動を貫くテーマであり、とくにその英文著書に顕著に表れているのである。その代表作の一つで、一九〇六年ニューヨークのフォクス・ダフィールド社から刊行された“*THE BOOK OF TEA*”『茶の本』には、こんな一節がある。

いつになったら西洋は東洋を理解するだろうか。理解しようとするだろうか。われわれアジア人種は、われわれに関して織られた事実と空想をこきまぜた奇怪な話に、胆を冷やすことが多い。アジア人は、ねずみと油虫を食べて生きているのでなければ、蓮の香を吸って生きていると思い描かれている。無気力な狂信か、さもなければ目もあてられぬ淫蕩である。インド人の霊性は無知であり、中国人の謹厳は愚鈍であり、日本人の愛国心は宿命論の結果であると冷嘲されてきた。アジア人は神経組織が鈍いために、傷や痛みを感じることがすくないのだ、と言われて

きた。（桶谷秀昭訳）

ところが、不信感が拭いがたいものだが、すべての西洋人による東洋認識に向けられたわけではない。アジア人自身の感情の松明《たいまつ》で東洋の暗黒を生き生きと照らしているまれな例として、天心が取り上げたのは、『インド生活の仕組み』(*The Web of Indian Life*)の著者、英国人のニヴェディタ(Nivedita, 1867–1911)女史と「ラフカディオ・ヘルンの義俠心あるペン」だった。岡倉天心が求めているのは西洋と東洋の敵対ではなく、その両方の融合である。「東西両大陸が互いに警句を投げあうのをやめ、両方に得るところがあれば、そのことによってたとえ賢くならなくとも、もっと悲しみの心をもとうではないか。西洋と東洋は異なった方向に発展してきたが、互いに長短補ってわるい理由はない」という悲痛な言葉に天心の本意が読みとれるはずである。この時に彼の視野に、ハーンが入ったのだった。

ハーンが亡くなった二年後、『茶の本』が出た同じ年の一九〇六年、ハーンの友人ビスランド女史の『ラフカディオ・ハーンの生涯と書簡』の出版をきっかけに、『ニューヨーク・タイムズ』の「土曜書評欄」には、ハーン侮蔑の書評が発表されたり、またかつて同棲したことのある混血女性マティ・フォーリーとの関係が表沙汰になったり、スキャンダラスに書かれていた。それを聞知した岡倉天心は、同年の十月に同紙に“In Defence of Lafcadio Hearn”を投書してハーンのために弁護したのである。そのなかで岡倉天心は、「日本人の生活と理想の解釈者として第一位をラフカディオ・ハーンに与えることを躊躇しない」とし、その理由として「すべての外国の著作家の中で、彼がわれわれの心にもっとも近づいた人である」と書いている。またそのすぐ後にこんな文面がつづく。

一つの民族の魂の隠れた秘密を他の民族に示すのに、物を言うのは博識ではなく、洞察であります。われわれは歴史家以上に何かを欲します。われわれは詩人を欲します。（小野二郎訳、平凡社『岡倉天心全集』第六巻）

それより十数年が経ち、第一次世界大戦の荒廃を経験した人々の前に、東西文化の課題が再びつきつけられた。岡倉天心の問題提起は海の向こうの中国においても、アクチュアルな意味をもつようになり、知識人の関心の的となった。そんな知的雰囲気のなかで、ハーンの登場も自然な成り行きだと言えよう。まず次の一文を紹介しよう。

東洋文化及び東洋思想の研究は、大戦後、パリの婦人たちのファッションと同じように、ヨーロッパ思想界の流行となった。インド人のタゴール翁は思いもよらずに白人種に仰がれ、『道徳経』や『南華経』などは欧州大陸の知識階級にもてはやされる読み物となった、と聞いている。しかし、東西民族の思想、感情の相互理解は、果たして可能だろうか。キップリング（Rudyard

Kipling)が、「東と西の歌」のなかで、うまいことを言っている。

ああ、東は東、西は西、
この双子は未来永劫《えいごう》に遇《あ》うことなかろう、
地と天とが共に神の裁判台の前に立つ時にならない限り。(1)

「小泉八雲」と題したこの文章が、『東方雑誌』の第二十巻第一号に現れたのは、一九二三年の一月であった。『東方雑誌』は中国出版界の老舗《しにせ》である商務印書館が発行したもので、一九〇四年三月に上海で創刊された。民国九年(一九二〇)一月、第十七巻第一号より、紙面が一新され、政治経済中心の月刊誌から、当時の中国きっての総合雑誌へと変貌したのである。第二十巻第一号の巻頭には、編集部の署名文章「本誌の二十年目」が掲載された。これからの編集方針、誌面構成が述べられ、「人物紹介」の項目では、次の一節が書かれている。

現代の政治及び学術において重要な地位を占めた人物については、伝記の形でその言行と思想を紹介すると共に、有名人の百年祭や学者の特集なども随時に組みたいと考える。歴史とは偉大なる人物の伝記だ、とカーライルが言っているが、確かにそのとおりである。われわれが現代世界の代表人物のことをよく理解していれば、現代政治の流れの消長や、学術思想の変遷などのアウトラインを把握することになる。もっとも「人不足」の今日の中国においては、外国人のほうがより多く紹介されるであろう。これに関しては読者のご諒解を願いたい。

こういった編集部の意図を反映したものであるか否かはさだかでないが、「小泉八雲」は時宜にかなったものであり、西から東へ漂泊の旅をつづけた作家ハーンの風貌を太い線で描いた秀逸《しゅういつ》なスケッチである。

キップリングの歌を引用した後、作者は次のような皮肉っぽい口調で西洋人のオリエント研究を批評する。その口ぶりは岡倉天心のそれを彷彿させながら独自の視点をもって興味深い。彼がいうには、西洋人の大半は好奇心に動かされ、南アフリカの土着民や「アメリカ・インディアン」人種といった原始民族の心理を探究する態度と方法でもって、東洋民族を眺めるだけである。また「東西合一論」を唱え、文化研究を政治的、経済的侵略の隠れ蓑にしたり、東洋文化で西洋文明の没落を救えるかもしれないという幻想を抱き、「急病に藪医者」とでもいうようなまねをしたりする者もいる。ひいては、東洋思想の断片をかき集めて、自説の証左にするような連中など、東洋のことをさっぱりわかっていないのは言うまでもない。このように切り捨てた後、次の一節がつづく。

真に東洋のことを理解しようとする西洋人は、まず第一に客観的かつ利害を度外視する態度で臨まねばならない。二点目として叙情詩人の如き同情心をそなえていなければならない。ただ単に物質的側面から追い求めるのであれば、東洋人の心を捉えることはとうていできないのである。

かつて東洋を訪れた数多くの西洋人ウォッチャーのなかで、魂まで東洋と融合できたのは、ここで紹介するところのLafcadio Hearnだけである。彼は西側に向けての「東洋の解釈者」であり、ただ単に物質面からではなく、情緒の面から東洋を解釈する。従って、ついに彼自身も東洋化して、慈しみ深く雅やかな小泉八雲となったのである。

作者の胡愈之《こゆし》(一八九六―一九八六)は、長年中国の新聞出版界に身を置いた社会活動家であり、晩年に国会の副議長にあたる全国人民代表大会常務委員会副委員長まで務めた政治家でもあった。一九一四年、彼は上海商務印書館に入り、編集所の見習い奉公をしながら、独学で文筆を磨き、物書きの道を選んだ。後に胡適《こてき》らが唱えた新文化運動に参加し、エスペラント語学会の創立に参画し、文学研究会のメンバーにもなっている。新文化運動以来、しばしば『東方雑誌』で文章を発表した胡愈之は一九三一年に正式にこの雑誌の編集長となったが、それまでは主要寄稿人の一人として活躍していた。例えば「小泉八雲」を載せた第二十巻第一号の巻頭論文「一九二三年の世界と中国」は、「羅羅」と署名されているが、実は胡愈之の手になるものだった。

自らの生い立ちも幾分ハーンに似ている胡愈之は、シンシナティ、ニューオーリンズの新聞記者時代のハーンを思わせるほど、実に幅広い分野に指を染める練達な書き手だった。アメリカの大統領選挙も論じれば、ボリシェヴィキ・ロシアの農業復興も論じる。クロポトキンの無政府主義も語れば、ダンテの政治理想も語る。国語の研究、哲学の改造、婦人の政治参加、欧米の新聞事業、インドの社会変革、エスペラントの未来、それにマルクス、ラッセル、レーニン、ウィルソン、ガンジーなどはすべて彼の論題だった。

さまざまな問題関心のなかで、もちろん文学は一貫して彼の追い求めるテーマである。「近代文学における写実主義」をはじめ、十八世紀以降のヨーロッパ近代文学を鳥瞰した「イギリス近代文学概観」「フランス近代文学概観」「ドイツ近代文学概観」及びダンテ、ツルゲーネフ、ドストエフスキー、ロシアの盲詩人エロシェンコ、イタリアのオペラ歌手カルーソー(Enrico Caruso)、フランス演劇界スターのサラ・ベルナール(Sarah Bernhardt)夫人、イギリスの小説家ウェルズ(H. G. Wells)、ハンガリーの哲学者、批評家ノルダウ(Max Nordau)、南アフリカの女流文学者スリンナを論じた諸篇を読めば、作者の読書渉猟の広さ、バランスのとれた批評識見に納得がいくであろう。(2)「小泉八雲」の一篇も恰好の一例である。

ハーンの伝記材料などは、おそらくエリザベス・ビスランド女史の編著『ラフカディオ・ハーンの生涯と書簡』(*The Life and Letters of Lafcadio Hearn*, ed. Elizabeth Bisland, Boston and New York, Houghton, Mifflin & Co., 1906)によるものであろう。ハーンの経歴と日本関係の著書を簡略に紹介した後、胡愈之は次のような評言を書き記している。

小泉八雲は近代希有《けう》な文学天才である。彼の感情はとても繊細であり、その創造力はとても豊かである。その手になる数十冊の著書はほとんどすべてが美しい散文詩である。彼はいささか病態めいたところがあるが故に、文芸のことを解さぬ連中は、彼のことを不道徳な作家だと決めつけた。しかし彼が亡くなった後、英文学界では、一致して彼が不朽の散文詩人であることを認めている。小泉八雲の伝記を著したアメリカのビスランド女史(Miss Bisland)は、彼のことを文壇に現れた巨星だと呼んだが、まことにその名にふさわしい人物であった。

ビスランド女史は、小泉八雲をフランスのルソーと同様に偉大である、と讃えたが、二人の成し遂げたものが違う。小泉八雲は偉大な思想家といえるほどの人物ではない。彼は別に思想界に新しい運動を呼び起こすようなことができたわけではなかった。彼の天才の発展は彼の心境の中に限られよう。叙情詩人の眼差しで信仰と思想とを解きほぐすという風格、手法は、小泉八雲に独特の才能である。そのほか、東西文明についての彼の演繹《えんえき》的推論はあまりにも保守的であり、主観に傾くものである。とにかく小泉八雲の天才は主観的であり、彼の作品にある外部への観察は内観の結果である。同情に富み鑑賞力豊かな彼の心は、あたかも一枚のきらきら光る鏡のように、外部の物象がこの鏡に映されると、巨細の何もかもが顕《あらわ》になるのである。

彼は東洋文明の最も偉大なる解釈者であり、特に日本の解釈者の名に恥じない。日本はまるで小泉八雲の宿命の故郷であるかのようだ。彼はそこを訪れると、たちまち日本のことを熟知してしまう。彼は日本の宗教信仰、風俗習慣を西洋に紹介したのみでなく、日本の心――極東民族の心――を西洋に伝えたのである。彼は特に庶民階級の日本人に親しみを感じた。「あの簑《みの》を身にまとい、笠《かさ》をかぶり、田を耕し養蚕する農夫こそ、この奇異なる大帝国の基礎だ」と彼は心得ている。

今日のハーン研究の水準やハーンに対する認識の度合に照らしてみれば、胡愈之の小泉八雲論には、多少独断に走り、不備と思われる個所があるかと思う。文筆家としてのハーンの天分を認める代わりに、その文明批判に潜む思想性をどれだけ汲み取ったかは甚だ疑わしい。ハーンの直観力を的確に捉えたが、外部観察がことごとく内観の結果だ、という断定は、学問研究を積み重ねた発言ではなく、やはりある種の印象批評の域を出ないものであろう。だが、それにしても、下層社会の人々の信仰やその息づかいを見つめ、彼らの声に耳を傾ける、「詩人の魂」をもつ観察者ハーンの姿を、胡愈之は鮮やかに描き出している。自らの作家論を裏づけるように、同じ第二十巻第一号には、胡愈之の訳による、小泉八雲の作品が掲載されている。題名の「街《まち》の歌唄い」は、門付け芸人を描いた短篇“A Street Singer”の直訳である。

「過剰に繊細すぎる」装飾的美文体を反省し、平易《へいい》かつ単純な言葉の魅力に気づいて、方向を転換したのちに書かれた作品だから、ハーンの筆墨は洗練されていて、彫琢《ちょうたく》が見られない[3]。胡愈之の訳文もかなり忠実に原作の文体を再現している。例えば、芸人の唄に皆が泣いた場面を見よう。

And as she sang, those who listened began to weep silently. I did not distinguish the words; but I felt the sorrow and the sweetness and the patience of the life of Japan pass with her voice into my heart—plaintively seeking for something never there. A tenderness invisible seemed to gather and quiver about us ; and sensations of places and of times forgotten came softly back, mingled with feelings ghostlier—feelings not of any place or time in living memory.

Then I saw that the singer was blind.（VII-295）

中国語訳は次のとおり。

當她唱着的時候、那些聽衆都默默地哭泣起来了。我分辨不出唱的是什麼、但是我覚得日本生活的悲和楽和苦、都従他的声音渡到了我的心底了。這声音恍惚是在哀哀的追尋従来所未有的什麼東西似的。一種不可見的哀感、恍惚在我們的周囲聚集着而且戦慄着、已経忘掉了的空間和時間的感覚、混和着幽暗的感情——超越於現世所能記憶的任何空間和時間之外的感情——都重新喚回来了。

這時候我纔瞧見那歌女是一個瞎子。

胡の訳文をさらに日本語に直すと、おおよそこうである。

彼女が唄っていると、聞く者たちが、みな黙々と泣き出した。何を唄っているのか、私は聞き分けられなかったが、日本の生活の悲しみ、喜びと苦しみが彼女の声を通じて私の心底に流れたと感じたのである。その声は何かかつてなかったものを悲しげに追い求めているようだった。ある種の目に見えぬ哀感がわれわれの周りに集まりつつ、また震えているような気がした。すでに忘れてしまった空間と時間の感覚は、薄気味悪く暗い感情――現世の記憶に存する如何なる空間と時間をも超越したという感情――と混じり合って、みな再び呼び戻されたのであった。

この時に初めて、私はあの唄う女が、盲目であることに気づいたのである。

文中にある「日本の生活」の“sorrow”“sweetness”“patience”の表現について、平井呈一氏の訳では、「うら悲しさ、うっとりするような甘さ、抑えに抑えられた苦しさ」となっているが、それに比べて、やはり胡愈之の「悲」「楽」「苦」といった簡潔な訳語がハーンの文体にふさわしい。『街の歌唄い』は、ハーンが考えている小品、つまり「心理的印象を扱うべき」「心で感じられるような生活の記録」の典型である。作品の後半、盲女の唄に触発されて、物思いに耽るハーンのモノローグは、情緒的なメロディーに織り紡がれる哲理の唄のように聞こえる。

すべての唄、すべてのメロディー、すべての音楽とは、感情のごく原始的な自然発声の進化した形にすぎない。それは悲哀、歓喜、激情によって喚起される生来の音色である。音楽の言葉はその音調である。人間の言語がそれぞれ異なるように、音調の結合から成るこの音楽の言葉もいろいろと違う。われわれを深く感動させるメロディーは、日本人の耳にとって、あまり意味をもたない場合もあるし、逆にわれわれを毫も動かさぬようなメロディーは、青と黄色が違うように、心霊生活がわれわれのと異なったある人種の感情には、力強く訴える場合もある……

それなのに、私がかつて聞き習ったこともない、この東洋の詠唱《えいしょう》、その東洋人の一盲女が唄った俗謡が、この私——一人の異邦人の胸に、こうも深い感情を呼び起こしたのは、いったい何故だろうか。きっとそれは、この唄う者の声のなかに、一人種の経験の総量を超えた大きな何ものか——人間生活のように広く、善悪の知識のように古い何ものかに訴える特質があるからであろう。（VII-297〜298）

東洋の音曲に深く惹かれたというハーンの独白《モノローグ》に、胡愈之は東洋と西洋との、魂の融合を見いだしたのであろう。さらに一民族の経験を超越した、人類の遥か遠い古昔に繋がる普遍性の発見、この発見の体験は、取りも直さずハーンの人種観の本質を語ってくれるものであった。

2　キップリングとロティの日本

胡愈之の「小泉八雲」を細心に読めば、この作家論の背後に潜む隠れセリフに気づかされるはずである。ハーン自身が「東洋化して、慈しみ深く雅やかな小泉八雲となった」という表現があるが（原文「慈祥文秀」）、これはハーンの内面世界のみでなく、その肉体特徴に当てた言葉でもあった。もともと小柄で、南欧人の血を引いているハーンは、紅毛碧眼《こうもうへきがん》、長身屈強《ちょうしんくっきょう》という西洋人の一般的イメージと違う体型をしているが、文化の陶冶《とうや》によって肉体にも変化があらわれた、と胡愈之の目には見えたのであろう。また西洋人のオリエンタリズムへの揶揄は、欧州大戦後、西洋文明に対する、中国知識人の不信感を代弁している。ハーンはいわば精神的にも肉体的にも、従来の「西洋人」と異なる「西洋人」として中国人の視野のなかに登場したというわけだ。

ハーンとその他の西洋人観察者との違いを指摘したものの、胡愈之は具体例を示さなかった。カール・ドーソン氏は、著書『ラフカディオ・ハーンとその日本観』のなかで、「日本にいた西洋人作家たち」の一章を設けて、キップリング、ロティ、フェノロサ、ローウェルをとりあげ、ハーンとの比較検討を試みている。ハーンが日本を訪れる前の年、キップリングはインドからの旅の途次、日本に立ち寄り、その後日本に関する一連の書簡を出版する。ドーソン氏の言いかたによれば、キップリングは、ハーンの前にもっとも彼を感動させ、しかも自らの不足と欠陥を向かい合わせてくれた作家として、立ち現れたのである[4]。

来日初期のハーンの書簡を繙くと、キップリングへの賞賛が随所に見える。例えば、チェンバレン宛てに、彼はこう書いている。

> もしあなたが最盛期のラディヤード・キップリングをお読みになっていなかったら、特に『人生の障害《ライフス・ハンディキャップ》』を読んで醍醐味を味わうでしょう。……書物の重要な試金石は「二度それが読めるか？」です。間違いなく、ゾラは二度読めません――モーパッサンは驚くべき物語作家《ストーリーテラー》です

が、おそらくモーパッサンもだめでしょう。が『人生の障害』に収める短編小説は、何回もくり返してつねに同じ魔力を感じつつお読みになれます。（1892, 2, 12. 山下宏一訳　XV-341～342）

わたくしなどに比べれば、キップリングはすべてにおいて巨人です。あの『ナウラーカ』の二五〇―二五一―二五二ページの女王の言葉を読んでください。涙が出ると思います。感銘を与えることをねらったり望んだりするさまなど毛ほども見られぬ、はかりしれない力です。この人の著作を読むと、わたくしは絶望します。（1892, 12, 12. 山下宏一訳　XV-347）

ほぼ同じ時期、メーソンに宛てた手紙にも、こんな言葉がある。

ところが、私は彼（キップリング）の著作を完全に崇拝しています。彼の著書の大半を四、五回は読んでいます。特に好きな物語の数冊は、もっと頻繁に読んでいます。ほとんどそのすべてが好きです。あまり好きでない作品も、よく読み返し、驚くばかりです。（1892, 5, 28. XVI-303）

しかし、ハーンは自分のと、キップリングの感受性との違いを痛感している。彼はメーソンにこう書き送っている。

私はやはりキップリングのことを見くびっていると思います。私にとって、彼は日毎に大きくなってきます、――途方もなく巨大な姿がぬっと現れてきたのです――、巨大な影のように、ただちに惑星の半分を覆い隠してしまいます。しかし、ああ、その調子の無情さ、その現実への沈黙の冷笑、その自己抑制、その物事に対する平然とした見方……　(1892 ?: XVI-316)

いる。

雇われた俥屋《くるまや》についての、両者の描写の違いを見てみよう。キップリングは次のように描いている。

領事館への歩行は、神戸の洋館街を歩くわれわれをすっかり疲れ果てさせたので、教授(S・A・ヒルさん、インドから来た友人)と私は、人力車で日本人町へ行った。俥のかじ棒を握っているこの男は、実に不思議な存在である。彼はあたかもパハリス(山地民を呼ぶインド人の用語)の馬車のように、平地を速やかに走り出した。これは私をいらいらさせ、まず町の平地を半マイルほど走らせてみた。彼は、全速力で走るのを止めた。そこで私はもう一度走って戻らせ、登り坂の上に止めたのである。彼はもう少し稼ごうと、五分ほどの距離のところに骨董屋さんがある、と言った。彼は紺の上衣、半ズボンを着て、それに紺の脚絆《きゃはん》をつけていて、彼の番号が背中に描かれていた。その忍耐力をどこから搾り出したのか、説明できないが、私が日本を考察していたあいだ、彼は一時間に十銭のため、絶え間なく走り回っていたのである。(キップリング『キップリングの日本』)

一方、『知られぬ日本の面影』に記されているハーンの観察と所感を引かせていただこう。

私が雇った俥屋は、自分のことを「チャ」と呼ぶ。白い帽子は、途方《とほう》もなく大きなきのこの笠のようで、紺の短かい上着は袖が広く、同じく紺のもも引きは「タイツ」のように体にぴったり合って足首まで達し、素足《すあし》にはいかにも軽そうなわらじを棕櫚縄《しゅろなわ》の緒《お》でくくりつけている。この俥屋は、車夫仲間に共通する、忍耐と辛抱の能力と、いつの間にか客の心につけ入ってくる才能とを、疑いもなく一身に兼ね具《そな》えている。私が法定料金以上の額を支払うことになったのも、俥屋がこの才能をすでに発揮した証拠である。くれぐれも用心するように言われていたのだが、いけなかった。馬の代わりに人間が、かじ棒の間に身を入れて駈けてゆく――すぐ目の前で、何時間でも疲れを知らぬげにひょこひょこ跳《は》ね続ける――この初めての経験だけでも憐憫《れんびん》の情を催すに十分だった。しかも人並みに希望も思い出も情操も分別もありながら、かじ棒の間に身を入れて駈けてゆく馬ならぬこの男が、たまたまいともやさしい笑顔を作ったり、些細なこちらの好意に対しても底なしの感謝を見せる才能を持っていたりすると、この憐憫は同情に変わり、つい我が身はどうなってもというような途方もない衝動に駆られてしまう。全身汗みずくになっているその姿もこの気持の一因になっていると思う。こんなに汗をかいたら、動悸《どうき》もひどかろう、筋《すじ》もつれるだろう、それのみか、悪寒《おかん》や充血や肋膜炎も起こしかねないと思ってしまうからである。

チャの着ているものは、汗びっしょりになっている。俥屋は、小さな空色の手拭《てぬぐい》で顔の汗を拭う。竹の小枝に雀の柄《がら》を白く染め抜いたこの手拭を、チャは走る時手首に巻きつけている。（「東洋の土を踏んだ日」仙北谷晃一訳　V-8〜9）

ドーソン氏も指摘したように、車夫を馬同然に扱うキップリングに比べて、ハーンの視線は細部にゆき届いて、鋭敏な共感と人間的温かみをもっている。十九歳でたった一人で移民船に乗り、アメリカに渡ったハーン、大都会の薄汚い場末で醜悪と貧困を思い知らされたハーン、厩《うまや》に忍び込み、馬の息づかいを嗅ぎながら、干し草のベッドのありがたさに感激していたハーンだからこそ、自分とまったく違う不思議な種族を見るかのように、彼らの生業《なりわい》を冷たく傍観するのではなく、同じ人間として、あの馬のように働く車夫、夫の代わりに一家の生計を支える子連れの盲女、そして日々の暮らしに汗を流している日本庶民の哀歓に共感を覚え、身につまされる思いをしていたのであろう。

ハーンとしばしば対照される作家に、ロティがいる。ハーンと同じ年に生まれたこのフランス人作家は、一時期キップリング以上にハーンの心を惹きつけ、その姿が「赫奕《かくやく》と燃えあがる自然の魂のすべてをすっかり見極めた人」のように、ハーンの目には見えたのであった。もっとも伝記作家スティーヴンスン女史が『評伝ラフカディオ・ハーン』(Elizabeth Stevenson, *Lafcadio Hearn*, Macmillan Co., New York, 1961)で指摘したように、「ハーンはロティを崇拝していたが、二人の間に本質的な類似は何もなかった。その相違の試金石となったのは、日本である。ハーンが日本に渡るのは、一八九〇年のことであるが、その時はまだ、ロティの『お菊さん』に対する敬愛の念を失っていなかった。しかし、その後、彼はロティの見た日本とはまったく別の日本を発見するのである」(遠田勝訳)。

このスティーヴンスン女史の評言が書かれた三十七年も前に、ほぼ同様な見解を示したのが、中国人の胡先驌《こせんしゅく》(一八九四―一九六八)である。一九二四年四月に発行された『学衡』第二十八号には、胡の「旅程雑述」が掲載されている。胡先驌は、かつて東南大学、北京大学、北京師範大学の教授を務め、中国科学社生物研究所、廬山植物園の創立者でもある、という経歴が示すように、現代中国では、主に植物学者、教育家として評価され、記憶される人物だが、二〇年代においては、呉宓、梅光迪、劉伯明等とともに、雑誌『学衡』を創り、新進気鋭な批評家として名を知られていたのである。

一九二二年の一月、『学衡』が創刊された当時、西洋の思想、学術を取り入れ、中国の伝統文化を改造しようとする、いわゆる「新文化運動」は、中国思想文化界の主流であった。その首唱者である陳独秀《ちんどくしゅう》、胡適《こてき》の激越な伝統批判に対して、『学衡』の同人は、それに拮抗《きっこう》する、鮮明な姿勢を打ち出した。中国の思想、学問は西洋の洗礼を受けるに違いない、旧い体質に変革をもたらさぬ限り世界の大勢に取り残されてしまう、というのが、『学衡』グループの一致した見通しだった。だからこそ、伝統と西学の両方を慎重に見極め、その精粋と滓とを峻別《しゅんべつ》しなければならない。西洋の学問だから、むやみにそれを呑み込み、中国の旧物だから、ひっくるめてそれを排斥するのでは、国民を誤ってしまいかねない、と彼らは見ていた。従って、「国粋の顕彰、新知の融合」というのが、『学衡』の主旨だった。残念なことに、「新文化運動」と、その後の中国革命の大きな流れのなかで、雅文体を固守する、という戦略上の失策もかさなって、『学衡』派は、その良識と真意が世に汲み取られることなく、「頑迷」「保守」という非難の声のなかに埋もれてしまい、寂寞の運命を耐えなければならなかったのである。

胡先驌の「旅程雑述」は、民国十二年(一九二三)七月、再び太平洋を渡る時の見聞を記録しているが、長崎に触れた一節はこうである。

海路の三日目の夕方、遠山は鬱蒼《うっそう》として青く、海水は瑠璃《るり》の如く紺碧《こんぺき》で、澄み透っている。長崎がもう見える彼方に浮かんでいる。七年前の遊歴はたちまち目の前に甦ってきた。その市街の清潔さ、家屋の精巧さ、人々が勤勉に働き、豊かではないが、生き生きとして生気に富む姿、社寺の規模は壮大で、昔、我が国高僧の殿堂の面影を彷彿させて、その他の都市と違う佇《たたず》まい、石階段が山に沿って起伏しながら、うねうねと延びていて、所々に簡素で秀逸《しゅういつ》な鳥居が点在している景色、老弱男女が恭しく礼拝し、お布施の銭を投げる様子、僧侶が阿弥陀を口に詠みながら、鋭利な刃物を手にもち、婦人子供とともに魚の腹を剖《わ》り、鱗を取り除くありさま、われわれを永く忘れさせせぬ、あの印象の片鱗のすべてが、また今日の長崎に現れるであろう。

汽船は長崎に寄港して、わずか半日の逗留《とうりゅう》で埠頭を後にした。胡先驌は上陸しなかった。天候が暑かったせいもあろうが、往昔脳裏に残った美しい印象が現実の日常の蕪雑《ぶざつ》によって打ち壊されることを免れるためだ、と彼はいう。おおよそ、数日の遊歴が長期滞在に勝るのは、目に映るものがことごとく新奇きわまるからだけではない。凡庸《ぼんよう》、醜悪な光景に接しても、驚愕《きょうがく》、不思議な感に奪われて、別に嫌悪感が生じないからであろう、と胡先驌はこのように説明した。長崎の風物を眺めながら、彼は思わずつい最近読んだロティの小説『菊娘伝』を連想せずにいられなかった。

余が見るところの長崎は、果たしてロティの見た長崎だろうか。今日の長崎市民は、果たしてロティの見た長崎市民と異なるだろうか。それとも明治初年、ロティの居た長崎は、今日の欧化した大日本帝国の長崎に非ず、というだろうか。実際はどうであれ、余は敢えて断言す、即ち菊娘伝に描かれた長崎は、必ずしも真実の長崎に非ず、「菊娘」とその郷党なぞ日本民族を代表するに足らないのである。

今、試みにロティと、ロティを崇拝するアイルランドの文豪小泉八雲とを比較すれば、ロティの目に映った日本は、実際の日本に非ず、主観的なものであることがわかる。

胡先驌はまずハーンとロティを、シング(John Millington Synge, 1871-1909)や、シャトーブリアン(François René de Chateaubriand, 1768-1848)などとともに、同じ浪漫派文学者の部類に区分した。そして彼らは、みな日常の文明生活に不満を感じ、「未だ文明に幻惑されぬ、純真素朴な野蛮民族」のなかに、ロマンチックな幻夢を求めていたのだ、と胡は論じている。アイルランド出身の劇作家シングは、アイルランド西部のアラン島(Aran Island)に行き、文明のなかに拘束された人生ではなく、「崇高にして荒削りな」人生、神性と獣性とが織りなされた人生、それに詩的な言葉を島の土着の農民に見出したのである。シングはわずか三十八歳で夭折した。その劇作の大半がロンドンで初演された時、ハーンはすでに亡くなっていた。一方、ロマン主義の開祖といわれたフランスの作家シャトーブリアンについて、間接的ではあるが、ハーンは友人のクレイビールに宛てた手紙のなかに、こう触れている。

ルケット神父に関しての、あなたの教えは、私の興味を引きました。神父――黒衣神父の中の最後の一人――は、いまは彼の愛しいインディアンたちと共に、カンヌ近くの峡谷にいます。彼が帰ってから、会いに行くつもりです、そしてあなたの手紙を、この善良なる老いた魂に読んであげたいと思います。もし良い雑誌のコラムに自由に書かせてもらえるのなら、私はあの人の生涯のロマンスを描いてみたい。まことに荒々しい、数奇な人生です。はじめは、シャトーブリアンの魔力に富む書物に感化され、その後に彼自身の奇異な、美しい信仰に身を捧げるのです。それは『アタラ』や『ナッチェズ族の人々』のもつ詩的な信仰です。それだけではなしに、孤独へと逃げ去る野性の信仰でもあります。大空の蒼穹《そうきゅう》はその神殿の丸天井となり、その壁を雲に彩らせ、神の不朽の祭壇の煌めき、あの満天の星に照らされる、という信仰です。（ニューオーリンズ、1878. XIII-180〜181）

ルケット神父とは、アメリカ先住民伝道のために派遣された、いわゆる黒衣神父の一人である。若き日のフランス留学時代に、シャトーブリアンの作品に触発されたルケットは、またシャトーブリアンが海を渡り、アメリカ東部にある先住民の集落に理想を求めたように、自らも先住民と暮らすために森に入ったのである。

文明を棄て、未開の自然に人生の意味を見つけようとした作家として、胡先驌は、ほかにサモア諸島に住み着いて、ついにそこで生涯を閉じたスティーヴンソンや、南太平洋に取材した作品を残したジャック・ロンドンの名を挙げた。しかし、この種の主観世界における「自然に返る」観念は、しばしば現実の壁が立ちはだかり、理想家を失望させる。シャトーブリアンはアメリカ先住民の女性を妻に娶り、ロティはお菊さんと同棲したが、両者の間に越えられぬ溝があることを意識せざるを得なかった。特に、ロティの場合、彼は結局パリのサロンに身を構える紳士の眼差しで東洋人を賤《いや》しむのである、と胡先驌はこのように断罪する。

「ところが、小泉八雲に至っては、即ち真に東方を慕う者である」と胡先驌はいう。ハーンがアイルランドの一代の文豪でありながら、天皇支配下の一臣民となり、姓名を変え、日本婦人を妻にして、とうとう日本に骨を埋め、葬式も仏式に従ったことを述べた後、胡先驌は次の一節を書いた。

彼の知るところの東方や、日本から得た印象は、自ずからロティのそれと違う。その東洋に知を求める方法は、根本的にロティのと異なるのである。ロティは、パリの上流階級が東洋人を賤《いや》しむ心持ちで妓女と同棲した。それに対して、小泉八雲は、日本市民の身分で、英語で彼の伝記を書けるほどの女性と結婚した。二人の印象は豈《あに》異ならぬことがあろうか。……西洋人の観察者について論じれば、最も日本のことを知る者は、小泉八雲をその首席に推すべきであろう。小泉八雲の著書のなかにおいて、われわれは、初めて東西の芸術、思想の相通じ合うことを見たのである。

「英語で彼の伝記を書ける」云々とあるが、おそらく胡先驌は、節子夫人の口述を三成重敬が筆記した『思い出の記』の英訳(落合貞三郎の手による)を『大西洋月刊』などの英文雑誌で読んで、それを節子の作と勘違いしたためであろう。

白人種の優越感をもって、世界の主宰として臨む西洋、その恃《たの》んでいるところのものとは、何だろうか。宗教の内実か、道徳の規準か、芸術の達成か、それとも近代の物質文明であろうか。「前者の三つにおいては、東方は西方に劣らないのみでなく、過ぎるところこそあれ、及ばぬところがない。西洋人が恃んで自惚れるものとは、物質文明にすぎない」と胡先驌は評している。

この西洋批判の言葉は、ギリシア時代以来、連綿とつらなる人文主義伝統をもつ西欧文化の概観にしては、やはり公平を欠いたものではあるが、一九二〇年代、第一次大戦後、中国知識人を包む空気を如実に伝えている。

3 人種と混血の意味

ロティが、その後再度日本に訪れたかどうかは知らぬが、とことわりながら、西欧の物質の力を手に入れ、たった五十年で、世界五大強国の一員にのし上がった日本の姿を見たら、ロティは目を瞠《みは》るだろう、と胡先驌は想像した。実はロティは初来日(一八八五年)から十五年後の一九〇〇年十二月、再び日本の土を踏んでいる。ロティは、提督特使として義和団事変直後の荒れ果てた北京に入り、賠償交渉を済ませた後、旗艦「ルドゥタブル」号に乗って、長崎に入港した。

北京での見聞をロティは克明に日記に書き記している。それをもとに整理した原稿を一九〇一年十一月フィガロ紙に送った。それが翌年に単行本としてカルマン・レヴィ社から刊行された『北京最後の日』である。ハーンを魅了した、あの鋭敏かつ繊細な観察力、鮮烈な色彩感覚、対象の細部を的確に捉える筆致、華麗な詩的文体が、この作品にも一様に現れている。自然の景色にしろ、室内の調度にしろ、ロティの北京は鮮やかな色に塗られている。白い大理石の橋、黒檀《こくたん》の彫刻、桃色の水蓮《すいれん》、七宝焼きの香炉、青銅と硬玉《こうぎょく》の花瓶。だが、ロティのパレットの中、もっとも印象的な色といえば、やはり黄色であろう。雲の模様を刺繡《ししゅう》した黄金色の絹の布団、黄色ビロードを張った長椅子、琺瑯《ほうろう》と金が輝く寺塔、帝王の緑龍黄色旗、そして北京の秋の陽ざしのもとにきらきらと光る、黄色い豪華な瑠璃瓦《るりがわら》の屋根をもつ帝都「黄城」の宮殿群。これは北京の深秋の実景を写したものには違いないが、半ばはこの極東の異教徒について、ロティがひいてはヨーロッパ人が描いた心象風景ではなかろうか。それらは、行文のなかでロティがしばしば用いる「黄色人種」という言葉以上に、それなりの暗示的な力をもっている。(5)

一八八七年ロバーツ兄弟社より出されたハーンの『中国霊異譚』は、友人で記者仲間のヘンリー・エドワード・クレイビールに捧げられたものである。書物の扉頁に書かれた献辞には、「黄金色の肌をもつ、彷徨《さまよ》える清人」(THE WANDERING TSING-JIN, WHOSE SKINS HAVE THE COLOR OF GOLD)に、不思議な異国の楽器を演奏させてくれたことに対するハーンの感謝の念が述べられている。東洋音楽の研究に没頭していたクレイビールに誘われて、中国楽器演奏会を覗いた時の妙な体験を、ハーンは後に「音楽倶楽部でのロマンチックな出来事」という記事にまとめた。孔子さまの言葉も抜書きされた、プログラムの印刷された黄色い紙を手にして、「アーリア人種の音楽家ではなく、実に、黄金色の肌を持ち、かつて万里の長城の影のもとに住んだことのある楽師たち」の演奏に耳を傾けながら、ハーンの連想は果てしなく膨らんでいく。

このように黄色い紙の上にプログラムを刷るのは、何という芸術的な着想であろう。この黄色こそシナ民族の間では神聖な色なのだから。この国では太古の大地の色は黄色ではなかったか。力の根本原理、生命の物質的基礎、宇宙構成の原形質は、黄色であるというのが、シナの自然哲学の説くところではなかったか。それから、楽律の基礎となる音がシナでは太古の昔から、「黄鐘」という名で呼ばれてはいなかったか。こうしてわれわれはプログラムを眺めながら、無数の黄色いものを心に思い描くのだった。黄色いティー・ローズや愛らしい黄色い女たち、シナの高級官吏たちの黄色い長衣と黄色の冠、黄色く彩られた寺院と天子たちのお住まいである禁裏の黄、黄色い絹糸とヨーロッパに帝国が誕生する遥か以前に、黄色い紙に書かれた勅令、シナの騎士たちのかぶった黄色い兜《かぶと》と黄竜の旗、そして竜さながらに黄海の岸まで流れて止まぬ黄河の流れ。

（仙北谷晃一訳、恒文社『ハーン著作集』第一巻）

遥かなる彼方の大地に生息している、この極東の民を思い描く時、肌の色も、風貌も、気質も、歴史も、文化も、言語も異なる、という尖鋭な「人種」意識と、この異人種に向けたエキゾチックな視線、という点では、ハーンもロティも本質的には違いはない。これは二人の類似というより、ハーンもロティも、「人種思想」がはじめて顕在化し、やがて世界に充満してしまう十九世紀を生きる西欧人だったからであろう。

イワン・ハンナフォルド氏の『西欧人種思想史』は、ギリシア・ローマの古典世界より、宗教改革・大航海時代を経て、十九世紀の民族国家、及び二十世紀のユダヤ人虐殺にいたるまで、人種思想の萌芽、変遷、蔓延の道筋を克明に跡づけた労作である。現代においては、私たちは人種・民族という枠でものごとを考えるのに慣れているが、こうした枠は明確な形で古代世界に存在せず、古代・中世のいわゆる「人種思想」とは、むしろ十九世紀の歴史家、あるいはエセ歴史家の発明にすぎない、ということをハンナフォルド氏の著書は示している(6)。

「人種」という概念は、十九世紀の産物である。それはダーウィンの生物進化論、メンデルの遺伝学説に裏付けられ、スペンサーの総合哲学の流行、アングロサクソン人の植民地拡張とともに、洪水のごとき勢いで世界に漲り、人々の思考を靡かせたのである。十九世紀の申し子の一人として、ハーンが時代の色に深く染められたことはいうまでもない。彼の著書や書簡などを繙けば、人種論、遺伝説、スペンサーの理論が随所に顔を覗かせていることがわかる。書物を通してのみでなく、アメリカ下層社会での観察や植民地における生活体験が、人種の違い、それに自らが白人種の一員であることを痛切にハーンに教えたのである。

一八九三年九月十六日、チェンバレン宛の手紙のなかで、ハーンはこう書いている。

ピアソンの本がたいそう評判になっているのがわかります。ずいぶん前にあなたにお手紙で書きましたとおり、わたくしは数年前からピアソンと同じ結論に達する考え方をしてきました。しかしわたくしは、かれとは違った方法でその結論に達したのです。熱帯地方で生活したことがわたくしに熱帯地方の生活は——三百年の試みを経て——白人種にとって何を意味するかを教えてく

れました。（山下宏一訳　XVI-33）

ここに名を挙げられたピアソンとは、何者だろうか。一つ考えられるのは、カール・ピアソン(Karl Pearson, 1857-1936)で、イギリス人の遺伝学者である。一八八〇年代後半、ドイツに留学し、ゲーテやドイツ形而上学に心を惹かれながら、ピアソンは、数学や統計分析の方法で遺伝現象を研究した。一八九二年、彼が出した『科学の原理』(Grammar of Science)は、人種心理学や人種衛生学および後天的特質の遺伝に関する学説に依拠したものである。その頃から、ピアソンの著書は世間の注目を集めるようになったらしい。(7)

しかしながら、ハーンがここで引き合いに出したのは、どうも別人のようである。即ちチャールズ・ヘンリー・ピアソン(Charles H. Pearson, 1830-94)のことではないかと思われる。一八九三年、チャールズ・ヘンリー・ピアソンは、『国民の生活と特質——一つの予測』(*National Life and Character: A Forecast*)を出版した。彼は黒人、黄色人種の勃興による白人の没落や、ロシアにおけるユダヤ人口の増大に「警鐘」を鳴らした。

仏領西インド諸島のマルティニークで、ハーンは二年ほど取材生活を送った。彼の目に映ったのは、至るところで見られるクレオールの白人入植者社会の衰退と、環境の特殊な必要性から生まれた、有色人種の頑健で優雅な肉体であり、苛酷な自然と労働に耐えながら、執拗《しつよう》に生きていく中国系移民のたくましい姿であった。「ずいぶん前に」書いた手紙とは、一八九三年四月二十八日付の書簡である。そこでチャールズ・ピアソンと同じ結論に達する考え方を、ハーンは披露している。つまり「東洋に比べて、より大きな頭脳を有し、神経的にもより複雑な西洋の諸民族は、ついには東洋の諸民族にその席をゆずり、取って代わられねばならない」。その論拠として、現在の文明が西洋の個人にとって巨大な費用となっており、「たとえば中国人の個体形成の費用と比較すると、西洋人の個体形成の費用は途方もない巨額のものになる」ことを示した。これはいうまでもなく、アメリカ、及びマルティニークでの観察によるものであろう。

ハーンは漂泊の旅を続けているうちに、すぐれて環境に適応する能力を身につけた。一八九〇年十月、松江に着いて約二カ月後チェンバレンに宛てた手紙によると、「わたくしは日本の食事と習慣に、すっかり慣れてしまいました。今からそれを変えようとすれば、苦痛を感じることでしょう」という。しかし、その半年後、さすがのハーンも閉口してしまい、チェンバレンに、次のように告白している。

自分の弱点を白状するのは、たいへん恥ずかしい思いですが、しかし真実は申しあげねばなりません。十カ月のあいだ、もっぱら日本食ばかり食べたあとで、(ほんの二日間だけでも!!!!)わたくしはどうしてもエジプトの饗宴(訳注=「出エジプト記」第十六章三節より)に逆戻りせざるを得ませんでした。身体《からだ》をこわして、日本食では元気を取り戻すことができなかったのです。玉子で精《せい》をつけようとしても駄目でした。わたくしは牛肉《ビーフ》、鳥肉《ファウル》、ソーセージ、それにフライにした腹ごたえのあるものをたらふくむさぼり食い、ものすごい量のビールをがぶがぶ飲みました――わたくしは幸運にも、松江に一人の外国人調理師を見つけていたのです。じつに恥ずかしいかぎりです！　しかしこれはわたくしが悪いのでも日本人が悪いのでもありません。わたくしの祖先――つまり北方人類の獰猛《どうもう》で狼さながらの遺伝的本能および性向が悪いのです。（1891, 6, 1. 山下宏一訳　XIV-133～134）

このような、痛切な「人種」の自覚は、ハーンの他者認識にも浸透し、彼の文化論にも色濃く投影されている。日本人の間に長年暮らしながら、西洋人とまったく違う倫理的感情を遺伝によって受け継がれたこの国民の内面世界を果たして理解することができるだろうか、とハーンは、しばしば悲観的になる。一八九五年三月、ハーンは神戸からチェンバレンにこう書き送っている。

祖先からの経験の総量が相異なっているのと同様に、心霊的《サイキカル》生活もまた相異なっているのです。イギリス人と日本人との場合のように大きく移行してゆくうちに、両人種に互いに大きな差異を生じたのですから、一つの人種のある感情が他の人種のある感情と緊密に平行するというのは信じることができません。（藤本周一訳　XIV-339）

ところが、ハーンのなかにある、こうした「十九世紀的なもの」、いわゆる「人種意識」を「人種主義」と名付け、さらにそれを「人種差別」の現れとして解釈し、批判するのは、意図的な概念のすり替えでなければ、やはり物事の核心を捉えそこなった、皮相な観察だといわざるを得ない。(8)なにしろ、ハーンは、自らが白人の一員である、という宿命を自覚しながら、「白人至上主義」の偏見の対極にいる人間だったからである。「未来は、白人種のためにあるのではない」という点において、チャールズ・ピアソンと同じ結論にハーンは到達したが、ベンチョン・ユー氏が指摘したとおり、両者の立場の類似は、二人の立場の相違ほど重要ではない。(9)ピアソンは、「獣に等しいニグロ」や、「二流の知能しかもたない」東洋の種族から、「高等な種族が高等文明のため、自由に生きて、伸びていく」白人の世界を守護せねばならないという危機感に駆り立てられているが、それに対して、ハーンの見通しは、人類の道徳的発展のヴィジョン、西洋的価値の批判に基づく彼独自の文明史観に立脚している。(10)

栗色《くりいろ》の髪と青い眼をもつ我が子に、古代ゴート人の血の蘇りを見たハーンは、また親指の痣を東洋の血筋を示すしるしとして誇りに思っていた。自分のなかに何か美点があるとすれば、それは自分たちがほとんど知らない、あの母の種族、あの浅黒い肌の民族から受け継いだものだ、とハーンは弟のジェームズに書き送っている。

環境への適応能力にしても、倫理道徳の進歩の度合にしても、「義務のために自己を犠牲にしようとする古くからの道徳的傾向」をもつ東洋民族、「忍耐強く、克己心に富み、創意豊かで、ずっと自然を濫費しない」東洋民族のほうがより優れている、と見ているハーンは、審美の領分においても、西洋人の優越感を否定している。熊本からチェンバレンに宛てた長い書簡では、ハーンは、日本人・中国人の眼の美しさから語りはじめ、話題は肌の色に及んだ。

私はここであえてもう一つの異説、つまり白い肌は最も美しいという説について意見を述べたいと思います。白い肌は最も美しくない、と私は思います。ギリシア人は決して白い彫像を造りませんでした。——彼らは常に彫像を着色していました。……

しかし有色の肌の美を理解するには、単に旅行するだけでは不充分です。——長い年月をかけてその光景に慣れ親しまなければならないのです。(われわれの偏見はそれほど強いものです！)そしてついに本当の黄金色の肌をもつ人間、(カリブの混血児のように青い髪をした生ける黄金の像！)——そしてあらゆる種類の果物の色合いの肌——オレンジ、黄色、淡紅色、濃淡さまざまな輝く茶色——すべての金属の色——青銅のあらゆる色合いをした肌の人間がいることを知ると、人々は白い肌が本当にそれほど素晴らしいものかどうか疑いはじめるのです。(1894, 3, 6. XVI-143〜144)

この認識は、いうまでもなく二年に及ぶマルティニークでの実地観察をふまえたものであろう。朝の青い靄《もや》のなかに、マンゴーやタマリンドの木立の下を、黒、茶、黄、白と、色とりどりの肌をした人々が群れている。とりわけあのブロンズ色の混血児の飾りけのない美しさは、まわりの緑の

「自然」に、実に感心するくらいしっくりと調和している。むきだしの背中、むきだしの肩、むきだしのすね、腕、足、これをよく観察してみると、人間の体の色は、果物の色よりもずっと種類が多くて、驚くべきものだということがわかる、とハーンは記している。『仏領西インドの二年間』には、混血の有色人種の美について、次のごとき発見の興奮と賛嘆が記録されている。

家の入口に裸で立っていたり、日なたで遊んでいる裸の子供、バナナ色やオレンジ色の赤ん坊を見かけて、ドキッとすることがよくある。ただ、一つここに、ほかの連中とは全然違う、珍しい人種型がある。それは皮膚が完全な金色、みごとな金属のような黄色で、目が切れ長で、絹糸のような睫毛が長く、髪は厚髪で、つやのある縮れ毛が、日なたに出ると青光りを放つ。どんな人種が交配して、こんな美しいタイプをつくりだしたのだろう？……ある特異な血がこの混血にはあるようだ。（「真夏の熱帯行」平井呈一訳　III-46）

西インド諸島の植民地体験は、混血の意味について、数多くのことをハーンに教えたのである。彼の観察もむろん単なる審美の次元にとどまるはずがない。肌の色合いの多様さに劣らず、社会問題にもまた複雑微妙な幾種もの明暗と色調があるということを、つまり一人一人の混血にはそれぞれの社会的な「色」もあれば、各々が心に抱く地域的価値観も異なるということを、ハーンは鋭敏に感じ取っていたのである。

取材記事である「西インド諸島における混血人種考」、及び「西インド諸島——肌色の多様なその社会」の二篇は、アメリカ植民史のなかでもひときわ凄烈《せいれつ》で興味深い、この仏領植民地における混血人種の歴史と現状を、ジャーナリストの眼とソーシャロジストの頭脳で捉えたみごとな見取り図である。奴隷制という悪徳の落とし子である有色の混血人種が奴隷制の廃止にあたってどのような影響力を発揮したか、彼らが植民地の現実政治のなかで如何なる役割を演じたかを考察したハーンはまた「彼らこそが、植民地の真の支配者たちである」と見ている。こうした白人社会の衰退と混血人種の辿ってきた道筋を考察することによって、ハーンは明らかにその社会の未来を予見している。そして混血という事実から得た啓示ともいうべきものが、やがてハーンの文明批判を支える揺るぎない信念となり、理想となる未来社会へのヴィジョンとなった。

尖鋭な「人種意識」をもちながら、ドイツに興った「フェルキッシュ」思想のように、排他的人種論へ走り、ついにナチ運動の土台となったような展開が、ハーンには起こり得なかったのは、「白人至上」の純血主義の虚妄を見抜いた、この「混血」の思想の免疫があったからであろう。

現代の西欧世界に見られるような信仰の衰微、真実の宗教に取って代わる因襲的慣例、快楽を追い求める欲望などは、一つの文明の死に先立つ老衰の徴候ではないだろうか、と西洋文明に鋭いメスを入れたハーンは、またこの「混血」思想のおかげで、宿命的なペシミズムに陥ることもなかった。「もっと楽天的な未来観もありうる」とハーンは示唆している。すなわち、ヴィクトル・ユーゴーの「ヨーロッパ合衆国」の夢の来るべき実現、西洋諸民族の一つの広大な社会組織への究極的融合を意味しているのである。そしてハーンはさらに次のように未来を展望している。

西洋における国際的合同の見込みは、さらに遠い未来における統一――国家間のだけでなく、広くばらばらに分岐している民族間の統一へと向かうさらに大きな傾向の起こる可能性を示唆している。進化の趨勢は、国や信仰や血族の区別なく、全世界の同胞に向かっているように思われる。世界には結局今存在している民族とは異なり、しかも、すべての民族のうちで最良のタイプの民族の混血によって創られた一民族が住むことになると想像しても、非科学的でもないし、不合理でもない――その一民族は、西洋人の精力を極東の人の忍耐と結合させ、北方人の活力を南方人の感受性と、すべての偉大な宗教によって発達させられた最高の倫理的感情をすべての文明によって進化させられた最大の知的能力とそれぞれ結合させた民族のことであり、その民族は、すべての先在した人間の言葉の最も豊かで強烈な要素から構成された単一の言葉を話し、そして、今存在し、かつて存在したどんな社会とも、いくら想像しても似ても似つかず、しかも優れている一社会を形成している一民族である。（「カルマそのほか」内藤史朗訳、恒文社『ハーン著作集』第十四巻）

民族の対立、ナショナリズムの相克から一向に抜けられない世界の現状を思えば、ハーンの夢想郷《ユートピア》はまだ遠い先の、手の届かないところにある、と言わざるを得ない。だが、国境、宗教、人種の壁を乗り越えた、混血による諸民族の融合というハーンの想像を支えたのは、いうまでもなく人類普遍性への信仰であろう。それは一人種の経験の総量を超えた大きな何ものか――人間生活のように広大で、善悪の知識のように古老な何ものかに訴え、それに呼応する情感と声色が、遥か遠い古代、数えきれぬ忘れられた世から、記憶の遺伝により伝えられ、われわれすべての人々の心と脳髄《のうずい》の「暗闇の小部屋」に潜在している、という信仰である。東洋人の一盲女の唄った俗謡に、名状しがたい感情を呼び起こされたハーンは思わず数十年前のある夏の夕方、ロンドンの公園で耳にした“Good night”と通行人に呼びかけた顔も知らぬ少女の声を、あの歓楽と苦痛を入り混ぜた不可解な感情を呼び覚ました少女の声を、思い起こしてしまう。

たった一度聞いただけの声が、こうも魅力に満ちあふれる理由は、決してこの世に存在しない。それはあの数えきれない、忘れられた世に属するものである。もっとも、まったく同じ性質をもった二つの声がかつて存在したためしはない。しかし、情愛を示す言葉のなかには、全人類の億万にも及ぶ声に共通するやさしい音色が含まれている。（VII-298）

これは『街の歌唄い』の最後の節にある言葉である。“But in the utterance of affection there is a tenderness of timbre common to the myriad million voices of all humanity.”の一句を、胡愈之は「在表示情愛的語句裏，全人類幾億萬萬的声音却具有着共同的音調」と訳している。

4　ある保守主義者

辜《こ》鴻銘先生《こうめいせんせい》を訪《と》ふ。ボイに案内《あんない》されて通《とほ》りしは素《そ》壁《へき》に石刷《いしずり》の掛物《かけもの》をぶら下《さ》げ、床《ゆか》にアンペラを敷《し》ける庁堂《ちやうだう》なり。ちよつと南京虫《なんきんむし》はゐさうなれど、蕭散愛《せうさんあい》すべき庁堂《ちやうだう》と言《い》ふべし。

待つこと一分《ぶん》ならざるに眼光炯々《がんくわうけいけい》たる老人《らうじん》あり。闥《たつ》を排《はい》して入《い》り来《きた》り、英語《えいご》にて「よく来《き》た、まあ坐《すわ》れ」と言《い》ふ。勿論《もちろん》辜《こ》鴻銘先生《こうめいせんせい》なり。胡麻塩《ごましほ》の辮髪《べんぱつ》、白《しろ》の大掛児《タアクワル》、顔《かほ》は鼻《はな》の寸法短《すんぱうみじ》かければ、何処《どこ》か大いなる蝙蝠《かうもり》に似《に》たり。

これは大正十四年(一九二五)六月『改造』に発表された芥川龍之介の「北京日記抄」の一節であり、後に改造社版『支那游記』に収められている。四年ほど前の大正十年の三月から七月にかけて、芥川は大阪毎日新聞社の特派員として、中国の南北を旅行した。上海、南京、九江、漢口、長沙、洛陽を歴遊した後、六月十四日に北京に入った。その日の『順天時報』(火曜日、七面)には、芥川の写真と北京入りを報じた短い記事が掲載され、そして同じ日の『晨報』の副刊に、魯迅(一八八一—一九三六)が訳した「羅生門」が(十七日まで四日間)載っていたのである。これはただの偶然かもしれないが、魯迅の翻訳は芥川の中国旅行をやはり意識したものと思われる。

一九一八年五月、『新青年』に口語体小説「狂人日記」を、「魯迅」というペンネームで発表した下っ端役人の中年男は、たちまち世の注目を一身に集めた。実はこのセンセーショナルなデビューを果たすまで、魯迅は長く沈黙と寂寞の歳月を耐えていたのであった。暗中模索のなかで、作家魯迅になるまでの「周樹人」は、外国の文学、特に日本とロシアの文芸の動向に強い関心を寄せ、本屋の「東京堂」を通して多くの文学書を買い求めた。鷗外と漱石は、むろん留学時代にすでに愛読した作家だが、格別の清新さと存在感をもって魯迅の注目を惹いたのは、「新思潮派」と呼ばれ、日本の文壇に頭角を顕した芥川ら「新人」たちの颯爽たる登場ではなかろうか。

ところが、魯迅の熱い視線をよそに、中国を訪れた芥川は、当時の中国の新文学運動にさほど興味を示さなかった。安物のモック・オリエンタリズムや、机上の骨董にすぎぬ世間知らずの漢学趣味に厭きたからといって、現実の中国に幻滅した芥川は、なお懐古と想念の世界をさまよっていた。唐代詩人の風流を偲ぶ代わりに、『金瓶梅《きんぺいばい》』『品花宝鑑《ひんかほうかん》』のごとき旧小説の猥雑《わいざつ》を見出した。それにしても、芸者の琵琶を聞けば、青衫を潤した江州司馬の白楽天を思い出し、西湖の断橋を見れば、「段家橋頭猩色酒」と吟じた楊鉄崖《ようてつがい》を思い出さずにはいられなかった。王者の師をもって任じていた章炳麟《しょうへいりん》に会ったり、大清国の遺臣鄭孝胥《ていこうしょ》に会ったり、ヤング・チャイナの活動家李人傑に会っても、同時代の中国人文学者については、わずか胡適《こてき》、康白情の白話詩に一行ほど触れた程度であった。英文学や中国古典の素養を身につけた芥川にしてみれば、「五・四」以来の中国の新文学など見るべきものはなかったらしい。

北京に入った芥川は、未来の文学史、思想史に大きな足跡を残した「新人」の魯迅や周作人ではなく、むしろ過去の遺物と目されている、「故老」の辜鴻銘《こうめい》を訪ねた。この選択は、半ばは芥川個人の見識によるものだが、当時の海外の評価に大いに左右されていたものと思われる。「紫禁城は見ざるも可なり、辜鴻銘を見るを忘るること勿かれ」、と上海を去ろうとした時、芥川の手を握って語ったジョーンズの言葉はその間の消息を伝えている。なにしろ、一九二一年の辜氏は、国内ではほとんど忘れ去られた存在ではあったが、海の彼方のヨーロッパでは、彼は依然として『尊王篇』(*Papers from a Viceroy's Yamen*, 1901)や、『春秋大義』(*The Spirit of the Chinese People*, 1915)の著者であり、『論語』(*The Discourses and Sayings of Confucious*, 1898)の英訳者であり、トルストイ翁と文通した学者であり、タゴールと肩を並べた東洋文化の代弁者であった。

芥川と同じ年に中国を訪れた英国の小説家モーム(William Somerset Maugham, 1874-1965)は、帰国後の一九二二年に中国訪問の見聞をまとめ、『中国の面影』(*On a Chinese Screen*)を出版した。『支那游記』と違って、登場人物はたいてい本名を隠されているが、「哲学者」と題する一章は辜鴻銘に面会した時の心境と様子を伝えている。

　ここにはすこぶる声望のある哲学者が住んでいる。彼に会いたい願望に誘われて私はここまで足を運んできた。彼は中国においては孔子教義の最大の権威である。聞くところによると、彼は英語もドイツ語も流暢に話せ、長年皇太后さまのもっとも有力な大臣の秘書を務めた。ただし現在は引退している。だが一年中の、毎週決まった日、知識を求める若者が訪ねてきて、共に孔子の学問を語り合うのを好んだ。彼に従う門弟もいるが、人数はわずかである。大半の学生は比較的に外国大学の華麗な建物や夷狄《いてき》の国の実用科学を好み、彼の素朴な家や厳しい教えを敬遠しているからである。夷狄の国の実用科学について、彼はまったく洟《はな》もひっかけなかった。私の知っている限りの彼に関する伝聞より、彼は気骨のある男だ、という結論を得た。(11)

「背が高い老人で、灰色の弁髪《べんぱつ》を垂らし、目が大きく光り、目の下の皮が垂れ重ねて皺々《しわしわ》になっていた。折れた歯は色が変わり、痩せこけ、細くて小さい手はまるで鶏の脚のように枯れ萎《しお》れていた」。これはモームの目に映った辜鴻銘である。中国人の大掛児《コート》をして来た芥川をさすがに困らせたりはしなかったが、「毛唐」の来客の前で、主人は極度の警戒心を示し、また蔑む顔でからかっていた。モームの恭しい態度に接して、ようやく自然態を取り戻し、くつろぐようになったという。

辜《こ》鴻銘《こうめい》(一八五七―一九二八)は、英国支配下のマレイ半島の西側にあるペナン島(Penang)にある福建系華僑の家に生まれた。十歳の頃(一説は十三歳)、父の友人であり、ゴム農園を経営していたイギリス人ブラウン(Forbes Brown)夫婦に預けられ、イギリス留学に送られた。エディンバラ大学で学び、ラテン語、ギリシア語、レトリック、メタフィジックス、数学、自然哲学などの科目を修め、一八七七年に修士号を獲得した。後にまたドイツ、フランス、イタリアにも遊学し、一八八〇年にペナン島に戻った。少年時代にタミール語、マレイ語、福建語の環境に育った辜鴻銘が、十数年のヨーロッパ留学を経て、その言語才能をいっそう磨いたことはいうまでもない。(12)

以上の経歴を見てもわかるように、ヨーロッパのオーソドックスな教育を受けた辜鴻銘は、文化的には、むしろ西洋人である、というべきであろう。それだけに、彼の帰国後の「転向」はいっそうドラマチックなものに見えた。故郷に帰った辜青年はしばらくの間、シンガポールの植民地政府に就職したが、その後、香港に移り、中仏戦争の頃、知人の紹介で両広総督張之洞《ちょうしどう》の幕僚となり、以来十七年間にわたって、その「洋文案」(通訳兼秘書)を務めることになる。

辜鴻銘は張之洞の幕府に入るまで、ある程度中国語を勉強してはいたが、いつごろから中国の伝統文化に傾倒し、熱烈なナショナリストに変貌したかについては、さだかでない。シンガポールで、調査旅行途中と思われる馬建忠《ばけんちゅう》との邂逅は、彼の人生に転機をもたらす一つのきっかけとなったといわれるが(13)、張之洞との出会い、また十数年に及ぶ幕僚生活は、その伝統回帰の軌跡を描く際、やはり特筆しなければならないであろう。

明治十七年(一八八四)に、仙台の儒者岡千仭《おかせんじん》が上海、蘇州、杭州、北京、広東を歴遊して翌年に帰国しているが、上海の三井洋行で張之洞に面会した際、若き日の辜鴻銘にも会ったらしい。『北京週報』主筆の清水安三が岡千仭の家人からもらった書簡によると、洋行帰りの辜青年は洋服を身につけ、美しい髭をたくわえて、弁髪も切られていた。張之洞の側に仕えていたが、しきりに「欧化」を唱えたという(14)。もしこの伝聞が幾分の真相を伝えているとするならば、孔子の教えに、「安心立命」の住処を見つけるまで、彼の心の振り子が「西学」と「伝統」の間を揺れ動いていたことがわかる。もっとも、当初の張総督もこの西洋気取りの「エセ毛唐」の語学才能を買ったに過ぎず、彼の助言をまともには取らなかったらしい。「余は張文襄の幕府に随うこと最も久しいが、事を論ずる毎に聞き入れて貰えぬこと屢々《しばしば》あり」と晩年の辜鴻銘はこう振り返っている(「張文襄幕府紀聞」)。

辜氏の最初の著作は、一八八三年十月三十一日と十一月七日の二回にわたって、上海の『字林西報』(North China Daily News)に発表された「中国学」(*Chinese Scholarship*)である。モリソン(Robert Morrison, 1782-1834)以来の西洋人シノロジストを俎上《そじょう》にのせて、彼らの中国研究のあやうさを揶揄《やゆ》した筆触《ひっしょく》は、実に辛辣そのものだったが、文化保守主義者である辜氏の思想を初めて鮮明に表したのは、一九〇〇年義和団事変の最中に執筆し、西欧列強の野蛮を誹り、中国の立場を弁護した一連の論文であった。『ジャパン・メール』に発表されたこれらの論文は、後に"*Papers from a Viceroy's Yamen*"(中国語題名=尊王篇)の題でまとめられ、一九〇一年に"SHANGHAI MERCURY"社より刊行された。古代儒教文化の徳治主義の復権を訴え、物質の力に恃《たの》む近代西洋文化を批判するのが、その後の辜鴻銘の一連の著書の基調となっている。皮肉なことに、彼の発言は海外において、例えば大戦後のドイツで、大きな反響を呼び起こしたものの、それに耳を貸す中国人はほとんどいなかった。

辜鴻銘の辿った人生の曲折を記しながら、筆者は思わずラフカディオ・ハーンの描いた一人の明治人の物語を連想してしまう。西洋と東洋の価値観の対立が尖鋭に顕れている十九世紀のアジアにおいて、西洋文化の洗礼を受けながら、ついにその属する先祖の世界に戻り、東洋の伝統に回帰してしまう、という辜鴻銘のような生き方は、あるいは普遍的意味をもっているかもしれない。明治以前の城下町に生まれ、厳格に躾けられた侍の息子は、キリスト教文化に接してやがてそれに惹かれていく。懐疑と動揺の後、信仰を放棄した若者はヨーロッパ放浪の旅を始める。日本人として稀なほど西欧社会の表裏をよく見てきたあげく、伝統文化の価値を再発見して祖国に帰る。このハーンの名作「ある保守主義者」は、親友の雨森信成《あめのもりのぶしげ》をモデルにして書かれたのだが、ハーン個人の人生体験をふまえており、ハーン自身の文明批判を披瀝《ひれき》する人生記録として読むこともできる。ロンドンやニューヨークの街に放り出されてはじめて、ハーンは花崗岩《かこうがん》のような文明の巨大と冷酷を実感できたし、仏陀や孔子の教えに接してはじめて、キリスト教信仰と献身の崇高を理解できたのであろう。辜鴻銘や雨森信成が辿った道とは逆ではあるが、西洋より東洋に渡り、二つの社会の表裏をよく見てきた真の生活者だからこそ、文明の憂鬱の時代を生きた一人の東洋人の抵抗をこうも深い共感と洞察をもって描き出しているのだろう。もっとも、幼少の時伝統の古典教育を受けた雨森信成に比べて、まともに中国語も喋れないまま、ヨーロッパに送られた辜鴻銘の文化背景はむしろハーンに近い。そのためだろうか、「ある保守主義者」を読みながら、辜鴻銘の西洋批判の数々が不思議なほど重なって聞こえてくる。教育は世俗化してしまい、西洋の聖職者の役割は社会の道徳警察のようなものに変わりつつあること、西洋社会は宗教と信仰の衰微のため、結局警察によって統治されていること、何千何万という教会の数にもかかわらず、比べるもののないほど数多くの法律を制定したにもかかわらず、夥しい数の悪徳と犯罪が西洋社会を蝕み続けていること、そしてその文明の因襲《いんしゅう》、偽善《ぎぜん》、傲慢《ごうまん》、貪欲《どんよく》、実用主義、力の信仰、人間を狼に変えてしまう無慈悲な競争。これらはいずれも両者に共通する論点だった。(15) 思えば、ハーンも辜鴻銘も、カーライル、アーノルド、エマーソンなど十九世紀の浪漫主義批評家の流れを汲む、西洋近代文化の批判者であった。西洋文明が抗しがたい洪水のごとく世界に漲る十九世紀、この時代を懸命に生きた明治知識人の記録として、「ある保守主義者」は未だに思想史的意味を失っていない。それは単に一つの「抵抗の物語」に終わらず、未来を繫ぐ可能性とともに、近代日本の避けられぬ運命を暗示した点で興味深い。第七節の末尾にこんな言葉が書かれている。

だがそれでも、その論理を打破ることはできないと彼も承知している西洋科学は、その文明の力がますます拡大し、世界苦の不可避的な、不可抗力的な、果てしない洪水に似た現象を惹《ひ》き起すことを彼に確信させた。日本はいままでと違った新しい活動形態を学び、新しい思考様式を体得しなければならない。さもなければ日本は完全に滅びてしまう。日本にはほかに選択の余地はなかった。(中略)日本は今日必要に迫られて外国の科学を学び、自国の敵の物質文明から多くを採用せねばならぬ境遇に立たされている。しかしいかに必要に迫られているからとはいえ、従来からの正邪の観念、義務や名誉の観念を丸ごと投げ捨てねばならぬという道理はない。徐々にある決意が彼の脳裏《のうり》に形を取って現れた――ある決意、それが後年の彼を日本の一指導者、一世の師表たらしめるにいたるのだが、その決意とは、古来の日本の中で最良のものは極力これを保守保存し、何物でも国民の自衛や自己発展に益なきもの、不必要なものの輸入に対しては断乎《だんこ》反対する、という決意であった。（平川祐弘訳　VII-419）

実はこの長文が執筆される以前、チェンバレンに宛てた手紙のなかで、ハーンはすでに新日本の進路について冷静かつ透徹した観察を行っている。引かれたのは、ハーンとその学生の安河内《やすこうち》麻吉《あさきち》との間で実際に交わされた会話である。

「先生、初めて日本へ来た時、旧いタイプの日本人についてどういう印象をお持ちでしたか、どうか率直に教えて下さい」

「秋月さんのような老人たちのことを指しているのですか」

「ええ、そうです」

「彼らのことを素晴らしい、神様のように思いました。そして新世代の日本人を見た今では、彼らのことをいっそう素敵だと思います」

「秋月は確かに理想的古武士の典型です。しかし先生は外国人として、きっとその欠点にお気づきのはずです」

「どんな欠点ですか？」

「西洋人の立場から見た欠点です」

「私の西洋人としての立場は、理性的かつ倫理的なものです。人間の完璧円熟とは、彼らの属する社会の独自な形式への完全の適応を意味しています。こういう立場から判断すると、秋月のような人間は、私がかつて見た西洋のどんなタイプの人間よりも完璧です。倫理的にも同じことが言えます」

「しかし西洋のような社会においては、こんな人間が大きな役割を果たせるでしょうか」

「彼ら自身の努力によってですか」

「そうです」

「確かに彼らには商売の才覚がないし、また共同事業を組織する才能をもっていません」

「そのとおりです。ところが、先生にとって彼らの長所美点とは何でしょうか？」

「信義、忠誠心、礼儀正しさ、克己と無私、他人を思いやる心、自己犠牲の精神などです」

「それもそのとおりですが、しかし、これらの特質は西洋で成功するのに十分でしょうか？」

「いいえ」

「東洋の道徳体系はこれらの特質を陶冶しましたが、その結果として、社会全体のために個人は抑圧されたのではありませんか」

「そうです」

「一方では、西洋社会は利己心、競争、進取心を奨励することによって、個人を発展させているのでしょう？」

「そうです」

「そして日本は、世界の国々のなかで地位を保つには、西洋のやり方で工業や商業を発展させなければならないでしょう？」

「たぶんね」

「〝たぶん〟とは思いません。きっとそうしなければならないと思います。私たちは製造業、商業、銀行、株式会社をもたなければなりません。私たちの未来は工業化、商業化されることになっている以上、西洋の方法でやらなければなりません。もし旧習を墨守していたのでは、私たちはいつまでも貧困と無力のままです。そしていかなる商業取引にも貧乏籤をひくことになるのです」

「なるほど」

「だから、もし古い道徳にたよって生活をしたら、私たちはどうやって商売をし、事業を試み、あるいはどうして大きな体系を打ち立て、競争し、大規模なことを推進することができるのでしょうか」

「なぜですか？」

「もし自分に有利なこと、自己に利益をもたらすようなことをすれば、きっと誰か他人を傷つけることになります。古い道徳に従っていれば、そんなことはできないのだから」

「そのとおりです」

「しかし、西洋のやり方でことを運べば、良心の呵責《かしやく》に惑わされることはありません。ただ他人を傷つけることを恐れて、利益の獲得を躊躇《ためら》うような人間は失敗するにちがいありません」

「いつもそうなるとは限らないでしょう」

「競争に制限がなければ、これは一般的法則になります。もっとも利口で、もっとも強い者は成功するのです。弱者と愚者は失敗する。これは自然の法則――生存のための闘いです。西洋の競争は同胞への愛をふまえたものでしょうか?」

「いいえ」

「先生、真実はこうです。いくら古い道徳が良くても、こんな道徳律に従っていれば、私たちは国家の独立を保つことも、いかなる進歩も望めません。私たちは道徳の代わりに法律を用いなければなりません」

「それはよい代替物ではありません」

「英国ではよい代替物です、少なくとも。私たちは法律の影響のもとで、情緒ではなく、理性によって道徳的になることを学ぶのです。私たちは過去を棄てなければなりません」

そして、私には答える言葉がなかった……　(1894, 6, 4. XVI-191~193)

長きにわたる引用だが、実はこの会話は、やや洗練された形で、『東の国から』の「柔術」の章、およびほぼ同じ時期E・ヘンドリック宛の手紙にも再録されている。再三の言及、それに結末のハーンの沈黙("And I could say nothing")は何を意味しているのだろうか。もっとも、伝統と現実の狭間《はざま》に苦しむ新世代のジレンマを描くハーン自身、むしろ理性と感情とのジレンマに陥っている、というふうに読みとれないこともない。あるいはチェンバレンのように、西洋と東洋との対決をただ物質対倫理と解釈するハーンの捉え方は真実の半面を見逃している、という批判的な受けとめ方もあるかと思われる。しかし、筆者はむしろ、この臨場感あふれる、迫真の会話の行間を透して、すぐれて現実感覚をもち、時代の先を読む鋭敏なジャーナリストの姿を認める。それはまた、冷徹な国際政治の場におけるハーンの理想論の限界をほのめかす「沈黙」でもあった。しばらく後に、日清戦争の最中に書かれた一連の時評にも、このような理想論の挫折が読みとれるのである[16]。

ところが、ハーンと同様に西洋近代の鋭い批判者でありながら、辜鴻銘にはこうした現実感覚と視点が欠落していると言わざるを得ない。儒教の理想をあたかも歴史事実のように描き、この架空の歴史にすがる一方で、それを未来への処方箋にしようとしているのである。さらに死ぬ時まで弁髪を残したという奇行が加わり、中国文化の病的な一面まで頑なに弁護したため、頑迷な保守派というイメージを拭いきれないまま、時代の波に呑まれてしまった。一九二一年、芥川龍之介が北京で彼を訪ねた時、辜氏は、もはや市井の一隅に埋もれる伝説上の人物になっていた。

僕《ぼく》、亦先生《またせんせい》の論《ろん》ずる所《ところ》に感《かん》じ、何《なん》ぞ先生《せんせい》の時事《じじ》に慨《がい》して時事《じじ》に関《くわん》せんとせざるかを問《と》ふ。先生《せんせい》、何《なに》か早口《はやくち》に答《こた》ふれど、生憎僕《あいにくぼく》に聞《き》きとること能《あた》はず。「もう一度《ど》どうか」を繰《く》り返《かへ》せば、先生《せんせい》、さも忌忌《いまいま》しさうに藁半紙《わらばんし》の上《うへ》に大書《たいしよ》して曰《いはく》、「老《らう》、老《らう》、老《らう》、老《らう》、老《らう》、……」と。（『支那游記』）

芥川の筆触《ひっしょく》は、いささか諧謔《かいぎゃく》の響きを帯び、戯画気味だが、時勢に置き去りにされている孤独な老人の侘しさを見事に紙上に再現している。

ちなみに、一九〇四年に亡くなったハーンに対して、辜鴻銘は崇敬の念を抱いていた。一九二四年、大東文化協会の招きに応じて、日本を訪れ、一連の講演を行った。後に『辜鴻銘論集』『辜鴻銘講演集』の形で公刊されている。そのなかで、辜鴻銘は二度ほどハーンのことを取りあげ、アーノルドとともに、日本の良き理解者だ、と賞賛している(17)。

第一章 注

1 後に『胡愈之文集』第一巻（生活・読書・新知三聯書店、一九九六年）に収録、三八八頁。

2 以上の諸篇は、いずれも『胡愈之文集』第一巻に収められている。

3 ハーンの文体実験については、ベンチョン・ユー氏の著書に詳しい。『神々の猿』第二章「わが年来の夢」を参照されたい（池田雅之監訳、恒文社、一九九二年。Beongcheon Yu, *An Ape of Gods : The Art and Thought of Lafcadio Hearn*, Wayne State University Press, 1964. pp. 23–45）。

4 Carl Dawson, *Lafcadio Hearn and the Vision of Japan*, The Johns Hopkins University Press, 1992. p. 46.

5 ロティ『北京最後の日』（船岡末利訳、東海大学出版会、一九八九年）参照。

6　Ivan Hannaford, *RACE : The History of an Idea in the West*, The Woodrow Wilson Center Press, 1996. See Foreword by Bernard Crick.

7　ibid., p. 331.

8　太田雄三著『ラフカディオ・ハーン――虚像と実像』(岩波新書、一九九四年)は、こうした視点からハーン批判を行っている。それに対する反論として、仙北谷晃一氏の「ハーンをめぐる二つの批判について」(『人生の教師ラフカディオ・ハーン』所収、恒文社、一九九六年)は傾聴すべきである。

9　『神々の猿』第十二章注、四一六頁参照。

10　チャールズ・ピアソンの人種論に触発されながらも、ハーンが「極東の将来」をめぐる独自の見解を打ち立てた経緯について、橋本順光氏の論考は参考になる。「東亜未来論――チャールズ・ピアソンの黄禍論とラフカディオ・ハーンにおけるその変容」『比較文学』(日本比較文学会編)第四十三巻所収。

11　Somerset Maugham, *On a Chinese Screen*, Random House, London, 2000. p. 91.

12　辜鴻銘の生年、少年時代及び留学生活については、諸種の説があるが、ここでは、呉相湘の『民国百人伝』に従う。

13　馬建忠との邂逅に触れた資料として、英文雑誌『天下』に載った温源寧の文章がある。その出会いより四十年経った後に辜鴻銘自身が語ったものとして、温氏は次のように引用している。

シンガポールで馬建忠に巡り会ったことは、私の人生のなかでの一大事であった。何故なら、この馬建忠こそが私を再び一人の中国人に生まれ変わらせてくれたのだから。私はヨーロッパより帰ってから三年も経ったとはいえ、依然として中国の思想と観念の世界に立ち入ることができず、それを理解することもできなかった……エセ毛唐の風情のままだった。（WEN YUAN-NING : Ku Hong-Ming, TIEN HSIA, No 4.)

なお、時期から判断すると、二人の出会いは、一八八一年、馬建忠が北洋大臣李鴻章の非公式特使として、アヘン問題について打診するために、インドまで調査旅行をした時だったように思われる。上海から出発して、サイゴン、シンガポール、ペナンなどに立ち寄っていたが、その行く先々で、馬建忠とさまざまな中国人や外国人との出会いや、その土地についての見聞の記録として、「南行記」という旅行記(『適可斎記行』所収)が残されている。辜上達という人物が、馬の宿に訪ねてきたとあるが、辜鴻銘とは別人のようである。

14 清水安三『支那當代新人物』(大阪屋号書店、大正十三年)九六頁参照。

15 辜鴻銘の論点については、以下の著書を参照されたい。

Ku Hung-Ming, *The Spirit of the Chinese People with an Essay on "The War and the Way out"*, Taipei, 1956.

Ku Hung-Ming, *Papers from a Viceroy's Yamen : A Chinese Plea for the Cause of Good Government and True Civilization in China*, Shanghai Mercury Ltd., 1901.

Ku Hung-Ming, *The Story of a Chinese Oxford Movement*, Shanghai Mercury Ltd., 1912.

16 例えば、「清国の将来」「寛大の必要性」「極東における三国同盟」(いずれも『神戸クロニクル論説集』所収)など。

17 「日本の将来」(『辜鴻銘講演集』所収、大東文化協会刊、大正十四年)、「支那文明の復興と日本」(『辜鴻銘論集』所収、薩摩雄次編、皇国青年教育協会発行、昭和十六年)を参照。

補記 平川祐弘氏は一九九九年、チューリヒ大学で「西洋への憧憬と東洋回帰」という題の講演を行った。そのなかで、ハーンの「ある保守主義者」を取りあげ、日中の知識人の伝統回帰に触れて、雨森信成と辜鴻銘を比較しながらその異同を論じている。(Nostalgia for the West and Return to the East : Patterns of Japanese and Chinese Intellectuals,「福岡女学院大学紀要」第一〇号、二〇〇〇年)

第二章
日本文化を語る

5　「親日派」――Japanophile

いままで発見した資料の中で、最も早い時期にハーンに言及した中国人は周作人《しゅうさくじん》（一八八五―一九六七）である。周氏は浙江省紹興出身、北京大学、燕京大学の教授を歴任。一九一九年「五・四」運動の時から新文学の創作を始め、数多くの新体詩、文芸理論、翻訳作品を発表するほか、大量の小品散文を創り、新文学運動に大きな影響を与えた。彼は実兄の魯迅とともに、近代中国が生んだ最もすぐれた散文作家である。

一九一一年五月、周作人は五年におよぶ日本留学生活にピリオドを打ち、故郷の紹興に帰った。一九一七年に上京して北京大学教授に就任するまでの数年間は、浙江省立第五中学で英語を教えながら、読書と研究の日々を過ごしていた。中学生有志の学術団体「叒社」が発足した時、周作人もその「名誉社員」に選ばれた。一九一六年、周作人は『叒社叢刊』にエッセイ「一簣軒雑録」を寄せた。日本の俳句を紹介する一節で、ハーンに触れてこう書いている。

英国人ヘルン、後に日本に帰化し、妻の姓に従ひ、小泉八雲と曰ふ。『日本雑記』を著し、其の「小詩」の章に有りて云ふ、「日本詩歌の原則は、絵画と合致す。歌人は数個の単字を用ゐて詩を成す、正に画師の意を写す如く、淡々たる筆触で、見る者を自づと其の言おうとする情景を体得せしめるなり。其の力量は全て暗示に在り、克明に描き着色し、或いは文辞を煩瑣《はんさ》に飾れば、返つて之を失つてしまふなり。蓋し芸術の目的は、ただ人に感興を催させるに在り、退屈させるに非ず。故に佳妙《たくみ》な短詩を読むことは、あたかも朝の鐘の一撃を聞くが如く、幽玄の余韻、縷々《るる》として永く続き、梁をめぐらして去らぬが如し」其の言は頗る透徹なり。(1)

帰国後の周作人は、間もなく辛亥《しんがい》革命の激変を迎える。混迷が深まる世に身を処しながら、彼は文学の志を棄てようとしなかった。同時に日本文壇の動きを注意深く見守り、多くの雑誌や書物などを購入していた。例えば現存の周作人日記を調べると、一九一二年(十月から十二月にかけての三カ月分のみ)、彼が相模屋を通して購《あがな》った書物は以下の数種である。『国民性十論』『白樺』『俳諧寺一茶』『滑稽趣味の研究』『学鐙』『日本文学史』『俳句大辞典』など。もちろん、ハーンの日本関係書も彼の目を惹かぬはずはない。十二月二十九日条には、「小泉八雲 L. Hearn の著書は購読すべく、但し日本に入った後の者を重んずるべし」とある。そして一九一三年二月一日条には、「サガミヤより、手紙及び Hall: Aspects of Child Life & Education, Hearn: Kokoro, Thomas: Hearn 伝各一冊を得たり」とあり、また二月六日条には、「Hearn 伝を閲す、微雪、忽ち止む。夜 Hearn 伝を閲し終われり、又其の著〝心〟の数章を閲す」と記されている。(2) その後周作人が集め、愛読したのも、ハーンが来日した後に発表した著作らしい。

一九二〇年十月二十三日、北京の『晨報』第七面に、周作人の随感「親日派」が掲載された。当時の中国では「親日派」は、売国奴・非国民ほど露骨ではないが、はなはだ不名誉な言葉であった。一九一九年一月、第一次世界大戦の講和会議がフランスのパリで開かれた。五月四日、山東省における旧ドイツの利権を日本に譲渡するというヴェルサイユ講和会議の決定に北京の学生たちが憤激し、反日デモを決行した。「五・四」運動が瞬く間に中国全土に広がり、排日の嵐が吹き荒れていたことを思い出せば、時代の雰囲気がわかるであろう。まさにそれが故に、日ごろ日本研究の必要性を訴え、日本文学を翻訳し、日本の新しき村の紹介に情熱を傾けた周作人にとって、「親日派」は複雑な思いを抱かざるを得ない言葉だった。だが、周作人の解釈は世の通念をつき、実に見事である。中国の民族利益を損ない、利欲にたかる小人どもは、実は真の親日派にはほど遠いものだと彼はいう。

「一国の栄光はその文化——学術と文芸にある」。周作人がそう語るときに、彼の胸に去来していた人物は、日本の学術と文芸を西洋に紹介した小泉八雲であった。次の一節を引用させていただく。

中国には真の親日派がいなかった。なぜなら、日本国民の真の栄光を理解した人が中国にはいなかったからである。日本の文芸および美術を語る一冊の書物、あるいは一篇の文章すら中国の出版界に現れていないという一事を見ればそれはわかるはずである。日本国民はかつて一人の知己を得た。小泉八雲(Lafcadio Hearn, 1850-1904)がそれである。彼こそ真の親日派である。そ

のような人が中国にいるだろうか。私は慙愧《ざんき》にたえずにいうのだ、そのような人はいないと。(3)

日本の学術、文芸を研究し、それを世界に紹介した者はハーンだけではなかった。周作人自身がしばしば名前をあげる者だけでも、『日本の印象』を書いたフランス人のクーシュー(P. L. Couchoud)、『日本の精神』『徳島の盆踊り』を書いたポルトガル人のモラエス(W. de Moraes)、『日本事物誌』の著者B・H・チェンバレン、日本の美術を論じたフェノロサや、ゴンクールなどがいたのである。「親日派」の中に小泉八雲の名をあげたのは、日本におけるハーンの名声と「親日家」としてのハーンのイメージが広く一般に定着していたことなどが考えられるが、それより主観的な要素といえば、やはり作者のハーンへの共感が強く働いたためであろう。

一九二一年五月十日、文学研究会の機関誌となった『小説月報』第十二巻第五号に、「日本の詩歌」と題した周作人の長い論文が掲載された。日本の歌の諸種——長歌、短歌、旋頭歌《せどうか》、連歌、俳句、川柳——を系統的に要領よく中国の読者に紹介したものとして、これは最初ではないかと思われる。この論文の冒頭に、かつて五年前の「一簣軒雑録」にも取りあげられたハーンの「小さな詩」の文章が再び引かれている。

日本の国では、詩歌は空気のように遍在している。国民のだれもが詩歌に心を寄せている。だれもが詩歌を読んでいる。また、だれもが、ほとんどひとりなしに詩歌を詠《よ》んでいる。身分や階級は問うところではない。――いや、詩歌が、ただそんなふうに精神的な雰囲気のなかにのみ行きわたっているばかりではない。じつは、詩歌は至るところで耳に聞かれ、目に見られているのである……（平井呈一訳　IX-309）

これは“Bits of Poetry”の一節である。周作人は今回「詩片」と直訳している。周の訳文では“irrespective of class and condition”“Nor is it thus ubiquitous in the mental atmosphere only”の二句が省かれているほか、家の襖《ふすま》や唐紙、店の看板、家具類などに漢字、仮名文字の詩歌の文句が書いてあるというハーンの観察を要約し、要点をおさえた簡潔な表現となっている。詩歌の薫りがいかに日本人の生活の細部に染み込んでいるか、ハーンの緻密《ちみつ》な観察は周作人に多くの示唆を与えたように思われる。彼は右の一節を受けて、次のように分析している。

かくの如く詩歌が空気のように遍在していることは、確かに日本の特色の一つである。その原因をおしはかるに、おおよそ二つがあると思う。第一は、風土と人情が考えられる。日本国民は生まれつき一種の芸術的感受性を備えている。造化《ぞうか》の美に対し、特別にみる目があり、美しい感情がおのずからこみあげてくるのである。それを形や色で表現すれば、さまざまな美術品や工芸品となるが、その多くは極めて雅やかで洗練されている。もし言語で表現すれば、諸種の詩歌となる……

日本国民の芸術的資質への指摘は周作人の日本文化論の眼目ともいうべき重要な視点である。雑誌『語絲《ごし》』創刊号の巻首を飾る「生活の芸術」において、周作人は次のように書いている。

宋学の影響を受けたとはいえ、日本は生活の上でむしろ平安朝の系統を受け継いでいるといえよう。なお幾多《いくた》の唐代の風流余韻《ふうりゅうよいん》を存しているゆえ、生活の芸術を了解するにはいっそう容易である。多くの風俗の上に、日本は確かに芸術的色彩を保っている。(4)

もちろん、この認識の根底には、五年間もの日本での留学体験があるが、しかし、周作人の日本文化論を考察する場合、ある重大な事実を見落としてはならない。つまり彼が東京で長い留学生活を送っていながら、意識的に日本文化を研究しようとする姿勢をついに見せなかったということである。時間と精力の大半は『域外小説集』(魯迅との共訳)に注ぎ込まれ、集めた書物もほとんど洋書であり、日本語の勉強に本腰を入れたのは兄の魯迅が帰国した(一九〇九年)後であった。日本文化にある種の愛着を感じたのは、彼の言葉でいえば「個人の性分」によるもので、ほとんど直観ともいうべきものに基づいている。

日本文化の独自の価値を意識し、日本文化研究の必要性を痛感しはじめたのは、やはり周作人が中国へ帰国した後のことではないかと思われる。彼の日本論の執筆時期を考え合わせれば、この推理は首肯されるのではあるまいか。そんな周作人の日本研究にとって、先達の業績は大きな意味をもっている。ハーンの細やかな観察、ユニークな分析を透して、周作人は自らの見聞、体験と直観の不足を補うことができたのみでなく、新鮮な感性を再び呼び戻し、日本文化に新たな発見をしたに違いない。

『異国風物と回想』の一篇「蛙」において、ハーンは自然を崇める日本人の美意識を、こう述べている。

日本の詩歌は、普通下等な感覚を問題にせず、われわれが美的と呼ぶ高等な感覚に対して精妙この上ない訴えかたをする。この事実は何を意味するかというと、それは、他でもない、日本人の自然に対する態度が、こよなく健全で幸福であることを物語るものなのだ。われわれ西洋人は、病的な触覚が反撥嫌悪の感情をつのらせてしまったために、純然たる自然の印象を避けようとする傾向がありはせぬか。この問題は少くとも考究に価しよう。こうした反撥嫌悪の感情を無視あるいは超克し、理解してみれば常に愛すべき裸の自然をあるがままに受け容れて、日本人は、われわれ西洋人ならただ盲目的に醜悪、不様、厭わしいとしか思わないものの中に、美を発見するのだ。（仙北谷晃一訳　IX-126）

日本の第一印象について「簡単に一言でいえば、日常生活において天然を好み、簡素を尚ぶところである」(『知堂回想録』)と述懐した周作人にとって、右の一節は素直に彼の共感を呼び起こされる文章であろう。実際、「日本の詩歌」という論文には、この「蛙」の一部——触覚をめぐる議論——が引かれている。

蛙の句を集めては分析しているうちに、ふとハーンの胸に浮かんだのは、蛙のあの冷たさや肌のつるつると濡れたさまを詠んだ句、ひいては触覚を詠んだものが和歌・俳句の中にほとんどなかったということである。色、音、匂いなどに極めて鋭敏にかつ繊細な表現を与える日本詩人の感受性に関するハーンの分析に、周作人は共感を示している。そしてこの触覚についての観察も、彼にあるヒントを与えた。もっとも、触覚についての意見は両者は必ずしも一致しているとは思えない。周作人にとって触覚は「下等な感覚」というより、人生の自然の一面である官能の感覚である。これを避けずに表現する日本近代詩歌の変化を、西洋のよい影響と彼は見ている。

「日本の詩歌」には、形式や流派の特色を示すものとして、古今の作品の実例が数多く紹介されている。例えば、与謝野晶子の短歌「のろひ歌かきかさねたる反古とりて黒き胡蝶をおさへぬるかな」の訳は次のとおり。

Noroi-uta kakikasanetaru hogotorite, kurokikocho-o osaenuru kana!

拿了呪詛的歌稿,按住了黒色的胡蝶。

また、芭蕉の「古池」の句について、こう訳されている。

Furuike-ya kawazu tobikomu mizu-no oto.

古池呀、——青蛙跳入水里的声音。

まずローマ字で原詩の音律を記した後、散文訳を添えるという記述法は、実はハーンのそれをまねたものである。「日本の詩歌」の執筆(七月二十五日)より四カ月後、周作人は「日本詩人一茶の詩」という随筆を書いた。文末の附記において、ローマ字による原文の音読を録し、散文でその意味を直訳する、というハーンのやり方を、「音律と意味を並列し、最も完璧な方法だ」と評価し、「どうもこれは訳詩の妥当な方法だ」と賛嘆している。(5)

自らの日本研究を構築していく周作人は先達の業績を踏まえながら、それに盲従せず、常に独自の見解を打ち出すことを忘れていなかった。一九二三年四月三日から四月五日にかけて三回にわけ、『晨報副刊』の「文芸談」に『燕大週刊』の文章「日本の小詩」を再録した。右に取りあげた「日本の詩歌」の総合的紹介に対して、焦点を俳句にあてた、いわば周作人の俳句論である。

俳句の特色——暗示力、含蓄について論を進める際、ハーンの比喩——寺の鐘を鳴らすように、小詩の佳作は聞く人の心にいつまでも幽玄の余韻を波のように響かせるものである——を再度借用し、説明しているが、日本では「国民のだれもが詩歌に心を寄せ、だれもが詩歌を読み、詩歌を作る」というハーンの観察の客観性を認めながら、次のごとく、彼独自の俳諧観を述べている。

(歌が空気のように遍在している)とはいえ、われわれは俳句を平民の文学と認めるわけにはいかない……真の俳諧とは生活を芸術とし、作者己れのための句作に世間への貢献を兼ねてもよいが、己れを曲げて群衆に迎合するようなことを決してしないものである。(日本)社会において、俳句への愛着は深くないとはいえまいが、それらはいずれも因習の俗俳であり、まさに芭蕉・蕪村・子規の諸大家が排斥しようとしたものである。従って民衆には歌心があってもよいが、詩歌の真価を見さだめることができない。(6)

この俳諧観が彼の徹底した個人主義(貴族主義)の文芸観に立脚していることはいうまでもなかろう。ギリシア文化とともに日本文化を研究する必要性を中国の学界と社会に訴えつづけた周作人にとって小泉八雲の存在は大きかった。一九二六年六月二十二日『語絲』第九十三号に寄せた雑感「酒後主語」には六年前の文章「親日派」が再録されている。「親日派」という言葉に彼はさらに「Japanophile」の造語をつけた。しかしこの雑感が書かれた当時の中日関係の悪化は、すでに「日本を愛する者」小泉八雲の示したような詩人の純真と真摯《しんし》を周作人に許さぬ勢いで進んでいったのであった。「親日派」の三文字から、「孤軍」の悲愴《ひそう》と寂寥《せきりよう》が聞こえてくるような気がするのである。

6　遺伝という思想

一九二〇年代中頃から始まる『語絲《ごし》』時代は、周作人の長い文筆生涯のなかでは、異色な一時期であった。『談虎集』――この時期の文章を多く収めた文集――の題名に暗示されるように、「他人や社会の怨みを買うような」時局批判が活発に行われた。なかには日本人の漢字新聞『順天時報《じゅんてんじほう》』を相手に書かれた一連の時評が目立つ。「真の親日派」と訴えた彼はもはや時局の悪化に目をそむけることができなくなった。これらの日本批判と並行して、彼の小泉八雲観にも微妙な変化が起こる。

一九二五年一月『語絲』第十一号に「日本の人情美」の一篇がある。周作人はまず「忠君」を日本人の国民性と見る外国人の発言に疑問を示した。それは「どうやら一種の外来の影響にすぎず、必ずしも日本の真の精神を代表しうるものではない」と彼はいう。そのあと「忠孝」をめぐる内藤《ないとう》湖南《こなん》の考証――古代日本語において、「タダ」「タカ」と訓読みしたように、「忠」「孝」は、君主や親に対する特別な言葉ではなかった――を引きあいに出し、「日本の忠君はもともと中国からの代物《しろもの》で、近ごろドイツ製のペンキが塗られているが、しょせん彼ら自身の永久に変わらぬ国民性ではなく」、日本の国民性の長所はむしろその反対の方向、つまり『日本古代文化』のなかで和辻哲郎《わつじてつろう》が指摘した「湿へる心情」――人情の美しさにあると結論した。

文中に触れた「外国人」とは、実はハーンのことを指している。ポール・ルイ・クーシューとともに、小泉八雲のごとき文人も「忠君」云々の俗論から免れない、と周作人は不満を表明したものの、これは智者の「千慮の一失ということだろうか」と一言を付け加え、露骨な批判を控えたようである。

その後も周作人はハーンへの不満や異議をしばしば口にするようになった。例えば、一九二五年十月十日『京報副刊』に発表した「日本と中国」では、日本文化の独自な価値を認め、「一種の民族文化として公平に研究する」よう呼びかける一方、西洋人の日本研究に比べ、中国人にそれなりの利点があると強調し、次の一節を書いている。

西洋人はとかくロマンチックな目で東洋を眺めている。彼らのそしりも、称讃も、ある種の熱帯植物に対する失望や満足のようなもので、明白な理解に基づくものではなく、あまりあてにならない。小泉八雲のような有名人でさえかくの如し、と言わざるを得ない。(7)

ハーンへの周作人の不満は「忠孝」をめぐる日本観の一点に帰結するように思われる。三〇年代中頃『国聞周報』に寄せた数篇の日本雑感「日本管窺《かんき》」(一九三五年五月十三日)、「日本管窺の三」(一九三六年一月一日)および『宇宙風』の編集者に宛てた「日本文化を語る手紙その二」(一九三六年八月十四日)などに、一再ならずこの問題に触れ、ハーンに対する異議を表明したのである。周作人の異議は彼自身の文明批判に深くかかわるように思われるが、果たしてハーンの考えを充分に吟味した上での批判であろうか。これはまたチェンバレンとハーンとの論争にもからむもので、再考に値する興味深い問題である。

確かに「忠孝」はハーンがしばしばとりあげて論ずるテーマである。いったい「忠孝」とは何か、せんじ詰めて言えば、「死者に対する感情」「祖先崇拝の思想」に由来しているものだ、とハーンは考える。『心』には次の一節がある。

日本人の死者に対する感情は、どこまでも感謝と尊敬の愛情である。おそらくそれは、日本人の感情のなかでも、一ばん深く強いものであるらしく、国民生活を指導し、国民性を形成しているのも、この感情であるらしい。愛国心もそれに属していれば、親をだいじにする孝道もそれに属し、家族愛もそれに根ざしているし、忠義の念もそれに基づいている。（「祖先崇拝の思想」平井呈一訳　VII-479）

しかもこの感情は外部の影響を受けることなく、遺伝によって民族の血脈に連綿と流れるという。実はハーンへのチェンバレンの批判もまさにこの点にある。

『知られぬ日本の面影』（一八九四年）がホートン・ミフリン社から出版された時、チェンバレンはそれを精読し、気がついた間違いを直し、感想をところどころに書き入れた。例えば第五章「盆市にて」の終わりにある、日本の幼児がお多福面やオモチャに感じる喜びを遺伝とするハーンの説について、チェンバレンは「遺伝的な先祖伝来の」(hereditary ancestral)という個所に下線を引き、その横に「違う、それは個人の環境からくるのだ」と書き入れた。チェンバレンが批判や訂正の書き込まれた自分の手沢本をハーンに送ったことが二人の「論争」の発端となったらしい(8)。

チェンバレンが批判したとおり、遺伝の論理を日本の国家神道に適用するハーンの考えには確かに無理が感じられる。例えば、天長節に斉唱される「君が代」はハーンがいうように、それは「百世代にわたる敬愛によって聖とされた」ものではなく、天皇にささげる祝祭日用唱歌として、一八九三年に文部省によって選定されたものである。「確かなことは、ほんの最近このように使用されるようになったにすぎない」というチェンバレンの指摘はもっともである。(9)

しかしハーンの日本観を根底から支える「遺伝」の説には、科学主義・合理主義に立脚しているチェンバレンの理性批判だけでは裁断し難い何物か、ある種の生物学・心理学理論の単なる延長、演繹《えんえき》としては捉えきれぬ何物かが潜んでいるのは確かである。これについては後述させていただくが、そしてこの点こそ、周作人のハーン批判の盲点であった。

「忠孝」を槍玉にあげたものの、その背後にひそむ「死者に対する感情」、いわゆる「先祖からの遺伝」をまったく問題にしなかった周作人の批判は、あきらかに当時台頭しつつあった日本の軍部——国家主義者を意識したものであった。「忠孝」はこれら国家主義・拡張主義者によって提唱される徳目であり、しかもこの拡張主義に脅かされているのが当時の中国であった。中国人として周作人がこの問題に敏感であったことはいうまでもない。

非合理主義に走るナショナリズム——狂信的排外主義への批判は、周作人の思想のある重要な側面を示すものである。この点において、半ば「唯理主義者」ともいうべき周作人の立場はチェンバレンのそれに非常に近い。例えば両者の『古事記』研究はそのよい例であろう。『語絲』第六十五号の「漢訳古事記神代巻」の「引言」において、周作人は、神話・伝説を歴史的事実と取り違えた見方の愚を嘲笑した。一方、チェンバレンもその英訳『古事記』(一八八三年)に付した「訳者序論」のなかで、『古事記』の歴史記述としての信憑性の問題に触れ、神武《じんむ》天皇以降の時代に関する伝承は文字通り歴史的事実であるとする政府の公式見解に反対する立場を表明している。(10)

それに対し、周作人は国家主義狂信者によってでっちあげられた神話、国家神道にばかり目を奪われていたわけではない。「忠君愛国」を近代国粋主義の産物とする一方、彼は皇統の「万世一系」性、あるいは日本が異民族によって征服されたことがないという事実、さらに一般国民の皇室に対して抱く深い感情にも着目している。「日本のことを理解するには、この事実に注意しなければならない」と彼はいう。(11)文明の外観に眩惑《げんわく》されず、文明を民族の過去の体験、歴史的伝統との連続性において捉えようとする視点は、ハーンとその批判者である周作人に共通しているものである。両者の文化論を根源的につなぐ接点は実はここにある。やや逆説的な表現をすれば、ハーンの日本論について、周作人が最も不満を感じ、しばしば批判した部分こそ、同時に彼が最も惹かれていた部分ではあるまいか。むろん無意識のうちではあるが。一再ならず問題にしたということは、かえって関心の深さを物語っているのではないか。

「忠孝」に深くかかわる「祖先崇拝思想」に関する研究は、ハーンの日本文化論のコアである。畢生《ひっせい》の精力を費やした大著『日本――一つの解明』(一九〇四年)を貫く主軸は、ほかでもない、この「祖先崇拝思想」の解明であろう。その第四章「家族の宗教」に、祖先つまり、死者と生者との関係を描いた一節がある。

死者の幸福は、生きている者のつとめいかんによるという信仰、これはすでに死者の不機嫌を恐れた原始的な恐怖などは、ほとんど忘れてしまった信仰である。この信仰によれば、死者は死んだものとして考えられず、生前愛した人たちのなかに、依然として存在しているものと信じているのである。姿は見えないけれども、死者は一家を守り、一家の人たちの繁栄を見守り、毎夜、灯明の光のなかにふわふわとあらわれてくる。（平井呈一訳　XII-45）

周作人も「祖先崇拝」の思想に並々ならぬ関心をもっていた。『談虎集』の巻首に「祖先崇拝」と題する一篇がある。文章の主旨は、「祖先崇拝は原始部族時代の野蛮な風俗であり、廃止すべきだ」の一言につきる。一九一九年儒教批判の渦中に執筆されたという時代背景を考えれば、復古思想の温床《おんしょう》である祖先崇拝の風俗を真っ先に革命の祭壇に捧げた意図がわかる。文章の終わりにある「われわれは祖先崇拝を廃止し、自己崇拝、子孫崇拝に改めなければならない」という挑発的な表現も清末以降、中国の思想界を風靡した進化論のなごりを感じさせる。

対象の内面に踏み入り、民俗学的考察を試みるハーン。対象を高所から見下ろし、理性主義批判に徹する周作人。祖先崇拝の民俗を観察したハーンのまなざしは生身の温もりを感じさせるのに対して、周作人の視線は極めて観念的である。両者の立場、姿勢はかくも対峙《たいじ》しているように見えるが、荒れる波の下に潜む深海流のごとく、二人の意識の深層には同質のものが流れていた。すなわち「死者への関心」である。

中国民族に対する深い洞察として、魯迅が「阿Q」を発見したというならば、周作人は「鬼」を発見したといえよう。前者は中国人の現世生活を形象化したものであり、後者はその歴史体験を結晶させたものである。

「永楽の聖諭」は明代筆記にある永楽帝朱棣《しゅてい》の白話勅旨を紹介した短い雑感である。卑俗な文体と残酷な内容から構成された数百年前の野蛮な日常の一断片に接して、思わず身震いをするのは、この「日常」がいまもなお続いているためであろうか。エッセイの終わりに、周作人は次の感想を書いている。


朱棣の鬼がいまもなお世間に生きている、と思うと、怖くてたまらない。名教風紀を語る先生諸公《しょこう》のみならず、車引きや飲み物売りなどの庶民の中にも生きているのだ。(12)


旧い礼教になりかわってものをいう青年の姿を目のあたりにして、周作人はイプセンの劇『幽霊』を連想せずにはいられない。父の放蕩を思わせる息子の非行に驚愕するオスワルト夫人と同様、周作人は若い世代のなかの旧思想の復活に驚き、自分の恐怖を「重来」――人間に襲いかかり、どこまでも追いかけてくる幽霊――という言葉で表現した。

「死者への関心」は周作人の作品に執拗《しつよう》に、再三にわたって繰り返されるテーマである。現代人のなかに生き残っている「鬼」をあばき、それを「蛮性の遺留」(survival of savage)と名づける。この「死者」への執着は、後年の民俗学の提唱、研究に実を結ぶことになる。「鬼」の発見は、周作人の文明批判のなかで最も生命力のある思想である。中国の社会生活のなかに「旧い物」が根強く生き残るという「現象」について、偶然の一致であろうが、周作人は「遺伝の力」で説明を試みた。友人穆木天《ぼくもくてん》に宛てた手紙(一九二五年五月一日)のなかに、次の一節がある。

どういうわけか分かりませんが、私はどうも遺伝の学説に圧迫されるような気がします。良くも悪くも中国人はいつまでもやはり中国人です。従って国粋を保つ必要がまったくありません。何しろ国民性が消えるわけはないし、西洋化の提唱も虚《むな》しく感じます。世の中には二粒の豆みたいに似ている民族はありはしないから、どう「化」けようがありましょうか。(13)

「二粒の豆」という表現から推測すれば、周作人に影響した「遺伝」の学説とはモラヴィアのあの無名の修道僧グレゴール・メンデル(Gregor Johann Mendel, 1822-84)の研究であろう。一九三五年六月二日に書いたエッセイ「運命についてその二」には、このオーストリアの遺伝学者の名が出ている。メンデルは進化の仕組みを理解する道、ダーウィンからDNAにいたる道への第一歩を踏み出した人である。彼が求めたのは、実験で用いた植物、エンドウ豆の子孫の間にある統計的な関係であり、遺伝の主体を確実な数学的基盤の上にのせる数比であった。各種子を分けるのに細心の注意を払って遺伝の影響を一代かぎりではなく、幾世代にもわたって追跡したメンデル。彼の仕事のすべてに、むろん「科学」「理性」の精神が貫かれている。周作人は圧迫とともに何ほどかの「天啓」をそこから受けたのだろうか。「虫よ虫、鳴いて因果がつきるなら」という読人知らずの句が周作人のエッセイ「運命について」に引かれている。これはあまりにも「非合理的」であり、「科学」の向う側にある詠嘆ではなかろうか。ここで周作人がいうところの「遺伝」とは、「生物学」のメンデリズムでないことは誰の目にも明らかである。「科学者」のメンデルよりも、むしろ「哲学者」のスペンサーのほうが周作人に多くの示唆を与えたように思われる。ハーンの著書を媒介にスペンサー流の「遺伝」説に接したのか否かはさほど重要ではない。興味深いことに、ハーンも周作人も、「遺伝」をキーワードにして文化の特質・国民性を解読しようとしているのである。

ハーバート・スペンサーとの出会いは、ハーンの世界観の形成に決定的影響を与えた。スペンサーの「遺伝」説の特徴は、彼の社会有機体説もそうだが、「生物」進化と「社会」進化とを統合しているところにある。社会生活を営む人間、あるいは人間の集団を考察する場合、その資質、性格、感情、心理活動に至るまで、いわば精神的次元のものは、すべて生物的次元——細胞に還元できると考える。しかも生きている細胞は、すべて遥か地質的な過去にいた遠い祖先に連綿としてつながっている。スペンサーによれば、「本能」とは「組織された記憶」を意味する。つまり生の連鎖において、次の世代の個人に遺伝される印象の総量をいうのである。

ハーンはこうした「新しい哲学」や「科学的心理学」の知見を東洋思想・仏教における宇宙観と整合させようと試みようとした。「前世の観念」において、ハーンは宇宙の神秘を説く仏陀の教えとスペンサーの「生物学」との不思議な相似を論じている。

例えば「業《ごう》」の概念について、ハーンはこう書いている。

仏教の方では、この「自己」は、ほんのつかの間のまぼろしが寄り集まったものとされている。それをつくるものが、「業」である。この「業」のうちから、再び人間に生まれかわってくるものは、すなわち無量無数の前世の行為と思念との総計なのであって、生まれかわったそのひとつひとつは、心霊上のある大きな加減法則によるひとつの整数として、あらゆる他のものに影響するのである。（平井呈一訳　VII-446）

「業」と「遺伝」とは、異なった名称のもとに、同じ現象を認めているのだ、とハーンは説明している。

一九三五年四月二十一日、『大公報・文芸副刊』(第一四八号)に周作人は「運命について」というエッセイを発表している。文章のはじめに彼はいう。

このごろ、私は少し運命を信じるようになった。……私のいうところの命とは、人間の生まれ

つきの資質、今は遺伝というものであり、私のいうところの運とは、後天の影響、今は環境というものである。(14)

「運命」を語る筆触《ひっしょく》はやんわりだが、実は時局を刺している。日本の軍部の台頭と暗躍を明治維新の反動、幕府の復活と評し、明末の「八股文《はっこぶん》」と「党社」を借りて中国の文壇の閉塞を諷刺する。歴史ほど残酷な学問はない、というのが周作人の持論である。われわれはどうせこの「運命」から逃れることができないのだから、常に身を反省すればよい、それを減らすことができなくても、せめてそれを増やさないほうがよい――その先祖から受け継いだ悪業《あくごう》を、と周作人は言っている(「運命について」)。むろんこれは彼一流の「題を借りて、発揮する」横すべり、すりかえの論法ではあるが、ハーンと違う意味で、「遺伝」の名のもとに、「業」を語るこれら窮余《きゅうよ》の言葉の底には、周作人の「諦念」が滲み出ているのである。

スペンサーはかつて『心理学原理』(一八五五年)第一巻第四部第七章「理性」篇の終わりに、次のように語っている。

人間の脳髄とは、生命の進化の過程に、というよりも、人間という有機体に達するまでの幾つもの有機体の進化の過程に受けた、限りなく無数の経験の組織化された記憶である。これらの経験のうち、もっとも等質のもっとも頻繁に繰り返されるものは、結果として、因も果も、ともに

後世に伝えられる。そして徐々に高い知性にまで昇華されて、ついに赤ん坊の脳髄のなかに潜在するようになる……(15)

人間の脳は生物進化の結果であると同時に、社会進化——社会生活による学習の継承——の成果でもあることを今日のわれわれは知っている。この二種類の進化は質的に相異なる現象である以上、一方の原理をただちに他方の説明にも適用できるとする考えは危険である。しかし、この生物進化と社会進化を統合した「遺伝の思想」を通して一つの文化を考察する時、まさに「統合した」がゆえに、ある文化の本質に対する深い洞察、観照の哲学とともに、人間の魂とじかに対話する表現を論者は手に入れるのであろう。

ハーンと周作人の作品を読み、遠い昔の先祖が観念の上でではなく、われわれの血液のなかに流れ、われわれの肉体のなかに宿っていることを思い知らされる時、あるいは感激の喜びを覚え、あるいは戦慄《せんりつ》の恐怖を感じるに違いない。

7　国民性の啓示

近代中国の国民作家魯迅(一八八一——一九三六)が亡くなった直後、実弟の周作人は雑誌『宇宙風』(十一月十六日、第二十九号)に「魯迅について」の一文を寄せた。亡き兄の少年時代好きな絵本などを紹介し、「それがその半生の学問と事業の礎を固めた」と評する一方、兄の人柄と創作について、次の二点を推重《すいちょう》した。つまり「聞達《ぶんたつ》を求めぬ」ことと、「中国民族に対する深い洞察」であった。

魯迅の小説『阿Q正伝』は、こうした「深い洞察」の所産であろう。「阿Q」は、いわば中国人の現世の相ではあるが、著者の生活体験により、中国民衆の現実の姿をそのまま写したものではない。「阿Q」という人物像について、現実のモデルがなかったというわけではない。著者自身の説明によると、それは「三十歳前後で、平凡な顔、農民の素朴、愚鈍《ぐどん》それにのらくらの徒《やから》の狡さを合わせ持つ」ような人物だったらしい（週刊誌『戯』の編集者に寄せた手紙）。小説のなかの「阿Q」は、農村社会の底辺にいるルンペンとして設定されているが、しかし実際、むしろ士紳階級を含めた中国のあらゆる階層のさまざまな顔の「戯画」として描かれているのである。だから、「阿Q」のリアリティは、個性の描写や細部の真実に支えられているのではなく、国民性格に個性の「顔」を賦与した普遍的リアリティであった。「阿Q」は特定の時代、特定の場所にではなく、中国の歴史と伝統のなかに生きている人物なので、周作人の言葉で言えば、「阿Qという人は中国のあらゆるものの系譜――新しい名詞で伝統と称されるものだが――の結晶である」（『晨報副刊』一九二二年三月十九日）。

中国人の民族的性格の剔抉《てっけつ》は、魯迅の文学のすべてを貫くテーマである。同胞の姿を映す鏡として、外国人による観察と記録も大いに魯迅の興味を引くものであった。なかんずく、アーサー・スミス（Arthur H. Smith, 1845–1932）の『中国人の特性』（*Chinese Characteristics*, 1890）は、しばしば魯迅が取りあげて論ずる一冊である。アーサー・スミスは、中国では「明恩溥」という漢字名で知られていたアメリカ人宣教師である。一八四五年コネティカット州に生まれ、二十二歳でビロイト大学(Beloit College)を卒業、一八七二年に中国を訪れた。長年にわたって山東省で農村地域の布教活動を行う傍ら、医療、慈善、教育事業に携わった。彼の名を世界に知らしめた個性的な中国紹介の書物は、こうした実地の生活体験に負うところが大きい。もっとも早い時期の文章は、『中国の格言と諺』(*The Proverbs and Common Sayings of the Chinese*)であり、イギリス人が上海で発行した英字新聞『字林西報』(North China Daily News, 1864-1951)に掲載された。代表作の『中国人の特性』も、はじめはこの新聞に連載されていた。単行本の初版は一八九〇年、その後第二版(ロンドン、一八九二年)、第三版(ニューヨーク、一八九四年)、第四版(ロンドン、一八九五年)、第五版(エディンバラ、一九〇〇年)と版を重ね、欧米では広く読まれた(16)。一九〇〇年に「義和団」の乱が勃発した時、アーサー・スミスも北京の大使館に籠城を余儀なくされたが、その時の体験をふまえた『騒動中の中国』(*China in Convulsion*)は翌年の一九〇一年に発表された。

『中国人の特性』は二十七章から成る。「面子」「倹約」「勤勉」「礼儀」「時間に無頓着」「正確性の欠如」「誤解の才能」「ごまかしの才能」「無神経」「公共精神の欠如」「保守的」「忍耐力」「親孝行」「同情心の欠如」「信義に欠けること」「汎神論、無神論」などの題目を一見してわかるように、中国人の国民性につけた点数が実に辛い。魯迅が初めてこの書物に接したのは、日本に留学していた時だったらしい。一八九六年に、この本は渋江保《しぶえたもつ》によって翻訳され、「支那人気質」の題で東京の博文館から出版された。魯迅が読んだのは、この日本語訳だったと思われる。

一九二六年七月十九日『語絲』第八十八号に、周作人のエッセイ「われわれの無駄話」が掲載された。その年の四月に東京聚芳閣より出された安岡秀夫《やすおかひでお》の著書『小説から見た支那の民族性』を取りあげ、所感を述べたものである。著者は元、明、清の小説を引き合いに出して中国の民族性を論じているが、その細目を挙げると、一「総説」、二「過度に体面儀容を重んずること」、三「運命に安んじ物事を諦め易きこと」、四「気が長くて辛抱強いこと」、五「同情心乏しく残忍性に富むこと」、六「個人主義と事大主義とのこと」、七「過度の倹約と不正なる金銭慾とのこと」、八「虚礼になずみ虚文に流れること」、九「迷信の深いこと」、十「享楽に耽り淫風盛んなること」の十章から成り、いずれも中国民族の短所、欠点のみを俎上《そじょう》に載せたものである。周作人はまず安岡の言葉を受けとめ、そこに列挙されている中国人の劣根性を認めたうえで、こんな国が滅びないはずはない、と自らの持論を繰り返す一方、矛先を一転してこう述べている。

しかし私は日本人にこんな書物を書いて欲しくなかった。中国の欠点は中国人自身しか告発すべきでないとか、あるいは日本にもそれなりの重大な欠点がある、というようなことを言っているわけではない。私はただ「支那通」のこんな態度が気に食わない。これは決して日本の名誉ではない。

続いて、周作人は、日本と中国の間柄を欧米とギリシアとのそれに喩え、ギリシアの没落を悲しみ、自らの品格を保っている欧米人の度量と比較して、中国の不幸と凋落《ちょうらく》をむしろ喜ぶ「支那通」の軽薄を槍玉に挙げたのである。

ほぼ同じ頃、魯迅も安岡の本を読んでいた。周作人の文章に触発されたのだろうか、一週間後、『語絲』第八十九号に、魯迅は「馬上支日記」という短文を寄せ、次のように書いている。

安岡氏はその巻頭附言で遠慮がちに、「是れは支那人ばかりの事でもあるまい、日本などにも随分と御多分に漏れぬ仲間がある」と述べているものの、「其程度の高下や範囲の広狭を測って見ると、矢張り之を支那の民族性として特に吹聴するも、些《いさ》さか憚《はば》かる所はない」とある。これは支那人である私からすれば、確かに背に汗の流れる思いがする。

不快感をあらわにした周作人に比べて、魯迅はさほど反感を覚えていないように見受けられる。もっとも安岡自身の観察に心を動かされたというより、魯迅も熟知しているアーサー・スミスの論点がこの本に繰り返されているから、注意を引かれたのであろう。魯迅の「日記」はこう続く。

彼(安岡)はSmithの*Chinese Characteristics*をかなり信頼しているらしく、しきりに典拠として引いている。この本は、日本では二十年前に、『支那人気質』という題名で訳書が出ていたが、中国人であるわれわれの間では、逆にそれに心を留めた人があまりいなかった。

辜鴻銘はかつて、アーサー・スミスや、その他の西洋人シノロジストに痛烈な皮肉と非難を浴びせたが(『中国人の精神』)、それと違って、魯迅はこういった外国人の議論について、たいてい取るべきを取るという「拿来主義」を主張していた。ただしその良きものの少なきことを嘆くのである。一九二九年一月十八日、雑誌『奔流《ほんりゅう》』第一巻第八号の「編集後記」に、魯迅はこんな感想を漏らしている。

ふっと思ったことだが、中国にいる外国人で、儒教の経典や諸子の著述を翻訳した者はいるけれども、昨今の文化生活――レベルの高低はあろうが、文化生活には違いない――を真面目に世界に紹介した例はめったにない。おまけに、古書から食人風俗の証拠さがしに躍起になる学者もいるのだ。

このあたりは、日本は中国より遥かに幸せである、と魯迅は付け加えていう。なぜなら「彼らは、日本の良いものを外に宣伝する一方、外国の良いものを要領よく運び込む外来客によく恵まれているからである」。そして魯迅が名を挙げたのが、小泉八雲だった。

観点の偏りや事実の誤認があるにもかかわらず、アーサー・スミスの著書を魯迅が晩年に至るまで気にとめていたのは、それが現実の中国を描いた数少ない一冊だったからであろう。一九三六年十月五日の『中流』(第一巻第三号)に発表されたエッセイ「立此存照その三」には、魯迅のこんな言葉がある。「私は今でもやはりスミスの『支那人気質』をどなたか翻訳してほしいと思う。これを読んで、どの点が言い当てられているかを自省し、分析し、理解すればよい。それによって変革をはかり、必死に努力、工夫を試み、他人の許しや賞讃を求めたりはせず、いったい、どうやって中国人であるべきかを証すがよい」。病死する十四日前に執筆したものであった。

ところが、『中国人の特性』の最初の中国語訳は、実は一九〇三年に上海の作新社によって刊行されていたのである。「支那人之気質」という書名からもわかるように、日本語訳からの重訳である。漢文体のせいか、あまり広く流布せず、魯迅もこの訳本の存在を知らなかったようである。

魯迅逝去の翌年、一九三七年七月に商務印書館から潘光旦《はんこうたん》著『民族特性與民族衛生』が刊行された。その第二篇「中国人の特性」は、すなわちアーサー・スミスの原書からの抜粋訳である。二十七章のうち、十五章しか訳さなかったものの、魯迅の願いが一応叶えられたといっていい。なぜなら、訳者の意図するところも民族の病態を自省し、「どうやって中国人であるべきか」を模索しようとしていたからである。

潘光旦(一八九九—一九六七)は、江蘇省宝山県に生まれ、北京の清華学校を卒業した後、アメリカに留学。生物学、遺伝学、優生学などを専攻し、コロンビア大学の修士号を取得した。帰国してから、清華大学や中央民族学院で、優生学、家族制度、性心理学、社会思想史などを教えていた。

中国人の国民性の改造に一様に注目しながら、社会学者、優生学者として、潘光旦の視線はおのずと魯迅のそれとは違う。民族の病巣を剔《えぐ》ってみせる魯迅の警世に対して、生物学の視点から国民性を分析し、人種の改良を模索するのが潘光旦の立場である。

潘光旦によれば、民族の形成は、——個人や家族もそれほど異なるものではないが——三つの要素に左右される。すなわち「生物の遺伝」「地理の環境」「文化の遺産」である。三者は互いに連携しているが、なかんずく「遺伝」がもっとも重要だとされる。生物遺伝の力が地理的環境において作用すると、「文化」として実を結ぶが、逆に地理的環境と文化遺産は、生物の遺伝に対して選択と淘汰《とうた》的影響を及ぼすのである(『民族特性與民族衛生』緒論)。清末以降、中国民族の復興が叫ばれてきたが、「五・四」以来の儒教批判に示されるとおり、人々はいわゆる「文化」のみを問題にとりあげた。しかし「民族」の「族」とは、畢竟《ひっきょう》「生物学」の概念ではないか、と潘光旦は世人の盲点をついた。民族の盛衰消長を、遺伝と環境の視角から捉え、選択と淘汰が民族の性格にどう影響するかを統計データで確認する——これが潘光旦のアプローチである。この手法は、早く日独民族の比較研究にも用いられていた。

民国十七年(一九二八)四月十日発行の『新月』第一巻第二号と五月十日発行の第三号には、潘光旦の論文「徳日民族性相肖説」が二回にわけて掲載されている。文章の冒頭に執筆の意図が次のごとく述べられている。

私どもは日ごろ東洋西洋の歴史を読んで、しばしば日本とゲルマンとの相似に驚くものである。近代政治を論ずる者には、「日本は東方のドイツだ」という説さえあった。五年前、ラッセルが我が国より帰国した際、日本に立ち寄り、新聞記者と語り合うに、日本人の精神、性格及び挙止《きょし》のすべてがドイツ人によく似ているという。そしてドイツの覆轍を踏まぬよう自ら警戒すべしと忠告したのである。しかしこの種の相似現象についての感触は、十中八九、印象の域を出ないもので、比較的詳しい観察と論証などはなお欠けているようだ。そこで筆者は身の不才を顧みず、日ごろ読書の及ぶところをまとめ、草してこの篇を為し、以て当代の民族心理学を治める者とともに検討したいものである。

潘光旦は「服従心理」「悲観哲学」「自殺傾向」の三つの側面から、日独国民性の類似を分析している。「比較的詳しい観察と論証」が日ごろの読書に由来しているのだが、日本に関する考察は、新渡戸《にとべ》稲造《いなぞう》の『武士道』(*Bushido*, 1905)、アメリカ人学者ラトレットの『日本の発展』(Latourette, K. S., *The Development of Japan*, 1920)に多少触れたほか、ほとんどハーンの著書に依拠している。「服従心理」を論じた際、武士道の誇りのある服従と屈従の違いを取りあげた新渡戸の言葉が紹介された後、参照の証左として、ハーンの『日本――一つの解明』の一節が原文で引かれている。

obedience implying not only submission, but affectionate submission――not merely the sense of obligation, but the sentiment of duty. In its origin such dutiful obedience is essentially religious; and, as expressed in loyalty, it retains the religious character——becomes the constant manifestation of a religion of self-sacrifice.（XII-268）

（この服従は、ただの従順だけではなく、慈しみ深い情愛のこもった従順を意味するものであり、義務という観念ばかりでなく、それが本分であるという感情を含んでいる。その起源において、このような義務的な服従は、本質的には宗教的なものであり、それが忠義心に顕われた場合、宗教的な性格を保ちながら、一つの変わらぬ自己犠牲の宗教の表明となるのである。

「忠義の宗教」）

日本人の悲観的メンタリティについて、まず仏教との関連が語られた。ここでもハーンの言葉が論拠の一端として引用されている。

仏教が日本文化の上に与えた影響はじつに大きく、深く、多角的で、数えきれぬものがある。ただふしぎなのは、それほどの仏教が、神道の息の根を永久にとどめ得なかったということだ。多くの著述家が軽率に述べているように、仏教は庶民の宗教となり、神道は官営の宗教となって取り残された、などというのは、まったく世をあやまる妄説である。じじつ、仏教も神道と同じように官営になったことがあり、貴族階級の生活にも、貧者の生活に与えたと同じ影響を与えたことがある。天皇を僧侶にし、天皇の娘たちを尼にしたのは仏教だし、また統治者の処断を決定し、律令の性質を決定し、法令の実施を決定したのも、仏教であった。(「仏教の渡来」平井呈一訳　XII-177~178)

日本人の無常観やニヒリズムを説明するのに、仏教の影響のほかに、潘光旦は友人から教えられた二つの事柄を挙げた。つまり桜と悲劇への日本人の嗜好である。後者について、潘氏はまたもやハーンの観察と分析を引き合いに出している。

日本の有名な悲劇の多くは、大名の家臣や一族のものがしたこの種の犠牲、――主人の子を助けるために自分の子供を殺したというような、男女の事件を扱っている。だいたいみな封建時代にあった史実によっているこれらの演劇作品に、事実が誇張されていると考える根拠はどこにもない。もちろん、それらの事件は、舞台で上演する必要に応じて、仕組みを変えたり、間口を広げたりしてはあるが、そんなふうにして上演された昔の社会図絵は、おそらく過去の現実そのものよりも、かえって陰惨な気分が少ないだろうと思う。日本の国民は、いまなお、こういった悲劇を愛好している。これらの劇文学を批評する外国の批評家は、血なまぐさい場面だけを指摘して、これは日本の大衆の好みが血なまぐさい見物《みもの》を好む証拠だ、――つまり、国民の血のなかに、ある不逞な残忍性がある証拠だと論じている。しかし、わたくしはむしろ、日本人がこうした昔の悲劇を好むのは、外国の批評家連中が、つねにできるだけ無視することにつとめているもの――つまり、この国民のもっている深い宗教的性格を証するものだと考える。これらの芝居が、長いあいだ国民に喜びを与えつづけているのは、芝居のもつ恐ろしさのせいではなく、芝居のもっている道徳的教訓、――犠牲と勇気の本分、忠義の宗教の発露のためなのである。それらの劇は、封建社会の殉難精神を最も貴い理想として表現しているのである。（「忠義の宗教」平井呈一訳　XII-275～276）

長い引用の後、潘光旦は次のコメントを書いている。「小泉八雲は日本に居留すること十四年、この種の議論を発して、その所見が自ずと独得のところがある。西洋の評論家の不当を責めるのも、また甚だ然りである(17)」。

「自殺傾向」の章では、黄遵憲《こうじゅんけん》『日本国志』の記述や謝晋青の「日本民族性の研究」などのデータを利用しているが、日本女性の貞節に触れた際、短刀で我がのどを一突きする、という武家女性の「自害」を紹介したハーンの言葉が引かれた後、次のような一節が見える。

それに日本の男女は、情に殉じて死んだ者が多い。封建時代では、階級の区分が厳しく、社会身分の著しく異なる者は結婚できず、則ち抱き合って水に赴いて死ぬのである。今日において、階級の名義は廃止されたものの、社会身分の違う者はやはり自由結婚を許されず、往々にして共に死ぬことで結末を迎える。昔は溺死が多かったが、今では鉄道のレールを媒介にする者さえある。このような情に死ぬことを、日本人は「心中」と呼ぶのである(18)。

文献の出典が明示されていないが、潘氏がハーンの著書を読んでいたことを考えると、「心中」(『知られぬ日本の面影』)「生と死の断片」「永遠の女性」「赤い婚礼」(『東の国から』)などのエッセイに触発《しょくはつ》されたことも充分にありうる。「徳日民族性相肖説」の結論において、潘光旦は日本とギリシア文化との類似性を比較したハーンに異議を申し立て、いわゆる民族心理の側面に焦点を絞り、日独の共通性を強調した。そして古人類学の知識をふまえて、掌紋、二重瞼、頭蓋骨などの身体の特徴に基づいて、日本人もゲルマン人もともにノルディック(Nordic)人種とアルプス(Alpine)人種の混血であることを立証し、こうした生物学の解釈に相似性の根拠を求めている点が、いかにも優生学者潘光旦らしい。この結論の当否はともかく、潘光旦の考察は、小泉八雲の先行研究に大いに依拠しているという事実を見落としてはならない。日本語に通じない潘氏は日本研究の専門家ではない。彼の日本論はいちおう国民性研究、人種学の延長線にあると理解していいように思われるが、その同じ年に、戴季陶《たいきとう》の名著『日本論』が公表されたということを考えあわせると、やはり時代の空気を匂わせる一篇であろう。

8　戦争前夜の日本論

戴季陶の『日本論』が上海民智書局から刊行されたのは、一九二八年だった。その巻首の第一章「中国人が日本問題を研究する必要性」には、まずこんな言葉が見える。

中国人で日本に留学したものは、かなりいる。正確な数はわからないが、たぶん最低十万は下るまい。この十万人の留学生が、「日本」というテーマでどんな研究をやったか。三十年前に黄公度先生があらわした『日本国志』という本以外に、日本を専門に取りあげた本は見たことがない。（市川宏訳、以下同）[19]

清末に外交官として来日した黄遵憲は、すぐれて明治日本の観察者であった。彼の残した『日本国志』『日本雑事詩』はチェンバレンやアーネスト・サトウなどによる一流の日本研究に比べても決して遜色《そんしょく》がない。ただ、日本留学が時代の流行となったにもかかわらず、このパイオニアの跡を継ぐ者があらわれていなかったことは嘆かわしいことである。実は八年前に、周作人のエッセイ「親日派」にも同じ嘆息と自省の言葉があったのである。しかし、心ある識者がいなかったわけではない。「私は、この十数年、一つの希望だけは抱いていた」と戴季陶はいう。それは「日本」というテーマで、歴史研究に即して、その哲学、文学、宗教、政治、風俗、およびそれらの諸事象を成り立たせる原動力を、自分の思索力および批判力を通して、中国人の前に、きちんと解剖し、展示してみせたいという希望である。皮肉なことに、このような日本論が書かれたのは、日中関係がいよいよ悪化し、緊迫しはじめた、まさに戦争前夜のことであった。

この時期の日本論の特徴の一つとして、論者自身の「内なるモチーフ」があげられる。つまり研究対象本位ではなく、研究者自身のなかに執拗に追い求めるものがある。対象へのアプローチは、テーマを追究する一つの手だてに過ぎない。前節で取り上げた潘光旦の国民性考察もそうであったが、周作人の一連の「日本を語る」エッセイも彼の一貫した歴史認識の延長線で書かれたものであった。それらと同様、戴季陶の著書は日本研究の名作だとよくいわれるが、しかし見方によっては、中国文化に対する批判、自省の書でもあった。

戴季陶(一八九一―一九四九)は光緒十六年、四川省に生まれた。名は伝賢。季陶は字で、また天仇というペンネームでも知られる。一九〇二年に成都の東游予備校に入り、日本人教習の服部操《はっとりみさお》に一年間日本語を教わっている。その頃種族革命の思想に接する。後にミッション系の華英学堂を経て、一九〇五年に十四歳で日本に留学、日本大学法科に入学する。留学生の組織同学会をつくり、日本語を達者に操り、講演の弁才も見せる。帰国した後しばらくは上海の中外日報、ついで天鐸報《てんたくほう》の記者となり、ジャーナリストの世界で文名を挙げた。辛亥の年(一九一一年)、『天鐸報』の筆禍事件が起こり、戴季陶はマレイのペナンに亡命。華僑の雑誌を出して反清革命を鼓吹し、孫文《そんぶん》らの同盟会に入る。武昌蜂起の後、上海へ帰って『民権報』を創刊した。孫文がアメリカより上海に帰った時はじめて会ったという。以来長年孫文の秘書をつとめ、側近として孫文が亡くなるまで付き添った。一九一三年の孫文と桂太郎との密談にも参加し、その後孫文の日本訪問の際、重要な会見、演説の通訳をつとめていた。戴季陶はいわば国民革命の元老の一人として、後に国民党の中央執行委員、政治委員、宣伝部長に選ばれ、黄埔軍官学校の政治部部長にもなった。一九二八年国民政府ができて、戴季陶は初代考試院院長となるが、徐々に政治の中枢から離れ、孫文思想の解釈者、国民党右派理論家としての道を進んでいく。

この経歴からもわかるように、留学経験をもち、知日家としての戴季陶は、国民革命の初期から一連の重大な政治、外交交渉に直接参与した。特に一九一三年から一六年にかけて日本に滞在し、日本の政界、軍部とも広く交友があった。従って、彼の日本認識は、書物の知識以上に、こうした実務経験をふまえている。『日本論』もいうまでもなく、こういった経歴の産物である。つまり中国革命の実践という立場から研究対象を捉え、その模範となるべく、その援助者になってほしいという希望をもつ一方、実際革命の障害となり、ついにその敵となりつつある「日本」の姿、その来し方ゆく末を分析し、論じたものである。

歴史と現実との間に、強靭《きょうじん》な思索をめぐらして、なるべく客観的、総合的に日本の全体像を捉えようとした、という戴季陶の願いがあったものの、中国の国民革命という強烈な「内なるモチーフ」をもつがゆえに、『日本論』は時局色が濃厚に滲み出る結果となった。ハーンの『日本――一つの解明』と読み比べたら、また多くの示唆に富む一冊である、といっていい。

『日本論』は全部で十万字にも満たない小冊子で、二十四章から成っている。内容によって三つの部分に分けられる。第八章「封建時代の町人と百姓の品性」までは、前近代日本の神話、宗教、封建制度、社会階層の説明にあてられた、いわば歴史分析であり、第九章「尊王攘夷と開国進取」から第二十一章「今日の田中大将」までは、明治維新以降の近代日本政治史を、人物評価を交えながらスケッチしたものであり、末尾の三章は日本人国民性への観照である。

戴季陶は明治維新以来、急速に軍国化していく日本の現状をめぐる分析批判に多くの紙幅を割り当てながら、民族の過去の体験、伝統との連続性において文明の本質を捉えようとする姿勢を貫いた。明治維新がなぜ成功したのかについて、戴季陶の見解を見てみよう。


徳川三百年の治績を忘れた明治維新史は、正しいとはいえない。なぜなら、ある時代の革命は、さまざまな破壊から建設の完了にいたるまで、あくまでその民族の社会生活の枠を越えることはできないからである。その社会の内部に改造の条件が整わず、また改造のための能力が培《つちか》われていなければ、一部少数の人間が運動を起こしたところで決して成功は望めない。いかに周囲の環境が改造を迫ったところで、改造のための能力は短期養成というわけにいかないのである。したがって、欧米勢力の圧力は、日本を揺るがし革命を起こさせるきっかけとして作用しただけであって、この革命を短期間に成功させたものは、外からの輸入ではなく、すべて歴史が培ってきた

さまざまな能力の発現なのである。（六、日本人と日本文明[20]）

江戸時代に徐々に形成されてきた諸条件をプラスに評価したライシャワーなどの日本近代化議論に先立つこと三十数年である。この「歴史を凝視《ぎょうし》する視線」は、また日本人の宗教生活、そこに培われてきた宗法制度および人間のメンタリティの解明を日本理解の鍵としたハーンの知見に通底するものである。

時局批評の文章、例えば田中外交への分析などは、今日の日本政治史、外交史研究の学問レベルで判断すれば、戴季陶の考察をジャーナリズムの域を出ていないものとしてかたづけてしまうのは容易かもしれないが、文献史料による推論ではなく、桂太郎論にしろ、田中義一論にしろ、作者自身の目撃親見を描きだす点で、日本近代史の現場を記録した貴重な文献といえよう。「秋山真之」の一章は、短い小品ではあるが、アーネスト・サトウの『一外交官の見た明治維新』の筆触を思わせる臨場感に溢れる人間洞察である。

最後の三章は、掉尾《ちょうび》を飾るものにふさわしく、生彩と迫力に満ちあふれている。作者の見識もさることながら、時にはその人格を強く感じさせ、全書のなかで、もっとも生命力のある文章ではないかと思われる。戴季陶は強烈なナショナリストであり、理想主義者である。反共イデオローグといわれた彼は、東京のコントロールに反対するのと同じく、モスクワの指揮をも拒否し、国民革命は中国民族の手で遂行しなければならないという断固たる信念をもっていた。理想と信念を支えたものは信仰心である。戴季陶によれば、人間の生活は、理知だけで成り立つものではない。一民族の生活ともなれば、なおさらである。民族の結合は、理知ではなく、ある種の主観意識の力――信仰の力によって行われる。もとよりすべての感情的意識は、理知による陶治《とうや》を受けなければ、「醇化」されず、ただ動物的本能に止まってしまう。しかし感情が欠如した社会、真摯《しんし》な信仰をもたない人間は絶対に理知を創造することはできないし、社会の進歩も望めない。中国社会の腐敗、立ち後れは、まさにこの醇化された感情の真の力、熱烈で真摯な信仰心の欠如に原因の一端がある。すべては冷たい計算が働いているからである。それに比べて、日本人の信仰生活について、戴季陶はこう語っている。

日本の信仰生活を仔細に観察してみると、たしかに中国人のそれより純粋な点が多い。彼らの信仰生活のほうが、より純粋であり、積極的であり、非打算的であることは、一目瞭然である。日本人の犠牲精神は、この信仰生活がつくり上げたものといえよう。宗教について言っても、教派のいかんを問わず、教義および組織の両面でも、中国のそれよりも本物である。大多数の信者は、中国人のように自己の利益を計算して神を拝むのでなく、自己の肉体すら無条件に捧げる決心、いわば「絶対的」観念をもっている。（二十二、信仰の真実性）(21)

この信仰の真実性を示す例として、戴季陶は生死の決断と男女の情愛を挙げた。彼の言葉でいえば、人類の生活は、すべて真実性の点で、ある絶対的一致点をもつ。特に生命の存在に関しては、些かの虚偽も許さない。そして男女関係こそは、人類の生命の根本義である。生死の決断をめぐって戴季陶は、日本人の切腹に死に赴く時の明晰な意識と強固なる信念を見出し、後者の男女の心中には、愛する者の犠牲となるという果敢な意志と無私の情愛が認められるものとしている。戴季陶はいう。「中国の香艶史上、北にも南にも、古も今も、これほど感動的な、これほど深刻に人生の意義を感じさせる記録は残されていない。自殺という死の事実に、豊富な生の意味を与えたことは、日本民族の信仰の真実性のひとつの表れである」。後年、フランス人知日家モーリス・パンゲ(Maurice Pinguet)が『自死の日本史』(竹内信夫訳、筑摩書房、昭和六十一年)で、「意志的な死」という概念を提起したが、まさに戴季陶の考察に通底している問題意識であろう。

「美を愛する国民」の章では、日本人の審美趣味を評して、「崇高」と「偉大」には欠けているが、「幽雅」と「精緻」に富み、日本国民は一般に、中国人に比べて美的情緒が優美かつ豊富である、と論じた。そして徳川中期以降の民間文学・美術の勃興を空前の偉観と見ている。この時代の特色として、文芸のすべてが実生活の情緒にあふれ、あらゆる制度文物が「人情」を骨子としており、美を愛する日本民族の風習および審美能力の発達は、徳川時代の最大の成果である、と戴季陶は言っている。これらの論評に接して、思わず日本人の資質、品性、死生観ならびに徳川文化を論じたハーンの数々の言葉を連想せずにはいられない。二人の着眼点の違いもまた興味深い。ハーンはこの世を去る直前に、古い日本の文明、そこに育まれた純朴な風習がしだいに崩れ滅びつつあるのを見て、哀惜《あいせき》の念を禁じ得なかった。一方西洋の列強に立ち向かうためには、国民性のなかの「勇猛」「献身」とは別の資質を発達させねばならないと認めながらも、ロシアとの戦いに、過去に培われた道義心の発露を見てとった。ハーンと同様に、戴季陶は日本民族の倫理性、武士道に顕れた「尚武」の精神を高く評価している。しかし、『日本論』執筆の前の年、彼は六年ぶりに日本を訪れ、見るもの聞くもの、隔世《かくせい》の感を覚えたという。ナショナリズムの熱狂と昂揚のなかに、彼は「尚武」気風の荒廃を見たのである。戦勝の裏には自己過信の危険がある、とハーンはかつて日本国民に警告していたが、日露戦争以後の日本の姿を、ハーンは知るよしもなかった。

戴季陶の『日本論』は、日本批判を行ってはいるものの、歴史検証を疎かにせず、客観的かつ公平な評価を試みている。ところが、時局が険悪になるにつれて、日本研究は世間に注目される一方で、敵情偵察の性格も色濃くなっていく。

一九三〇年一月、上海の新紀元月刊社は『日本研究』を創刊し、初版五万冊を刷った。創刊号には、金解禁問題の特集が組まれているが、巻頭を飾った論文は、小泉八雲の「日本文明の天性」(「日本文化の真髄」とも訳される)であった。訳者の陳彬龢《ちんひんわ》は、この研究誌に深く関わっているらしく、その後もしばしば彼の名が登場する。

第二号の巻首には、まず邵元沖、熊式輝、張伯令、蔣夢麟四人による日本研究談話が載せられている(創刊号には馬相伯のみ)。いずれも学界の著名人である。内容構成を調べると、日本古代史、対中外交、学生の就職難、東洋文庫の古文献、日本政党人物紹介など創刊号より幾分充実されたように見える。翻訳として、陳彬龢訳の小泉八雲「日本民族性における柔術精神」(原題は「柔術」)と鶴見《つるみ》祐輔《ゆうすけ》「日本人の滑稽性」(洪美英訳)の二篇が掲載されている。

第三号も前例に漏れず、雑誌のピーアールのためであろうが、著名人の談話が収められている。陳立夫、褚民宜、戴季陶、蔡元培など各界の大物がそろって一民間雑誌に寄稿したというのは驚きである。当局の後押しで売り出されているかと思うと、同号の編集部啓示「敬って読者諸君に告げる」には、意外なことが書かれている。それによると、創刊早々、二号が出たところですでに読者から批評が寄せられてきたという。不満は次の二点に集中、すなわち「内容は浅薄、校正は粗雑」である。(22) そして編集部の弁解がましい説明によれば、もともと人手が足りず、そのうえ資金不足で設備も整わず専門の人材も雇えないという。

第四号は「五・三」済南惨事の記念特集である。一九二八年五月、国民革命軍の「北伐」を阻止しようとして、日本は居留邦人保護を口実に、山東省の済南に出兵し、中国の軍人、民間人約一万人を殺傷した。この事件によって、日本に対する敵愾心が一段と高まり、日本研究に拍車がかかる一因ともなった。現に第四号の表紙裏に、陳彬龢編『日本研究読本』の広告が載っているが、次のように書かれている。

この日本研究読本は、編著者が済南惨事に刺激され発案したものである。国人に感情的衝動を抑え、理智を運用して日本のすべてを研究、解剖し、根本から雪辱の方策を図って欲しい。

同じく第四号に載った孔祥熙の談話も同様な意図で書かれたものの一つであろう。

世に恒言あり、彼を知り己を知れば則ち策は勝たぬ無しという。海が開通して以来、全世界は一競争の場となる。兵を隠して我を謀れば、我が気付かずに毫も覚えないことを人々ははじめてわかる。如何に列強と競えるぞや。今、日本研究の出版は東隣の情状を探索する嚆矢《こうし》となり、以て国人を目覚めさせ、奮発させるなり。

『日本研究』の創刊に半年遅れて、一九三〇年七月、上海日本研究社は雑誌『日本』を刊行した。第一号に、「逸塵」の署名で発表された「発刊の詞」には、こんな言葉がある。

日本という国といえば、政治的にしろ、あるいは地理的、文化的にしろ、過去も現在も、わが中国とは最も深く最も重要な関係をもっている。明治維新以来、彼らは朝野上下とも、伝統的で一貫した侵略政策に基づき、南進であれ、北進であれ、いずれもわが中国を侵攻の目標にしてきた。……彼は刀でありまな板であり、我は俎上の魚であり肉である。なんと痛ましいことであろう。中国に対する日本の侵略が実行できたのは、もとよりその海軍陸軍の強さ、兵器戦艦の先進さのためではあるが、しかし最も驚かされるものは、彼らの学術偵察隊である。東京の書店へ見に行くがよい。彼らの著した中国関係の書物がどれだけあるか数えられないほどである。日本における中国研究の資料書籍、機関団体、調査の実態などを列挙した後、中国人の日本研究に触れて、夥しい数の留学生がいるにもかかわらず、まともな日本研究書といえば、黄遵憲の『日本国志』と戴季陶の近著『日本論』のほか、ほとんど見あたらない、と嘆いた。そして戴季陶の言葉を引用してこう続く。

季陶先生が彼の日本論の中でいう。「中国という題目について、日本人はそれを解剖台にのせ、すでに何千回となく解剖し、また試験管に入れて何千回となく実験しているのだ。それにひきかえ、われわれ中国人は、ただ排斥と反対の一点ばりで、研究しようとしない。これはまるで思想における鎖国、知識における義和団も同然ではないか」。季陶先生の言葉は、なんと沈痛であり、なんと興味深いものであろう。(中略)

われわれが日本研究を疎かにして、日本のことがわからないからこそ、それに欺かれるごとに、手も足も出ず慌てふためくのに対し、日本人は中国の奥底をはっきりと窺うことができたからこそ、それを左右して向かうところ阻まれるものがないのである。……政治的立場であれ、学術的立場であれ、日本の国家、社会、文物のすべてを一体何なのか、と明白に解剖してみせなければならず、全国民の前にさらし出さなければならない。特に我が国の日本に留学している学生はこの重大な責務を負うべきである。我が国の留学生たちは、憚ることなく日本政治、経済のスパイをつとめ、日本社会、教育の探偵をつとめるべし。

月刊誌『日本』を編集発行したのは、雑誌とともに発足した「日本研究会」、つまり「発刊の詞」を旨として創られた留学生団体である。一九三一年、「満洲事変」が勃発すると、タイムリーに抗日宣伝を行うために、雑誌は『日本評論』と改名され、一時、三日ごとに発行された。しばらく後にまた月刊誌に戻るが、時局の激変に伴い、内容はますます戦時色を深めていく。

一九二〇年代の半ばから、ハーンの作品は「小泉八雲」の名で、しばしば中国の各種の雑誌に紹介された。なかでも、単行本として一九三〇年上海商務印書館より出版された『日本と日本人』は異色の一冊である。訳者は胡山源《こさんげん》、ちょっとした知名度のある作家である。

胡山源(一八九七—一九八八)は江蘇省江陰県の出身。十五歳の時、ミッションスクールの江陰励実学堂に入り、英語を習う。二十二歳で奨学金を得て杭州の之江大学に入学、英語の基礎を固めた。後に世界書局編訳所で働き、辞書の校訂にあけくれるが、そのおかげで、翻訳の力を鍛えられ、英米文学作品の翻訳をはじめ、『世界文学家列伝』や『オー・ヘンリー短篇小説集』などを出版している。翻訳活動は創作欲を刺激し、胡山源は新聞などに小説を寄稿するようになり、作家としての道を歩みはじめた。新文学運動が起こると、彼は友人とともに文学結社「彌洒社《みしゃ》」をつくり、唯美主義を標榜した。月刊『彌洒』に発表された胡山源の小説「睡《まどろみ》」は、同人の芸術志向——目的も芸術観もなく、議論も批評もせず、ただインスピレーションのみを尊ぶ――を端的に反映した作品である。彼らの創作は魯迅、周作人の興味を引いたらしく、胡山源の「睡」も、後に魯迅の編集した『中国新文学大系・小説二集』に収められている。

『日本と日本人』は落合貞三郎がハーンの作品、主として『心』と『東の国から』に収められた作品のなかから、「日本人の内面生活に関する彼の最高の傑作」(編集者序文)を選び集めたアンソロジーである。訳者の胡山源は、「訳者自序」で翻訳の動機に触れてこう語っている。

小泉八雲の作品は、我が国ではすでに多く翻訳されている。しかし翻訳されたのは、たいてい彼の文芸評論であり、その他の作品に至っては、あまり注目されていないようだ。この『日本と日本人』は、別の方面から小泉八雲の人柄を認識させてくれるのである。

もっとも、私がこの書物を翻訳したのは、上述した一点のほか、さらに幾つかの理由がある。まず、われわれに迫ってきた強力な隣人といえば、日本とロシアの二国にほかならない。日本がわれわれをどう侮ったかはこれ以上いうことはなく、誰もが知っている。ロシアに比べて過ぎたることはあっても、及ばざることはない。かつてわれわれは、彼等日本人の詳しい状況がちっともわからなかった。この頃それに関心を寄せている者が出てきたが、彼等の外観にとどまっている憾みがある。本書は心理、哲学の視点から彼等の内面生活を解剖しているもので、彼等の生活の全貌を研究しようとするわれわれにとっては、実に有力な参考になる。……(23)

満洲事変前夜、中日間にみなぎる緊迫した空気を読む者に感じさせる一節である。「彼を知る」を合言葉とした、空前の日本研究ブームの流れのなかで現れた一冊ではあるが、時流に便乗し、泥縄で間に合わせた代物と違って、訳者の力量を充分に発揮した上質の翻訳である。胡山源によれば、小泉八雲の著書は、日本研究に資するほか、東西両文明について、極めて的確な観察と透徹した論評をしている。それだけではない、文章の優美さにも惹かれているという(「訳者自序」)。

胡山源は長生きしたために、多くの文人が経験したように、文化大革命(一九六六―一九七六)の「煉獄」を経験することとなる。一九七〇年の春、上海の住所で、「解放」を宣告された後、胡老人は故郷の江陰に戻った。文筆のすさびは老後余生のなぐさめであった。往昔の交友、文壇の逸事、記憶の片鱗をかき集め、紡ぎだしたのが『文壇管窺』の一冊である。そこには、思いがけず『日本と日本人』の翻訳をめぐる裏話が披露されている。

それによると、二〇年代の末、失業中の胡山源は、翻訳者招聘の広告をきっかけに、陳彬龢と知り合う。陳は出版界の顔利きであり、商務印書館編集長の王雲五とも並々ならぬ付き合いで、広く人脈をもっていたらしい。そこで胡山源はこの陳彬龢に雇われ、陳のために文章や翻訳を代筆するようになった。原稿の出版、それに相場より高い原稿料を約束された代わりに、すべての文章は陳彬龢の名前で発表するという取り決めが二人のあいだにあった。陳はいわば文筆業界のブローカーだが、金も文名も欲しかった。英語も日本語もできない彼は他人の原稿を買収することによって学者顔でいられたのである。『日本と日本人』も実は陳に頼まれた仕事の一つであったが、胡山源はすっかり原著が気に入って、陳に手渡すのに忍びなかった。そこで商務印書館に売り、自分の名前で出版したという。(24)この陳彬龢はいうまでもなく、雑誌『日本研究』に載せたハーンの文章「日本文明の天性」「日本民族性における柔術精神」の訳者である。さっそくそれを胡山源の訳文と比較してみると、ごく個別の単語を除けば、修辞も言い回しも外国人名の音訳の当て字まで、そっくりそのまま胡訳を踏襲している。

ちなみに、陳彬龢は日本占領下の上海にとどまり、偽『申報』の社長に就任した。日本が降伏した後、言論界の代表者として敵の大東亜共栄圏の宣伝に力を尽くし、重慶の中央政府を攻撃したという「漢奸《かんかん》罪」で起訴されている(益井康一『漢奸裁判史』みすず書房、一九七七年)。後に香港に逃げたらしい。

第二章　注

1　『周作人集外文』上集(陳子善、張鉄栄編、海南国際新聞出版中心、一九九五年)二四二頁。

2　『周作人日記』上冊(魯迅博物館蔵、大象出版社影印本、一九九六年)四一八〜四二八頁、四三四〜四三五頁参照。

3　『談虎集』(岳麓書社、一九八九年)一五頁。

4　『語絲』第一号、一九二四年十一月十七日。

5　『小説月報』第十二巻第十一号に発表。一九二一年十一月十日。

6 『晨報副刊』一九二三年四月五日(人民出版社復刻版、一九八一年)。
7 『談虎集』二九六頁。
8 太田雄三「ハーン試論――チェンバレンとの比較を中心に」『文学』第三巻一号(一九九二年冬)一六六頁参照。
9 『日本事物誌』2(高梨健吉訳、平凡社、昭和四十四年)所収「国歌」の項を参照。
10 Basil Hall Chamberlain, *Translation of KO-JI-KI*, J. L. Thompson & Co. Ltd., Kobe, 1932. pp. 50-62.
11 「日本管窺」『苦茶随筆』(岳麓書社、一九八七年)所収、一三九頁。
12 『語絲』第十一号、一九二五年一月二十六日。
13 『語絲』第三十四号、一九二五年七月六日。
14 『苦茶随筆』一〇九頁。
15 H. Spencer, *The Principles of Psychology*, 4th edition, 1899, vol. 1. pp. 470-471. ハーンは『心』の「前世の観念」の章で、この一節を引用しているが、出典について、「感情」篇と誤記した。
16 ハーンもこの著書を読んだらしい。メーソンに宛てた手紙(1892, 7, 30)において、それを「ぞっとするような書物」と呼び、神戸の英字新聞に寄せた「寛大の必要性」において、アーサー・スミス牧師の描く清国人生活に触れていた。
17 『新月』(上海書店影印本、一九八五年)第一巻第二号、二六頁。
18 同右、第一巻第三号、一三頁。
19 『日本論』(海南出版社、一九九四年)一四頁。
20 同右、三九頁。

21　同右、一六〇頁。

22　例えば、『日本研究』創刊号に載せたハーンの文章の訳を調べると、日本人の入浴好きについて、原注には「女の人のまじった日本人の集まりでは、たいてい、この麝香のほんのりとした匂いがする。それは、着ている衣服が、ごく少量の麝香を入れた箪笥の中にしまってあるせいである」とあるが、中国語訳では、「箪笥にしまう」の代わりに「下着に入っている」となっていたり、第二号の目次にある「鶴見祐輔」が「鶴見輔祐」となっていたりする。いずれも校正の誤りであろう。

23　小泉八雲著『日本與日本人』(胡山源訳、上海商務印書館、一九三〇年)一～二頁。

24　胡山源『文壇管窺――和我有過往来的文人』(上海古籍出版社、二〇〇〇年)六二頁。

第三章

批評家ハーン

9　三〇年代の中国文壇と小泉八雲

一八九〇年に来日した当初から、ハーンは厖大な創作計画をもっていた。松江で教職を得て、生活も落ち着くようになると、ハーンは着々とその計画を実行に移していく。一八九四年、第一作『知られぬ日本の面影』がニューヨークで出版された。それを皮切りに、『東の国から』(一八九五年)、『心』(一八九六年)、『仏の畑の落穂』(一八九七年)を次々と生み出した。これらの日本題材の著書は、やがて欧米の読書界で話題を呼び起こし、ハーンにとって大きな励みとなった。神戸から西田千太郎へ書き送った手紙(一八九六年四月)に、こんな文面が躍る。

お手紙をいただき、私が前より日本人を少しばかりよく理解し始めていると思うと貴方から承って、私はうれしくなりました。私の他の著書は、アメリカばかりでなくヨーロッパでも成功を収めました。フランスの主要な評論誌(「ルブ・ド・ドゥ・モンド」)は私に関する長い論文を載せ、「スペクテーター」、「アセニーアム」、「タイムズ」及び他の英国雑誌も好意的でした。それでも、私はその賞讃を事実の賞讃だと誤解するほど愚かではありません。ますます毎日、私自身の無知を感じますし、当然、日本に関して話すべき知識を何らもたない外国の評論家の意見より、日本の友人の賛同の方がもっとうれしいからです。しかし、一つの事柄が私を勇気づけてくれます。即ち、今後、私が日本について書くことは何でも、広くヨーロッパやその他の場所で読まれることになり、それで私がお役に立つことができるかもしれないことです。私の最初の著書はドイツ語に翻訳されているところです。（池野誠訳　XV-25～26）

ハーンの予想はあたっていた。P・D・パーキンス夫妻編『ラフカディオ・ハーン——その著作書誌』（北星堂書店、一九三四年）は、著作の初版本のほか、世界各国で翻訳されたハーンの著書やハーン関係文献も広く収録している。その翻訳書目録にあたると、ドイツ、フランス、スウェーデン、デンマーク、フィンランド、スペイン、イタリア、オランダなどの西洋諸国のほか、東欧のチェコ、ハンガリー、ポーランドやロシア、中国などの十数国語に及んでいる。(1)

ハーンの著書が中国語に翻訳され、中国の読書界に広く迎えられたのは、一九三〇年代だったように思われる。ちょうどこの時期に日本研究の気運が高まり、日本論の名作として、『日本與日本人』（胡山源訳）や『心』（楊維銓訳、上海中華書局、一九三五年）のような訳業も現れたが、ハーンに関する翻訳紹介は、大半、別の文脈で行われていた。

三〇年代に入ると、「五・四」以来の新文学は、ここまですでに十年近くの蓄積があり、ほぼ不動の地位を確立した。外患と内乱に苦しめられていた時代ではあるが、波瀾の政局の隙間に、文学、芸術の芽を育み、花を咲かせた、ささやかな自由の天地があった。その後に続く日中戦争、国共の内戦、共産党政権の樹立といった中国近代史の全景を背景に振り返ってみれば、中国文壇の三〇年代は、異様な活況を呈した、いわば「豊饒《ほうじょう》な黄昏《たそがれ》」であった。疾風怒濤のごとく、外国の思想と文芸が文壇を席捲する一方、咀嚼《そしゃく》する暇もなく、人々がそれをむさぼるように摂取した清末や「五・四」期と違って、理論と創作の両面にわたって成熟さと穏健さを保ちながら、西洋の文学思潮、芸術流派の受容においても、きめ細かい理解と深い共感を示していた。ハーンはこの時に、西洋文学の批評家として中国人読者の前に現れたのである。

比較的早い時期にハーンの文学批評に注目した人は樊仲雲《はんちゅううん》である。一九二五年一月発行の『小説月報』の第十六巻第一号に、彼の論文「小泉八雲」が掲載された。文章はハーンからの長い引用から始まる。

十一世紀および十二世紀のサンスクリット文献中に、シェイクスピアに匹敵するドラマや、古今のヨーロッパ文明が産み出した最も完成度の高い詩に比較する値打ちのある詩を見出すのが、驚くべきことに思えるなら、そのシンプルな美しさにおいてゴールドスミスやアディスンの物語に等しい中国の短編小説や、アルフレッド・ミュッセの創造した美を先取りする日本の詩を発見することは、さらに驚くべきことではないだろうか。(中略)

西欧世界が極東について学べば学ぶほど、東洋の劣等性という時代色を帯びた諸概念が弱められていく。最近のいくつかの旅行記は、肉体の美しさは黄色人帝国にはないという観念をぬぐい去った。そして、ヨーロッパの旅行者たちは、独特にほとんど異様に美しく――この世のものとは思えぬ美しさであるとはいえ――、洗練された中国人の顔の絵をたくさん持ちかえった。これらの東洋人は、実際、別の惑星の住民と思えるほどに、大幅に私たちとは違っていると思われる。しかし、この相異は相対的な優劣の相異といったものではない。――それは肉体的精神的構造の非類似性なのである。そして、この非類似性は極端であって、私たちは今でもこれらの種族の思想を、彼らが私たちの思想を掌握しているのと同じくらい少ししか理解できないのである。ある不思議な音楽、まったく新奇でなじみのない原理に基づいていて、それでいて完璧に構成された音楽のように、極東の知的生活というものは、私たちが、なぜとは説明できないままに、ぼんやりとエキゾチックな魅力を感じるところの何かなのである。

とはいえ、人の情はどの土地でも同じであるとみえる――いかように相似ぬ種族、国民であろうとも。中国と日本の文献研究は、私たちの本性のうちの最良の感情が普遍的なものであることを教える。（「日本の詩瞥見」林隆訳、恒文社『ハーン著作集』第五巻）

これは『東西文学評論』のなかの一篇である。同書は来日以前に書かれたハーンの評論を、愛好家のアルバート・モーデルが蒐集し、一九二三年に上梓《じょうし》したものである。樊仲雲はまずハーンの文章を、日本に訪れたタゴールの演説と比較して、人類感情の普遍性を力説した。それからハーンの生い立ち、人生の軌跡を詳しく紹介した後、その著作に触れて、「翻訳」「随筆創作」「文芸批評」

の三つに分類した。そして、前の二種類に関しては、ごく簡潔な論評に止まっているのに対して、その文学講義については、長文のコメントを加えている。

彼は情緒本位の文学教授法、及び面白い講義をもって西欧の思想・文学を正確に日本人学生に紹介した。彼を東西文化の掛け橋と称しても決して過言ではないだろう。しかし、彼がこうした使命を成し遂げることができたのは、単にその明快で流暢な文筆と博学によるのみでなく、実はそのコスモポリタンとしての独特な人格をもっている故である。……

その論文の前後にも、断片的にハーンの文芸批評の翻訳があらわれた。例えば同じ『小説月報』の第十五巻第四号（一九二四年四月）に、陳鋳訳「評拝倫」（「バイロン」）が、「バイロン特集」の一篇として掲載されたし、第十七巻第九号（一九二六年九月）に、滕固訳「小泉八雲的文学講義」が載っていた。それは田部隆次著『小泉八雲』の附録「講義の翻訳」三篇からの重訳である。だが、本格的な紹介は、やはり三〇年代を待たねばならなかった。

一九二九年、上海の北新書局から小泉八雲著『西洋文芸論集』（侍桁《じこう》訳）が刊行された。内容の大半は、コロンビア大学のジョン・アースキン教授の編纂になるハーンの東大英文学講義録『文学の解釈』（二巻、ニューヨーク、ドッド・ミード社、一九一五年）からの翻訳である。発売前、雑誌『語絲』（上海北新書局発行）第五巻第三十一号（一九二九年十月十日）に同書の広告が載っている。

小泉八雲は日本で最も著名な文芸評論家である。本書は彼が日本の大学で行った英文学講義録の中から選び、翻訳したものである。欧米各国の小説、散文、文芸批評および各作家について、みな精緻な研究と評論がなされている。講義の文体なので、語り口が平易流暢で生き生きとしている。文学の愛好者はこの本を読んで、決して期待はずれに感ずることはないであろう。

二週間後の第五巻第三十三号に再び広告が掲載されている。

「小泉八雲の文学批評の長所といえば、その独自で新鮮な見解と読者に強烈な印象を与える情熱であろう」

と当時のイギリスの批評家エドマンド・ゴスのハーン論を引いた後、「西洋文学を志す東洋の学生にとって、これは最良の案内書である」という賛辞を贈っている。

翌年(一九三〇年)、同じ北新書局から刊行された『文芸譚』(石民訳注)は、自修英文叢刊の一種で、漢英対照となっている。訳者の石民は「はしがき」のなかで、こう語っている。

小泉八雲については、もう紹介することはなかろう。東洋文化の実情に詳しい西洋の文学者である彼が、東洋の学生に西洋文学を教授すること自体、とても意味深いことである。彼が東京帝大で残した数種の文学講義録が、今もなお学生たちに愛読されているのは、この故であろう。本書は彼の講義録“Talks to Writers”から選んで編集したものである。各篇は互いにつながりをもちつつ、それぞれ独立したものである。彼の議論は、たいてい、文学を志している学生の身になるもので、故に抽象的な理論や空疎な学説がほとんどなく、文芸における具体的、実際の問題に重点を置いている。彼は事実尊重の精神を抱き、循々として読者を導き、その蒙を啓かせ、興味を抱かせる。文学概論の類の書物を読むより、遥かに勝っている。しかも、文章は簡潔で、流暢であり、英文を修める学生の良質な読み物というべきである。

ハーンの文学批評は、時宜に適うものとして、中国の読者に迎えられ、次々に出版された。筆者の調査では、これまで紹介したもののほか、以下の数点が確認されている。

『文学入門』楊開渠訳　上海現代書局　一九三〇年
『文学十講』楊開渠訳　上海現代書局　一九三一年
『文学講義』惟夫訳　北平聯華書局　一九三一年
『英国文学研究』孫席珍訳　上海現代書局　一九三二年
『文学的畸人』侍桁訳　上海商務印書館　一九三四年

ほかに、筆者未見のものとして、『生命與書籍』(上海商務印書館、一九二七年)と『英国浪漫詩人』(孫席珍訳、一九三二年)も、ハーンの文学評論からの翻訳である。ちなみに、楊開渠の二種の訳は、まったく同じ内容だが、読者層を考慮して書名を入れ替えたのであろう。それに翻訳の際、大正十四年(一九二五)東京金星堂より出版された今東光訳『文学入門』も参照したらしい。

厨川白村《くりやがわはくそん》は大正七年(一九一八)、旧師を偲ぶ「小泉先生」の一文を執筆し、刊行されて間もない講義集に所感を寄せている。自著に厳格なハーンの身を慮って、文芸批評としてでなく、あくまで講義として、とことわりながら、その特色の二、三を挙げている。まず比較文学的視角である。ハーンは日本での生活経験をもち、日本人の思考法を熟知しているが故に、その鑑賞と解釈にいわゆる「東洋趣味」が感じられ、西欧の学者がかつて言い得なかったところを喝破《かつぱ》できたのだという。次に、情緒本位の教授法に触れ、ハーン自身の言葉を引用していう。「情緒の表現として、人生の描寫として私は文學を教へた。ある詩人を説くに當つて彼が與へる情緒の力と性質とを説明しようと試みた。換言せば學生の想像力と情緒とに訴へる事を私の教授法の土台とした」。それに講義の文体について、次のように書いている。

この講義集に用ゐられたる英語は、中學卒業程度の語學力を以て何等の苦痛なしに理解し得る極めて平易明快なるものである。單に詩文のみならず、晦渋なる哲學思想の解説に於てすらも、先生は殆ど難解の語を用ゐずに説かれてゐた。評隲論議の書にしてかくも平明なる文辞を用ゐたるものは他に多く類例は無いが、これは學殖文才共にすぐれた小泉先生の如き人にして始めて出来る藝當だと思ふ。(2)

白村の所感と中国での反響とを読み比べてみればわかるように、ハーンの文学論が、中国にも歓迎された理由の一端はここにあると思う。単行本にまとめられ、出版される以前に、小泉八雲の作品はおもに『語絲』『奔流』『小説月報』などの雑誌で紹介されていた。すべて網羅《もうら》しているわけではないが、雑誌に紹介されたものも含めて、中国語に翻訳されたハーンの文学講義の細目を次に掲げる。

「ヨーロッパ文学研究の難しさ」(The Insuperable Difficulty)
「至高の芸術について」(The Question of the Highest Art)
「ワーズワス」(Wordsworth)
「コールリッジ」(Coleridge)
「バイロン」(Byron)
「シェリー」(Shelley)
「キーツ」(Keats)
「十九世紀前期のイギリス小説」(English Fiction in the First Half of the Nineteenth Century)
「十九世紀後期のイギリス小説」(English Fiction in the Second Half of the Nineteenth Century)
「文学と世論」(Literature and Political Opinion)
以上は『文学の解釈』第一巻より

「聖書と英文学」(The Bible in English Literature)
「散文芸術論」(Studies of Extraordinary Prose)
「小説における超自然的なものの価値」(The Value of the Supernatural in Fiction)
「英国バラッド」(English Ballads)
「ハヴァーマル」(The Havamal: Old Northern Ethics of Life)
「超人」(Beyond Man)
「英詩の中の鳥たち」(On Birds in English Poetry)
「英詩の最も短い形式に関するノート」(Note upon the Shortest Forms of English Poetry)
「最終講義」(Farewell Address)

以上は『文学の解釈』第二巻より

「読書論」(On Reading in Relation to Literature)
「生活及び性格と文学との関係について」(On the Relation of Life and Character to Literature)
「創作論」(On Composition)
「文学協会の功罪に関する覚え書」(Note upon the Abuse and Use of Literary Societies)
「イギリスの近代批評、及び同時代の英仏文学の関係について」(On Modern English Criticism, and the Contemporary Relation of English to French Literature)

「フランスの浪漫派作家」(Note on Some French Romantics)
「トルストイの芸術論」(Tolstoi's Theory of Art)
「トルストイの『復活』について」(Note upon Tolstoi's "Resurrection")
「中世の最も美しいロマンス」(The Most Beautiful Romance of the Middle Ages)
「イオーニカ」(Ionica)
「古いギリシアの断片」(Old Greek Fragments)
以上は『人生と文学』より
「新しい倫理」(The New Ethics)
以上は『書物と習癖』より
「英詩の中の恋愛について」(On Love in English Poetry)
以上は『詩の鑑賞』より
「アメリカ文学覚え書」(Notes on American Literature)
以上は『英文学史』第二巻より
「英文学畸人列伝」(Some Strange English Literary Figures of the Eighteenth and Nineteenth Centuries)

そのなかに、異なる訳者に訳され、複数の書物に収録された作品が数篇ある。例えば「読書論」「創作論」「生活及び性格と文学との関係について」などは、文学をめざす若者にとって適切な、しかも実践的な道案内として歓迎されたし、「十九世紀のイギリス小説」は、ヴィクトリア朝の小説家を、同時代人の視点から捉えた素描であり、「トルストイの芸術論」「散文芸術論」は、三〇年代中国文学の理論と実践の一面に深く関わっていたものであった。

ハーンの批評活動は、新聞記者として活躍したシンシナティ時代と、それに続くニューオーリンズ時代に溯る。「インクワイヤラー」紙、「コマーシャル」紙、「アイテム」紙、及び「タイムズ・デモクラット」紙に発表された、夥しい数量にのぼる記事、報道、エッセイなどは、ハーンの没後に、愛好家アルバート・モーデルの手によって蒐集され、次々に刊行された。一九二三年に出された第一冊『東西文学評論』(*Essays in European and Oriental Literature*)には、文学批評のエッセイが四十七篇も集められたのである。ところが、これだけ多くの評論を書いたにもかかわらず、アメリカにおいては、一般にハーンを批評家であると認めた発言は概して少ない。かつてベンチョン・ユー氏が分析したように、限られた活動領域やフランス文学の素養、リアリズムに向かう時代趨勢への抵抗、それに彼のコスモポリタン的見地が、ハーンをアメリカ文学の主流から周辺へと押しやる結果になったのかもしれない(3)。もっとも、この評論集出版の経緯からもある程度うかがえるように、ハーンは意識的に批評家をめざしているというわけではない。批評の機能、自律性を充分に認識していながら、批評をあくまで文学創作の有機的部分と見なしている。ハーンにとって、批評活動は明らかに芸術創作への参加である。

いうまでもないことだが、東大での文学講義録も、ハーンの批評を形作った重要な有機的部分である。ハーンの意向によるものではなく、死後、門弟たちの手によって整理されたものとはいえ、アメリカ時代の批評とみごとに一貫性を保つ点においても、創作の審美趣味、趣向風格を伝える点においても、作家ハーンを知るうえで大切な文献である。(4)

英文学史の講義を準備するために、ハーンは選集、批評、文学史関係の書物を大量に購入した。富山大学の「ヘルン文庫所蔵ハーン著作一覧」によれば、ニューオーリンズ時代の英文学蔵書がわずか二五点であるのに対して、日本時代に買い求めたものが二三五冊にのぼっている。なかには、英国文学者伝一三冊、E・ゴス六冊、セインツベリの文学史一四冊、テン・ブリックの文学史四冊が入っている。

体系的な研究を始めたものの、ハーンは自分が正式の学問的修養を欠いていると充分認識していた。厨川白村の回想によると、ハーンの講義は毎週九時間であった。英文学概論が三時間、作品講読が三時間のほか、詩歌・小説・戯曲などに関するさまざまな題目について、断片的な講義がまた三時間あった。「先生の豊かな天分と断じて他の模倣を許さないその獨創性が遺憾なく發輝せられ、またその特有の趣味鑑識に基づける批判が十分に聴講學生の前に披瀝せられたのは、主として此断片的講義の三時間であつた」という。(5)

今日の英文学史の到達した学問のレベルから見れば、ハーンの概論風の文学史は、あるいはジョージ・ヒューズ氏が指摘したように、「時代後れなものである。大半は他人の説の受け売りであるし、平凡である」。それでもヒューズ氏は、ハーンの批評家としての資質を認め、その講義にはなお大いに興味を抱かせる部分が残っているという。例えば「小説における超自然的なものの価値」「イギリスの近代批評」「創作論」「読書論」「散文芸術論」などを取りあげた。(6) これらはいうまでもなく、ハーンの本領が存分に発揮された、あの「断片的講義」の所産である。そしてこの良質の批評の大半は、後に中国語に翻訳され、世の好評を博したのである。

ハーンの文学批評は、彼の書簡とともに、それ自体はすぐれて魅力に溢れる作品であるが、同時に、ユニークな角度から作家の思想と人生を照射している。近代中国において、小泉八雲の批評はいかに受け容れられたのだろうか。この極めて興味深い事実を掘り下げることによって、三〇年代の中国文学の一側面を浮き彫りにし、さらに作家ハーンの本質に迫ってみたい。

10　京派作家と小品散文

一九三三年の夏、朱光潜《しゆこうせん》(一八九七—一九八六)は八年に及ぶヨーロッパ留学を終えて、北京に帰ってきた。エディンバラ大学、ストラスブール大学で哲学、心理学、文学批評、芸術史などを専攻したこの鋭敏少壮な学者は、英語で執筆した博士論文『悲劇心理学』を公刊する前に、すでに二冊のベストセラー、留学資金を稼ぐために書いた『青年に与える十二通の手紙』(開明書店、一九二九年)、『美を談《かた》る』(開明書店、一九三二年)によって、文名を知られていた。

北京大学文学院長の胡適が、新帰朝者の会心作である『詩論』の初稿を読んでから、ただちに彼を北京大学西語系の教授に招聘することに決めたという。朱光潜の帰国は、北京にいる彼の旧友、例えば朱自清《しゅじせい》、沈従文《しんじゅうぶん》、林徽因《りんきいん》、梁宗岱《りょうそうたい》らを興奮させたに違いない。彼らはいずれも大学の教壇で教えながら、研究、創作を続けている作家である。三〇年代初期より北京を中心とする北方文壇で活動し、リベラリズム、アカデミズムを標榜したこの作家群は、いつの間にか、「京派作家」という名で呼ばれるようになるが、帰国した朱光潜は、間もなくこのグループの中核的メンバーとなり、その最も重要な文芸理論家として掛け替えのない役割を果したのであった。

「京派作家」の形成には、周作人が深く関わっていた。二〇年代後半、北京は軍閥張作霖《ちょうさくりん》の支配下に置かれていた。言論への重圧のもとに、かつて活発に論陣を張っていた『語絲』週刊社も閉鎖に追い込まれ、上海への移転を余儀なくされた。魯迅が北京を脱出したように、多くの文人、学者は南へ逃れていたが、周作人はこの古都に留まった。彼の周りには、弟子の兪平伯《ゆへいはく》、廃名《はいめい》や、それにやや若い世代の徐祖正《じょそせい》、梁遇春《りょうぐうしゅん》、馮至《ふうし》などが集まっていた。現実の重苦しい空気に包まれながら、なおも自分を見失わぬよう暗中の行路を模索していくという気持を彼らは分かち合っていた。一九三〇年の五月、週刊『駱駝草《らくだそう》』の誕生は、砂漠のなかに生き延びるラクダ草のように、寂寞に耐えている人々にささやかな希望を与えた。二十六期しか続かなかったものの、共通の趣味と思想をもつ文人グループのこの同人誌は、「京派作家」の登場を予告するものであった。

『駱駝草』の寄稿者の大半は『語絲』誌の同人だった。魯迅がその創刊号を読んで、「全体を以て論ずれば、始めた頃の『語絲』のように、溌剌としたものではない」と感想を漏らしたが、編集方針や同人たちの思想的スタンスといえば、両者は一脈相通ずるところがある。ただ「思想の自由、独立した判断、美的生活」を一様に崇めながら、「中国の生活と思想界の混濁停滞《こんだくていたい》の空気を突き破ろう」とした『語絲』に比べて、後者は廃名の書いた「発刊の詞」が示すように、「国事を談《かた》らない」、「無益なことをしない」といった具合で、「自己の園地」に退き、現実の政治と一線を画したのである。「混濁停滞の空気」に圧迫されて余儀なくされた選択ではあったが、周作人の方向転換と関係ないわけではない。実は早くも一九二四年前後、五・四運動の嵐がおさまった直後、その「浮躁凌励《ふそうりょうれい》の気」がまだ失われていなかった段階で、一つの転機が静かに訪れていた。新文学運動の文学理論家・批評家の周作人は、随筆家としての周作人にとってかわられ、小品文一筋の道を歩みはじめ、やがてその黄金時代を迎えようとしていた。

周作人は政治と距離を保つ一方、決して無関心ではいられなかった。何しろ、弟子兪平伯の文章を批評したように、周作人の小品文は「確かに隠遁の色彩を帯びるが、しかしその根本は反抗的なもの」(「燕知草跋」)であった。「故郷の野菜」「北京の菓子」を語り、「鳥の声」に耳を澄まし、「蠅」のしぐさを観察する。「草木虫魚《そうもくちゅうぎょ》」を話題にしているその行間には、周作人一流の趣味とともに、冴えた文明批判が読みとれる。この独自の道を歩み、時流に流されまいとする姿勢は、後に多くの「京派作家」に受け継がれていく。

『駱駝草』はわずか半年で中断となったが、北京の文壇はこれで再び寂寞に戻ったわけではない。一九三〇年代に入ると、南下していた文人学者が相次ぎ北京に帰ってきた。かつての恩怨《おんえん》も歳月と世態の変転とともに解消し、新人作家も加わることによって、文壇はまた賑《にぎ》わうようになった。朱光潜の帰国は時宜に叶うもので、期待されたこの人物は決して皆の期待を裏切らなかった。

北京大学教授になった朱光潜は西洋名著講読と文学批評史を受け持つほか、清華大学、輔仁《ほじん》大学などで「文芸心理学」と「詩論」を講義した。当時聴講生だった荒蕪の回想によると、「朱先生はそもそも口達者な雄弁家ではないが、比較文学研究の方法を用いて、西洋の詩学で中国の古典詩歌を解釈し、中国の詩論で以て西洋詩の名作を裏づけるという新鮮で精緻な見解は、立ち所にわれわれを捉え、われわれの視界を大いに開いてくれた」という。(7)

「京派作家」の大半はいわば学者型の作家である。そのアカデミズムの背景と長年の書斎生活の故だろうか、強い理論志向を示している。朱光潜はその典型であろう。ストラスブール大学に提出した博士論文『悲劇心理学』をはじめ、『変態心理学』(上海商務印書館、一九三三年)、『文芸心理学』(開明書店、一九三六年)、『詩論』(国民図書出版社、一九四三年)などはいずれも近代中国の美学、文学批評領域における重要な理論著書である。

京派の文芸理論家として朱光潜は古典も現代も問わず、西洋の理論に深い造詣があった。中国で文化批判、文化創造を行う際、西洋はつねに一つの有効な視座であった。ブルームズベリの知識人グループを念頭に、朱光潜はヨーロッパにおいて文学に携わっている人々を「アカデミズム派」「ジャーナリズム派」「地道な文人派」の三つのタイプに分けたうえで、次のように分析する。まず「アカデミズム派」について。「その研究の大半は考証と批評に偏る」が、大きな効用として二つほど考えられる。すなわち堅実緻密《けんじつちみつ》な作家論・作品論が読者の鑑賞のレベルを高めること、また前人の足跡を明らかにし、一国文学の伝統を維持することであるという。次の「ジャーナリズム派」については、専ら「一般民衆の嗜好《しこう》」に迎合する通俗文学を製造しているものとして一蹴したのに対して、第三の「地道な文人派」について、朱光潜は明らかに共感をこめて次のように書いている。

彼らはアカデミズム派の訓練を身につけたが、アカデミズム派の陳腐《ちんぷ》さはない。ジャーナリズム派の機敏新鋭《きびんしんえい》さをもっているが、ジャーナリズム派の浅薄とずる賢さがない。文学は彼らにとって特殊な仕事であり、時には彼らの特殊な職業となるが、しかし彼らの文学は完全に職業化されていない。彼らはある種の超然とした態度を保ち、古いものに拘泥《こうでい》せず、時代を先取りもしない。ただ自分の資質と趣味に従って前へ進むのである。よい文学創作は彼らの手によって創られるのだ。彼らは時にはアカデミズム派的な考証批評も行うし、ジャーナリズム派の通俗化の仕事もするが、前者の二つのグループよりずっとよく出来ている。(8)

ブルームズベリの知識人グループこそこのような「地道な文人派」である、そして中国の文壇に欠けているのもこういうタイプだと朱光潜はいう。経歴、資質、環境からいえば、京派作家にはそうなる条件と実力があるし、そうなって欲しいと彼は希望を託していた。

京派作家の多くは欧米留学の経験者である。西洋体験は彼らに世界文化の全景についてもっと広い、もっと開かれた視野を与えた。左翼作家や日本留学組の作家のように、日本語からの重訳でマルクスやロシアボリシェヴィキの理論を読むのではなく、原典で西洋の思想と文芸に接していた。だからといって西洋至上主義者にはならなかった。朱光潜はホメロス、シェークスピア、カント、クローチェを耽読していたが、同様に詩経、楚辞、李白、陶淵明についても熟知しているという二本足の作家である。東西両洋に跨《また》がる深い教養と知見、それにその理論構築の能力によって、朱光潜は近代中国文学史において独特な役割を果たしており、独特な位置をかちとっている。

朱光潜と西洋文化との関わりについて、従来はその美学研究の業績が重要視されたせいか、クローチェの影響がしばしば取りあげられる。ところが、彼を文学の園地にいざなった啓蒙の師といえば、「小泉八雲」の名を挙げなければならない。ハーンとの出会いは、朱光潜の作家としての成長の物語における、忘れてはならぬ一齣であった。

朱光潜の長いエッセイ「小泉八雲」が『東方雑誌』の第二十三巻第十八号(一九二六年九月)に掲載された時、彼はイギリスのエディンバラ大学に留学していた。官費の不足を補うため、彼は時々国内の雑誌に寄稿し、原稿料を稼がなければならなかった。留学生の習作とはいえ、小泉八雲の全貌——ハーンの家系、幼年時代、アメリカでの生活、日本行き、結婚と帰化、エリザベス・ビスランド女史との交友、書簡の特色、英文学講義、文芸批評——をはじめて中国の読者に紹介したこの一篇には、朱青年の熱意と意気込みがこめられていた。冒頭の一節はこうである。

ゲーテがかつていったことだが、作品の価値の大小は、それに喚起された情熱の濃淡による。小泉八雲(Lafcadio Hearn)がわれわれの注目に値するのは、彼が人生においても文芸においてもみな強烈な情熱者であるがゆえである。彼はある種の偏狭な浪漫主義に傾いていて、その批評も時には自己流を免れないけれども、もし君が彼の書簡を読み、彼の講義を読み、彼の日本生活を描く小品を読めば、彼の魔力に誘惑されずにいられない。読んだ後、その他はともかく、君の文学に対する興味は少なくとも倍増するであろう。彼は東洋の人情美を理解できた最初の西洋人である。彼はまた文学の教授法を最もよくわきまえ、東洋人学生の心を洞察し、それから西洋文学を少しずつ注ぎ込むのである。はじめて西洋文学を学ぶ人なら、小泉八雲を手引きにすることは正統な道ではないけれど、一つの近道である。文芸においては、学ぶ者にとってまず必要なのは興味である。そしてこの興味こそ小泉八雲がわれわれに与えてくれるものである。(9)

時には二人称を交えて、親友に語りかけるような書簡体で書き出したこのエッセイは、すでにその直後(一九二六年十一月から一九二八年三月にかけて)雑誌『一般』に発表された一連の小品の文体を匂わせている。ハーンが教えたのは日本人学生であることを朱光潜は知っている。それを「東洋」(原文は東方)という表現にしたのは自らの体験をふまえて語っているからだろう。

ハーンの家系について、朱光潜は特にその混血を強調した。「ギリシアの鋭敏な審美力、ラテン民族の強烈な官能慾と気まぐれな情緒、アイルランド人の諧謔的性癖、東洋民族の夢《む》幻《げん》恍惚《こうこつ》なる直覚」、この四つが一つの坩堝《るつぼ》に溶かされてはじめて小泉八雲の天才と魔力を生み出したのだという。

ハーンの伝記資料に関しては、このエッセイが出た時まで、すでに数種が公刊されている。まず一九〇六年に刊行された『ラフカディオ・ハーンの生涯と書簡』(*The Life and Letters of Lafcadio Hearn*, 1906)二巻本の巻頭に録されている、編者ビスランドが執筆した「ハーン小伝」(Introductory Sketch)である。それからその二年後に出版された、かつてハーンの友人眼科医グールドの『ラフカディオ・ハーンについて』(*Concerning Lafcadio Hearn*)、それにアイルランド出身の伝記作家ケナードの『ラフカディオ・ハーン』(Nina H. Kennard, *Lafcadio Hearn*, 1912)などがあげられる。朱光潜はケナードの著書に言及し、詳細にわたるという点で首位に推したが、間接話法で書かれているが故に、わずかな筆墨《ひっぼく》でハーン自身の言葉、手紙、文章それに友人たちの回想を巧みに繋げて、ハーンの音容風貌をリアルに浮かび上がらせるビスランドの手法と力量に遥かに及ばないという。あまり検証せずに伝記資料を扱ったせいか、実際ハーンの経歴について、例えばハーンの渡米後の自伝的エピソード「星々」(Stars)をロンドンに流浪していた時の体験として扱ったり、イギリス人印刷屋ワトキンとの巡り会いを「アイルランド出身の大工さん」と記述したりしたところを見ると、朱光潜はビスランドの「スケッチ」にかなり依拠しているように思われる。(10) 伝記材料のみでなく、ビスランドのハーン作品論も朱光潜の関心を引いたらしい。ハーンの書簡をその著書における白眉《はくび》と奨めたビスランドの説を引用した後、自分の同感を次のように語っている。

彼の手紙の大半は多忙中に気のむくまま筆を走らせてなったものであるが故に、自然に胸より流れ出るもので、素朴で飾り気がない。彼の情熱、彼の幻想、彼の偏見などが手紙のなかで丸だしになっているのだ。日ごろ、書物を著し、文章を作るのに、多少なりとも作為の跡を免れないが、手紙だけは完全に自分の楽しみであるが故に、すべての拘束からのがれているのだ。音声や形状を捉えるものであろう、土地の風俗を語り、自身の生活を記すものであろう、あるいは文学や音楽を話題にするものであろう、彼の手紙はいずれも細々《こまごま》と描写されていて誠に面白い。

このくだりは明末小品の趣を論じ、手紙の天然の美を説く周作人の語り口を彷彿させて興味深い。ハーンと三〇年代の「小品文」ブームとの関わりについてはまた後述するが、しばらくは朱光潜の「小泉八雲論」に耳を貸そう。ハーンの書簡の醍醐味《だいごみ》は一節一句に非ず、一束を持ってきて、始めから終わりまで読まないと分からない、と朱光潜は所感をもらしている。そして日本に関して何も研究していないから、ハーンの日本題材の著書については敢えて批評しない、と断りながらも、『知られぬ日本の面影』『東の国から』などは面白い小説よりもさらに面白い、と評した。「舞姫」「夏の日の夢」や「石仏」の諸篇はまるで一種の散文詩であり、抑揚あるリズム、奇抜な光景、意趣などが読む者を遥かなる悠然たる境地に誘ってくれる、と賛辞を捧げた。

もっとも朱光潜は批判の視点を忘れてはいなかった。東洋の学生を相手に西洋文学を教授する自らの経験をふまえて、彼はハーンの英文学講義を特に重宝し、実用の観点からみれば、「もっともよい著書」であると評価する一方で、アースキン教授のハーンとコールリッジとの比較論を批判して、コールリッジはイギリス浪漫派文学の開祖であるのに対して、ハーンは浪漫主義に育まれた子にすぎず、想像力、広さと深さにおいては、コールリッジに敵わないとした。そしてハーンの浪漫主義はあまりにも官能主義(Sensualism)に偏り、故に偏狭さを免れないこと、ギリシア文学について生半可《なまはんか》な知識しか持たないため、古典主義と十八世紀の似非《えせ》古典主義(neo-classicism)とを同列に論じたことについて不満を表明し、ハーンのスペンサー崇拝を一隅《いちぐう》の見と揶揄した。

研究者の立場から言えば、いかなる作家も例外ではないが、その長所をもって短所を覆い隠すようなまねはしてはいけない、と朱光潜はいう。ハーンには瑕疵《かし》があるが、それにしても文学批評家としての真価を認めている。コールリッジ、サント・ブーヴ、セインツベリ、アーノルド、クローチェたちに比べると、ハーンの偏狭さと浅さに気付くだろうが、しかし「私にとって、もっとも味わい楽しめるものは、これら批評界の泰斗にではなく、小泉八雲にある」と朱光潜は断言する。文章をしめくくるに当って、朱光潜は日本の新しい世代の文学者の多くがハーンに教わっている事実を指摘し、また言文一致を唱えるハーンの革命論に注目して、「彼を崇める敬虔な学生の心に及ぼした影響は測り知れない。日本文学史における彼の地位はそう簡単に損なわれることはなかろう」と結んでいる。

エッセイ「小泉八雲」が後に『孟實文鈔』(上海良友図書印刷公司、一九三六年)に収められた際、何故この留学時代の習作も文集に再録したかについて、著者は書物の序文にこう書いている。

この小冊子にかき集められた雑文の大半は、ここ三年間断続的に発表されたものである。中に収めた例えば「小泉八雲」「アーノルド」「詩人の孤独」などは海外に留学していた時の習作である。「文章は千古の事なり、得失は寸心が知る」という。これらの雑文は「千古の事」ではないけれど、決してすぐれたものではないことは、他の誰よりも私自身がよく知っている。それを朽《く》ちた紙屑《かみくず》に埋もれさせなかったのは、世俗的なしきたりを免れないためであるが、その他《ほか》二つの理由がある。

一、これらの文章は十年の私の趣味と偏愛をよく表すものである。散漫な論文とはいえ、その一篇一篇にすべて私がある。ある種の純粋に精神的な自叙伝と言えよう。蔽箒《へいそう》と雖も、自ら珍重に足りる。

二、これら代表される趣味とは、敢えて特殊なものとは言わないが、現在の一般人のそれとは決して同じものではない。私はもともと心理学を学ぶもので、途中で文学研究に転向した。また文学名著の研究より文学理論、美学へと変わり、特に詩歌を研究の対象にした。この経路は中国の一般の文学研究者が疎かにしていることのように思われる。(以下略)(11)

成長の記録を大事にする気持と理論軽視の中国文壇の風潮に一石を投じるという著者の意図が読みとれるが、この序文は、またハーンとの出会いの意味を教えてくれた。「小泉八雲」は、まさに文学の秘境へ誘われて探検を決意する作者の精神的自叙伝の重要な一章であった。

ハーンの英文学講義をすぐれた文学批評として捉えたうえで、朱光潜はとりわけその「啓蒙」的な側面を大きく取りあげている。朱によれば、ハーンの独擅場《どくせんじょう》は「解導」(interpretation)にある。つまり解釈者とともに作者の心に共感させようと、読む者を作品世界に導き、その神髄に触れさせるのである。「他人は詩を教える場合、ただ君にいかに知る(know)かを教える。彼(ハーン)なら、君にいかに感じる(feel)か、いかに自分の心を詩人の心とともに弾ませ、共鳴させるかを教えることができる。この才能は文学批評においてはもっとも有り難いものである」。これはもちろん朱光潜自身の体験談に違いない。

「小泉八雲」を執筆した直後、朱光潜は自ら「啓蒙」の仕事に手を着けている。「ある中学生に与える十二通の手紙」という題で、雑誌『一般』(後に『中学生』に改名)に寄稿した一連の書簡体エッセイである。これらの「手紙」は後にまとめられ、一九二九年三月、『青年に与える十二通の手紙』という書名で開明書店より出版されたが、たちまちベストセラーとなり、作者の文壇入りのきっかけとなった。この書物は、実はハーンの文学批評を強く意識し、ハーン一流の「解導」の手法を試みた一冊である。

『青年に与える十二通の手紙』は、いわば「地道な文人派」が手がけた「通俗化の仕事」であり、一種の教養読み物である。読書、作文、授業の選択から社会活動、人生哲学、恋愛問題にいたるまで、「若者が関心を抱いている、あるいは関心を抱いて欲しい」事柄を兄弟、友人に語りかけるように、自由気ままに書いている。ハーンが時々この書物に顔を出す。例えば第一通の「読書を談《かた》る」において、朱光潜は書物の選択に触れてこう書いている。

私は君に必読の書を教えることはできないが、読まなくていい書物なら教えることができる。現代になって出版された新しい本なぞ読まないよう心を決めた人が多くいる。それは流行の新しい本は一時の社会心理に迎合するようなもので、ちっとも価値がないからである。時代の淘汰を経て巍然《ぎぜん》として遺された書物こそ永久の価値をもち、一読再度、ひいては数え切れないほど読んでいくに値するものなのだ。私はまったく新しい本を読まないようにとまでは敢えて勧めないが、この点は注意してほしい。なぜなら現代の青年の間に、新しい本でなければ読まないような風潮があるからである。他のことなら、モダンの流行を追ってもよいが、読書と学問だけはモダンの流行に倣ってはいけない。(12)

これをハーンの「読書論」と読み比べると面白い。(13) 個人の趣味と関心が限られているので、むやみに「青年必読書」の類の推薦案内をしたくない、と断りながら、朱光潜は自分の愛読書を紹介した。「外国物」の中で、キーツ、シェリー、ブラウニングの詩集、シェークスピアの「ハムレット」「リア王」、ゲーテの「ファウスト」、イプセンの戯曲、ツルゲーネフの「処女地」「父と子」、ドストエフスキーの「罪と罰」、フローベールの「ボヴァリー夫人」、モーパッサンの小説とともに、小泉八雲の日本に関する著書を取りあげたのである。
第八通の「作文を談《かた》る」にもハーンが登場する。朱光潜はまずトルストイが幾度も原稿を書き直すという創作の苦心談を紹介した後、ハーンのことに触れた。

このほか、チェンバレン教授(Prof. Chamberlain)に宛てた小泉八雲の手紙の中にも興味深い告白がある。(14)

その次に引かれたのは、一八九三年一月二十三日付、著作の手順に触れた手紙の一節である。ハーンの説明によれば、主題のどんな部分であれ、まず自分の最も気に入った個所から書き出す。翌日書いたページを読み返して訂正し、もう一度書き直す。こうしていると、新しい着想が浮かび、誤りに気付く。こうして完成までたいてい四、五回書き直すうちに、全篇の思想はおのずと落ち着くところに落ち着き、文体も決まってしまうという。「小泉八雲は美文でもって著名であるが、われわれは彼のこの手紙を読んではじめて彼の成功の秘訣を知ったのである」と朱光潜はいう。ちなみに、エッセイ「小泉八雲」の中にもやはり同じ書簡が引かれている。
ブラウニング詩の解釈も興味深い例である。第十一通のタイトルは「ルーヴル宮殿での所感を談《かた》る」。ルーヴル宮殿を訪れた作者は、名作「モナ・リザ」の前で物思いに耽る。アメリカ人観光客がわっと押し寄せてきて、どこにでも使えるような賛美の形容詞を残してまたさっと去っていく。

中世紀の、あの想像を絶するような堪忍、努力と現代科学の進歩によってもたらされた便利さとの間には、なんと深い溝が横たわっていることだろう。人間の仕事を測る規準とはなにか、「効率」は果たして人生の価値を判定する規準になれるのか、と作者は問いかけた。次の一節を引用させていただく。

「効率」とは、決して価値判定の唯一の規準ではない。とりわけ最高度の価値判定の規準ではない。最高度の判定規準は必ず人間の要素(human element)を重んじる。ある種の仕事を評価する際、成功したか否かを測るだけでなく、それが努力によるものか否か、高尚な理想と偉大なる人格の現れであるか否かを問わねばならない。もしそれが努力によって得られたもの、しかも理想と人格を顕した仕事であれば、たとえ結果として失敗に終わったものでも、価値があるものと認めなければならない。この道理は、ブラウニング(Browning)がRabbi Ben Ezraという詩篇で透徹した説明をしている。私には翻訳ができないから、数節を選んで君自身に味わってもらいたい。

Not on the vulgar mass
Called “work,” must sentence pass,
Things done, that took the eye and had the price ;
O’er which, from level stand,

The low world laid its hand,
Found straightway to its mind, could value in a trice :

But all, the world's coarse thumb
And finger failed to plumb,
So passed in making up the main account ;
All instincts immature,
All purposes unsure,
That weighed not as his work, yet swelled the man's amount :

Thoughts hardly to be packed
Into a narrow act,
Fancies that broke through language and escaped ;
All I could never be,
All, men ignored in me,
This I was worth to God, whose wheel the pitcher shaped.

この数節の詩は、私のいままでの人生に最も有益であった。これらの言葉を覚えているからこそ、熱烈な失敗に驚嘆し、俗世間に嘲《あざけ》られているような阿呆らしさと空想を楽しみ、勝敗を度外視するような堅忍不抜《けんにんふばつ》の努力を崇めることができるのである。(15)

ブラウニングの長詩「ラバイ・ベン・エズラ」からの、この数節の引用は、作者の「所感」と渾然一体となり、文章の主題をいっそう深めるほか、いくぶん哲学思弁の色彩を添えて実に効果的である。ところが、朱光潜の「解釈」に接して、思わずハーンのそれを連想せずにはいられない。実はハーンは「ヴィクトリア時代の哲学詩」(『文学の解釈』第一巻所収)という講義の冒頭で、ブラウニングの同じ詩をとりあげ、しかもこの同じ数節を「この詩が含む珠玉の部分」として詳しく解説しているからである。これらの詩句を並べた後、ハーンは次のように述べている。

世間は人をその仕事によって、仕事の量によって世俗的に判断する。だから世間の称賛は本当は何の価値もない。ある人間の価値は、世間の粗雑な判断が評価し得ないもの、世間の粗い指が測ることができないもの、その人がなさなかったもの、なすことはできなかったが天がもし許していたならなしていただろうと考えられるもの、にある。ある人間のもので最上のものは、多分、その人が言い表わすことができなかった考えや単なる言葉によっては言い表わすことができず、それゆえすぐに忘れ去られた空想にある。彼の真の価値は、多分、なそうと望んだだけでなし得なかった、まさにその事柄にある。(中里壽明訳、恒文社『ハーン著作集』第六巻)

また同じ詩の別の一節についてのコメントとして、こんな言葉が見える。「われわれは努力の苦痛を安いものだと考えるべきである。われわれは犠牲をかえりみないで学ぶべきであり、力の及ぶ限り最善を尽くすことを決して恐れてはならない。また苦しんで努力する代価を払うことを嫌がってもいけない」と。

ブラウニングは朱光潜の私淑している作家であるから、この詩の引用はハーンのそれをふまえているか否かは臆測できない。だが、彼の「読みかた」とハーンの「解導」との間に、われわれの連想を大いに膨らませてくれる幾つかの要素が確かにある。読者を作品に如何に感じさせるか、批評家の本領が問われる、まさにこうした点で、朱光潜はハーンの批評から多くのことを学んでいる。

もっとも批評家として、ハーンの真価は「啓蒙」の一点にとどまるものではない。いままでハーンの批評業績がめったに取りあげられることなく、あまり正当な評価を与えられなかったのは、創作、翻訳などその他の多彩な活動に覆われているせいもあろうが、その批評スタイルが強烈に個性的だったということにもよるであろう。個別的ではあるが、それを見直す研究も出てきてはいるけれども、ハーンのユニークな批評のもつ意味について、イギリス文学、あるいはアメリカ文学の見地、文脈からのみでなく、比較文化史という広い地平でまだ充分に検討されるに至っていない。

ハーンの批評は常にその創作家としての自覚にささえられ、その実践による経験知が活かされている。それに『東西文学評論』に見られるような広い文学の趣味と素養は、ハーンの批評に、一国文学史に拘束されない、もっと開かれた視野を与えた。そして作品への「直観」的洞察は、ハーンの芸術家的な素質とスペンサー哲学への偏愛によってもたらされたものであろう。これらの特質に関しては、例えばベンチョン・ユー氏が『神々の猿』の「批評」の章でかなり詳細にわたって論じているように、すでに一部の先行研究において指摘されているところである。

ここでもう一つ筆者が提示したいのは、東アジアにおいて世界像が大きく転換する時にあたって、文学の領分において、ハーンの批評が果たした役割についてである。「ある保守主義者」に見られるような文明史的洞察が、ハーンの日本での批評活動を貫いている。試みに彼の「散文小品」論を手掛かりに、その影響と波紋を探ってみたい。

日本人学生を相手に文学を教授する際、ハーンがつねに心がけていたのは、西欧の思想、想像力および感情から、将来の日本文学を豊かにし、活気づけるのに役立つ要素を引き出すことである。ただし、西洋の思想と文芸をひたすら注ぎ込むようなまねをハーンはしなかった。むしろ学生たちに自国の過去へ目を向けさせ、民族伝統を掘り起こす視点を提示したのである。ハーンによれば、元の木は、新しい樹液によって変えられるものではない。たとえ日本文学が西洋の思想や芸術からいかなる思想を吸収するにせよ、将来の日本文学は、やはり日本文学であり続けるであろうという（「最終講義」）。文体の中に、民族の魂が宿っており、将来、数多くの翻訳によって、外国の新鮮な観念、表現が移入されるにしても、それはまず民族形式に同化していくことが先決であろう、とハーンは述べている（「散文芸術論」恒文社『ハーン著作集』第七巻）。

民族文学の伝統、様式を重んじるとともに、ハーンは言語の革新を呼びかけた。多くの点でいまだ古典的状態にあり、過ぎ去った世紀の習慣から解放されていないという日本文学の現状をふまえて、ハーンは日常会話、民衆の言葉の意味を説いた。そして日本に本当の民衆の言葉で書くことを恐れない作家が現れるまで、新しい日本文学は生まれ得ないことを力説したのである(「創作論」)。

「散文小品」(『人生と文学』所収)もハーンのこうした文学観を反映している興味深い一篇である。文学のジャンルも題材も時代とともに変化していくものだから、文学を職業にしようとする者は、時代の傾向に従う準備をしておかなければならない。ハーンは時代の流れの見通しにふれて、散文形式のなかで、小説が衰えていくだろうと予測していた。代わりに“the prose of small things”に熱い思いを寄せてこう語っている。

将来の散文では、二つの領域が大いに開拓されることになろう。随筆《エッセイ》と素描文《スケッチ》の領域である。周知のように、十九世紀のイギリスでは、随筆と素描文の開拓が、フランスに比べてかなり立ち遅れた。随筆や素描文の作者が小説家と競合できなかったからである。実質的に小説が随筆を押し潰してしまったと言えよう。あたかも、大きな岩の塊が草地の上に投げられたような状況であった。岩石の重圧が除かれぬまま、草花がふたたび花開くことはなかったのである。しかし、今やそれが取り除かれるのも時間の問題となったようだ。小説が速やかに衰退すればするほど、随筆と素描文がふたたび咲き出し、人気を得るだろう。ものの表層しか見ぬ目にはつまらぬものに映るだろうが、そうした文学は実はたいていの場合、小説よりはるかに永続的で、価値があるものである。一編の優れた随筆は、何千年も生きつづけることがある。キケロの随筆小品を見るがよい。今ではあらゆる言語に翻訳され、あらゆるところでその優れた表現美と思想が人びとを引きつけ、研究されているではないか。(小沢博訳、恒文社『ハーン著作集』第九巻)

ここでいうところの「スケッチ」(小品文)とは、目で見、心で感じられた生活の実景などを善《よ》き思索と真摯な感情によって書きとめる短い考察のことである。いうまでもないことだが、これはハーン自身が存分に才能を発揮した分野である。しかしハーンの「散文小品」への期待は、また日本の随筆文学の伝統に注目した文脈において提起されている。日本の昔の随筆、小品は西洋諸国と比肩しうる数少ない文学形式の一つであり、この種の文学は、日本人の国民性のみならず、日本語の特質にも実によく適しているとハーンは指摘する。

ハーンの予言が当たったのだろうか。厨川白村《くりやがわはくそん》や戸川秋骨《とがわしゅうこつ》などの弟子のエッセイ、随筆のなかに、ハーンの呼びかけに共鳴した余韻が幾分認められるだろうが、池田雅之が指摘したとおり、今日の小説ジャンルの隆盛を思えば、ハーンの予言は的中したとは言いがたい(『ハーン著作集』第九巻解説)。だが、一九二〇年代以降、三〇年代にかけて、中国に見られた散文小品の繁盛ぶりを振り返れば、ふたたびハーンの発言の意味を吟味せずにはいられない。

中国近代作家のなかで、「散文小品」に最も力を入れ、最も観るべき成績を挙げたのは周作人である。五・四以後の現代散文の発展について、朱自清はかつてこう評価している。「散文に限って論じれば、ここ三、四年の発展ぶりは実に輝かしい。さまざまな様式があり、さまざまな流派がある。人生のもろもろの側面を表し、批評を下し、解釈を与えている。変転広がり、日新月歩の様相を見せている。思想においては、中国名士風のがあり、外国紳士風のがあり、隠者のそれがあり、反逆者のそれがある。文体においては、あるいは描写的であり、あるいは諷刺を利かし、あるいは屈折、あるいは緻密、あるいは剛健、あるいは清新、あるいは洗練、あるいは流動、あるいは含蓄、かくの如しである」(『現代中国の小品散文を論ず』)。魯迅も散文小品の成功を賛嘆し「ほとんど小説、戯曲と詩歌を上回っていた」という(「小品文の危機」)。

こうした散文小品の成功は、周作人の提唱と努力に深く関わっている。胡適は『五十年来の中国の文学』(一九二四年三月)の終わりに、この事実に触れてこう述べている。

ここ数年来、散文の面での最も注目すべき発展は、周作人らの提唱する「小品散文」である。この種の小品は、平淡な言葉を用いながら、そこに深刻な意味をふくませ、時には田舎っぽいがその実、滑稽である。この種の作品の成功は、「美文には口語を用いない」という迷信を徹底的に打破した。

この文面で一つ注目に値する指摘は、民衆の口語の使用と「美文」である。周作人は中国新文学運動の理論家として、早くから新しい文学様式と文体の模索を心がけていた。一九二一年六月八日、『晨報副刊』に「美文」と題する随筆を発表している。

外国文学にはいわゆる論文というものがあり、それはおよそ二種類に大別できる。一つは批評的なもの、すなわち学術的なものである。二つ目は記述的であり、芸術的、また美文とも称されるものである。……この種の美文は英語国民のなかに最も発達しているようである。例えば、中国でもよく知られているアディスン、ラム、オーエン、ホーソーンの如きは皆すぐれた美文を作っている。……中国古文にある序、記及び説などは美文の類とも言えるが、しかし現代の国語文学にはいまだにこの種の文章は見あたらない。新文学をやる人々は何故試してみようとしないのか……諸賢が勢いを盛り返して、新文学のために新しい土地を切り開くよう希うものである。(16)

ここでいうところの二種類の「論文」は、ハーンが取りあげた「随筆」(エッセイ)と「素描文」(スケッチ)を想起させるものである。外国の手本を示すとともに、自国の文学伝統に目を向けるという周作人の姿勢は、明らかにハーンのそれと一致し、同じ論法を取っている。一九二八年五月、周作人は弟子の兪平伯の散文集『雑拌児《もりあわせ》』に跋文を寄せた時、こんな一節を書いた。「現代の散文はちょうど砂の下に埋もれていた河のようなもので、長い歳月の末、下流で掘り起こされた。これは古い河ではあるが、同時に新しい」(『永日集』所収)。この古い河の源流を彼は明末に求めた。一九二六年、兪平伯は『陶庵夢憶《とうあんむおく》』の復刻版を上梓した際も、周作人に序文を求めた。それによれば、新文学においては、散文の場合は外国からの影響が最も少ない。それは文学革命の所産というより、むしろ文芸復興の賜物だという。

第二章ですでに触れたように、周作人は最も早い時期にハーンの存在に注目した中国人作家であった。彼の日本研究はハーンから強い示唆を受けており、その随筆エッセイを愛読した。その小品散文論がハーンのそれに刺激されたものであったかどうかはさだかでないが、周作人は夏目漱石『文学論』の中国語訳本(張我軍《ちょうがぐん》訳、一九三一年)に寄せた序文のなかで、ハーンの東大講義録に言及している。そのほか、欧米文学に関する周作人の研究、紹介を、ハーンの批評、例えば『文学の解釈』にあるブレイク論、ボードレール論、ポーの韻文、『人生と文学』にあるトルストイ論などと読み比べれば、関心の共通点が見られる。興味深いことに、ハーンの「聖書と英文学」(『文学の解釈』第二巻所収)と周作人の「聖書と中国文学」(『芸術と生活』所収)は、ともに十七世紀英訳聖書の基礎を固めたジョン・ウィクリフ(John Wyclif)の訳(一三八〇年代完成)に言及し、聖書の翻訳が各国国語の統一、国文学の発展に寄与したことを強調している。

二〇年代以降、新文学の理論家としての周作人は、散文小品作家へと変貌をとげた。彼の提唱と努力によって、散文小品はやがて三〇年代の黄金時代を迎える。周作人がなぜ転向したかについては、個人の資質、性向や時代的要素も考えられようが、ハーンとの関わりも一つの可能性として視野に収めておくべきであろう。ハーンの「散文小品」の一文は、後に若斯《じゃくし》によって中国語に翻訳されている。そして三〇年代に入ると、高まりつつある散文小品のブームの最中に、ハーンはまた書簡や小品の名文家として中国の読者に再発見されたのである。まさに運命的な巡り合わせというほかはない。

11　トルストイ論の周辺

単行本にまとめられ、出版される以前に、ハーンの作品は主に『語絲《ごし》』や『奔流』などの雑誌で紹介されていた。前者は魯迅、周作人を中心に、一九二四年十一月北京で創刊された文芸週刊誌であり、後者は一九二八年上海で発行され、魯迅、郁達夫《いくたつふ》が編集に携わった文学月刊である。一九二九年一月、侍桁《じこう》訳「十九世紀前期のイギリス小説」を掲載した『奔流』第一巻第八号の「編集後記」に、魯迅はこんな感想を漏らしている。

一冊の校正を済ました後、ぜひとも話しておきたいことなど別にあるとは思わない。ただふっと思ったことだが、中国にいる外国人に、儒教の経典や諸子の著述を翻訳した者はいるけれども、昨今の文化生活——レベルの高低があろうが、文化生活には違いない——を真面目に世界に紹介した例はめったにない。おまけに、古書から食人風俗の証拠さがしに躍起になる学者もいるのだ。このあたりは、日本は中国より遥かに幸せである。彼らは、日本の良いものを外に宣伝する一方、外国の良いものを要領よく運び込む外来客によく恵まれているのだ。英文学の分野に関して言えば、小泉八雲がその一人である。彼の講義はなんと簡潔明白で、学生の身になるものであろうか……[17]

魯迅の推奨も励みの一つとなっただろうが、訳者の侍桁は『奔流』に発表した数篇の訳文に新訳を付け加えて、一九二九年九月北新書局より『西洋文芸論集』を上梓した。それを皮切りに、ハーンの英文学講義、文学評論などが続々と中国語に翻訳されたことはすでに触れたとおりである。「編集後記」のなかで、魯迅は英文学研究にしか触れていないものの、ハーンへの関心は決してそれに限られていたわけではなかった。例えば、その「編集後記」を書きとめた一月前の、『奔流』第一巻第七号には、トルストイ生誕百年記念の特集が組まれ、関係論文の一篇として「小泉八雲のトルストイ論」が載せられていたのである。ハーンがトルストイの芸術観について語っている文章は、明らかに特別な文脈で引かれたもので、編者魯迅と彼を取り囲む文壇の状況の一端を伝えて興味深い。

訳者侍桁の説明によると、「小泉八雲のトルストイ論」という題目のもとに訳出された三篇の論考は、それぞれ独立したものである。つまり『人生と文学』に収められている「トルストイの芸術論」「トルストイの『復活』について」と、『東西文学評論』所収の「トルストイの説く知恵の空しさ」がそれである。第三篇の“Tolstoi's Vanity of Wisdom”を、侍桁は「トルストイの求道心」

と訳している。

「トルストイの芸術論」において、ハーンはまずトルストイの芸術論の刊行を「文学上の非常に重大な事件」と位置づけ、それに対する世の猛烈な批判に触れて、「ある点では十分に根拠があるので、私までもがその本を買うのを一瞬ためらったものだ」とことわりながら、次のように書いている。

しかし、私はすぐさま、芸術の主題について世界の半数を怒らせることができるならどんな本であれ、偉大な力を持つ本に違いないと気づいた。確かに、何千人もの人がまさにその意見ゆえに一人の男の悪口を言うとき、むしろその人物に何らかの価値があることのよい証なのである。そして、今、その本を読んでみて、私の考察に一分の狂いもなかったことがわかった。（浜田泉訳、恒文社『ハーン著作集』第九巻）

ハーンはトルストイの取る立場を次の二点にまとめた。即ちこれまでいわゆる偉大な芸術と呼ばれてきた大部分は、教育あるほんの一握りの人たちにしか理解されず、少なくとも人類の十分の九には、芸術はまったく関わりえないものである。芸術家が大いに語っている最高、最善の感情とは何か。それは忠誠心、愛、義務、忍従、勇気――民族の強大さと善良さを意味するすべてのものではないか。そしてこれらこそ、国民の大半を占める、社会の底辺の民、農夫や労働者の稟性である。

人類の最善の感情を呼び起こす作品が真の偉大な芸術であるとすれば、これまで民衆が感動していないし、理解もしなければ好みもしないものは本当の芸術の名にふさわしいものだろうか。決してそうではない。「論文のこの点でトルストイの批評は最高に雄弁であり、最も恐ろしいものだ」とハーンは論じている。次に取りあげたのは、言葉の問題である。つまり偉大な作品は民衆の言葉で、真にその民族や国の言葉で書かれねばならない。教養ある階級の言葉は特殊で、技巧を凝らしすぎたものだ。世界最高の書物は決して特殊な文学用語で書かれておらず、普通の人の普通の言葉で書かれている。

トルストイの論点のすべてに、ハーンは賛同したわけではない。「非常に偉大な本だが、そのなかの驚くべき誤りに対して、諸君は対処せねばならない」と注意したし、文章の終わりに、キップリングを弁護したのもトルストイの見解との違いを示している。しかし「トルストイの芸術論」がハーンの十二分の共感に貫かれていることは間違いなかろう。なぜなら、従来の芸術についてのトルストイの断言と批判は、とりもなおさずハーン自身が年来抱いていた主張であり、持論であったからである。

「創作論」という講義で、ハーンはこう語っている。

日本に本当の民衆の言葉で書くことを恐れない作家が現われるまで、新しいどんな日本文学も生まれえず、当然、人生や思想や国民性に影響を与えたり、日本が必要としているもの、つまり文学的共感を作り出すような文学も生まれえないと私は信ずる。……なぜなら、文学が、教育を受けた特別な階級の人びとの理解に適うようにのみ作られるかぎり、決して国民に影響を与えることができないからである。どの国においても、教育を受けた階級は、大きな全体のほんのわずかな部分を代表するにすぎない。彼らは教師でなければならない。しかし、学士院の言語では教えることができない。ウィクリフとチョーサー、他のイギリスの偉大な文学者が、かつて新しい世論を作り出すためにはそうすることが必要だと気づいたように、彼らは民衆の言葉で教えなければならないのだ。（田中一生訳、恒文社『ハーン著作集』第九巻）。

これは学生たちへの忠告であると同時にハーンの信念である。しかもこの信念を自らの文学創作の実践に移したのもハーンである。教え子の大谷正信に創作素材の翻訳を頼んだ際、より通俗的な歌謡のほうが自分にはいいのだ。それに念押しして、「町の大通りで一般庶民がうたっている唄がいいのです。書物から抜き書きしたやつではなしにね」とハーンは書き送っている(1897, 5.)。大谷宛書簡のなかに、またこんな文面がある。

親愛なる大谷――

あなたの素晴らしい手紙を受け取りました。それは私を大いに悦ばせたのです。これは私が立ち去る前の一筆ですが、一月の課題と関連ある事柄について申し上げます。

まずあなたの大変な誤解、つまりあなたの言う「野卑な」唄を私はべつに気にしないということについての、途方もない誤解を申し上げなければなりません。それらの唄こそ、まさに私の最も関心を寄せているものです。今月あなたが翻訳してくれたすべての詩歌のなかに、ただ一首とても好きな唄を見つけました。それは一首の都々逸《どどいつ》です。

いまあなたにちょっとショッキングな話となりますが、これから私の申し上げることはあなたをびっくりさせるかもしれません。だが、もしそれを言わなければ、私の欲しいものとは何かを永久に理解できないと思います。あなたが蒐集してくれた夥しい量の学生歌のなかに、私は十七首しか詩と呼べるものを見つけられませんでした。この十七首の作品をさらに検討したところ、ほとんどすべての詩作が古い詩歌の思想と感情を蒸し返したことが分かった。なにしろあなたが翻訳した書物のなかに、私は本物の詩をまったく見つけられなかったのです。そして独創性も皆無に近いものばかりです。

いまこれらの事柄に関して私の正直な所見を申し上げます。この時代の洗練された詩、またあなたが集めてくれた、その他の時代の大部分の詩などは、ほんのわずかしか価値がなく、あるいはまったく価値がない。一方、人足や漁夫、船乗り、それに農夫と職人の唄っている「野卑な」歌は、本物の美しい詩歌なのです。それらの歌は、イギリス、フランス、イタリア、ドイツ、ロシアの偉大な詩人によって称賛されるのです。(18)(1897, 12.)

引用が長きにわたるが、民衆の言葉、庶民生活の湛えている詩情への執着が、ハーンの長年の文筆活動、オハイオ川の波止場の黒人歌、クレオールの町の小唄の記録、日本の俗謡、民話の採集などに一貫して流れているのである。これは個人の趣味嗜好とも解釈できるが、ハーンの場合は、明らかに社会の底辺の民への深い同情と共感が下地となっている。「トルストイの芸術論」において、ハーンはラスキンの見解を引用した形ではあるが、下層民衆の美徳に触れてこう書いている。「概して貧しい者が最上の人たちなのだ。もしも人間の善良さの意味で神聖なものを求めたいなら、貧しい者のなかに求めねばならない。感情生活の高尚なものはすべてそこにある」。

ハーンの書簡を繙くと、このような言葉がしばしば見かけられる。チェンバレンに宛てた手紙のなかにこんな記述が見える。

しかしわたくしは、キリスト教と呼ばれるものと、わたくしがこの世に生まれて以来経験してきたこと、偽善、および残忍さ、および邪悪——慣習的な不正、および慣習的な陰鬱と醜悪、および陋劣《ろうれつ》な苦行、および大仰な陰気面《づら》、およびイエズス会員的権謀術数、および悪名高くも子供の頭脳を歪曲してしまう所業とを、切り離して考えることはできないのです。わたくしの経験は、これらすべてのことをあまりにも重くぎっしりと満載しているので、わたくしには公正な判断をさせてはくれないのです。わたくしには公正な判断ができません。けっしてけっして、わたくしは教会に宗教的な美しさを見出したことなどなかったのです——貧しい階級の人々——否！ 極貧階級の男女の心以外のところに宗教美など見出したことはありませんでした。（1893, 8, 30. 山下宏一訳　XVI-19〜20）

わたくし自身のあらゆる国の商人に対する嫌悪の情は、それとは逆の経験にその基盤がありです。しかし、子供のころから人間的な弱点に目をつけ、あわよくばそこにつけ入るように訓練された人々が、どうして道徳的上流階級にとどまり得ましょうか。その種の人々がそのような階級にとどまり得ないことはまったく議論を要しません。それと同様に、あらゆる国の最も貧しい人々が、最も道徳的であり最も自己犠牲的であるということはまったく議論を要しません。（1895, 4. 藤本周一訳　XIV-361〜362）

十六歳の時、大叔母の援助を失ったハーンは路頭に迷った。裕福な一族のなかに、だれ一人この少年に助けの手を差し伸べる者はいなかった。大都会のロンドン、ニューヨークの猥雑な場末で、ハーンは否応なしに人生の厳しい現実を思い知らされた。上流階級や教会の偽善を憎み、下層の貧しい男女に宗教美を見出したハーン。晩年になって、無学忍従の農夫から叡智《えいち》と知性を超える宗教心を学び、「神の如き民衆」のなかへ赴いたトルストイ。異なる人生体験ではあるが、二人はともに信仰の煉獄をくぐった「信仰の人」であった。

『奔流』第一巻第七号には、トルストイ記念の文章が七篇収録されている。「小泉八雲のトルストイ論」のほかに、ゴーリキーの「回憶雑記」(郁達夫訳)、トルストイの長男の「トルストイ自身のこと」(趙景深訳)、蔵原惟人の「革命後のトルストイ故郷訪問記」(許霞訳)があり、その他の三篇はいずれも魯迅が訳したものである。第七号の「編集後記」の、あの揶揄皮肉に満ちた文章は、もちろん魯迅の手になるものである。このロシアの文豪については、紹介する者も罵る者もいるけれど、中国における影響など皆無に近い、と文壇、出版界の荒蕪を述べた後、魯迅は次のように書いている。

中国においては彼の著書はかくの如しだが、行為に至っては、なおさら風馬牛の如しである。われわれには、書店を開き、洋館を造る革命の文豪はいるが、田んぼを農夫に分け与える地主はいない。なぜならこれもまた「浅薄なヒューマニズム」であるからだ。われわれには、「出版の自由」を求める店主を兼ねた「著作家」はいるが、手紙で皇帝を直接叱責するばか者はいない。——それは何の役にも立たないからだ。べつに危険を恐れているわけではない。(19)

書店を開き、洋館を造る「革命の文豪」とは、『創造月刊』を牙城《がじょう》に「革命文学論」を振りかざしている「創造社」の諸公を指している。そもそも「創造社」は五・四新文学運動の最中に生まれた文学団体であり、留日学生を主体に一九二一年七月東京で結成されたものである。初期の主要な顔ぶれに、郭沫若、郁達夫、田漢、成仿吾、鄭伯奇、張資平などが並ぶ。彼らの創作の多くは、浪漫主義、耽美主義の色彩に染まり、ゲーテ、バイロン、シェリー、キーツ、ホイットマンなど浪漫派詩人の影響を蒙っている。「霊感」「直覚」「自己表現」を強調し、「芸術のための芸術」派と目されていた。もっとも、いつまでも「象牙の塔」に閉じこもっていたわけではない。メンバーの多くは中国社会の変革に強い意欲を示し、実際の仕事にも携わっていた。一九二六年前後、蔣介石の率いる国民革命軍の北伐が進行している間、「創造社」は「プロレタリアに同情する、社会主義の写実文学」を唱え、方向転換をほのめかしていた。

『創造月刊』は一九二六年三月に上海で創刊された。郁達夫が執筆した「巻頭言」には、「この弱者が虐げられている社会においては、われわれは最後まで頑張り、弱者の人格を保っていれば、もしかすると、この世の無力の者や圧迫される者のために鬱憤をはらすことができるだろう」とか、「われわれのか弱い声でこの不合理の、目下の社会構造の改革を促進しようとしている」との文面が見える。二年ほど前に創刊された『語絲』の「発刊の辞」と読み比べると、「中国の生活と思想の混濁停滞の空気を突き破りたい」「一切の専断と卑劣に対する反抗」という点では、共通の立場を取っている、と見てさし支えなかろう。実際、魯迅、周作人などの『語絲』同人は、「創造社」の早期成員、例えば郁達夫と良好な個人的関係を保っていた。

最初の数号の『創造月刊』を読むと、「十月革命とロシア文学」の紹介(蔣光赤)や「革命と文学」の論文(郭沫若)など載せられているけれども、張資平、郁達夫の小説、穆木天の批評、王独清、郭沫若の詩などはまだ幾分芸術至上の雰囲気を伝えており、その行間に耽美派のなごりを読みとることができる。しかし第一巻第五号まで毎月発行された月刊は、その後しばしば出版が滞り、第六号は翌年（一九二七）の二月、第七号は数月後の七月にやっと出される状況となった。その間編集も郁達夫から王独清に代わるが、第八号はさらに約半年後の一九二八年一月に何とか出版にこぎつける。発行の乱れについて、もちろん編集者の多忙、原稿が集まらないといった技術的な問題が考えられるが、この間「創造社」同人たちが中国社会の激しい変動を経験したことを見落としてはならない。一九二七年四月、蔣介石のクーデターを境目に、国民党と共産党との協力関係は瓦解し、国民革命は不首尾に終わった。この挫折によって、中国の知識人は興奮から幻滅へと激しい心理上の動揺を味わった後、再び苦悶と彷徨の状態に陥ってしまう。「創造社」もこの変動をきっかけに、衣替えを果たし、ソ連と日本からの舶来の左翼文芸理論を武器に、「革命文学」の旗揚げをしたのである。

一九二七年十一月、日本の修善寺に滞在していた成仿吾が執筆した「文学革命より革命文学へ」という一文が翌年の二月に発行された『創造月刊』第一巻第九号の巻頭を飾った。

資本主義はすでに最後の段階（帝国主義）に発展し、全人類社会の改革は目前に迫っている。資本主義と封建主義との二重の圧迫のもとに、われわれは跛をひきながらも、国民革命を始めたけれども、われわれの文学運動——全解放運動の一分野——はなおも目を瞠って青天白日下に往昔の残夢《ざんむ》をむさぼっている。……われわれの今後の文学運動は、一歩進めて文学革命より革命文学に到るべきである。

成仿吾は論文の第四節「文学革命の現段階」に、文学を担う「主体」、文学の「内容」、「文体」、「ジャンル」の問題点を指摘した後、矛先を一転して、「北京の一部分の特殊現象」を槍玉にあげた。

これは語絲を中心とする周作人の一派の代物である。彼らのスローガンは「趣味」である。私は以前にこう言ったことがある。彼らが気取ったのは「閑暇《かんか》、閑暇、三番目もまた閑暇」だ。彼らは有閑のブルジョアと朦朧としているプチブルジョアを代表している。

魯迅の名を挙げなかったものの、「語絲を中心とする周作人の一派」の一語でもう充分に明白だが、「閑暇」云々は明らかに魯迅への当てこすりである。魯迅はさっそく応戦に出て、数週間後の一九二八年三月十二日発行の『語絲』第四巻第十一号に、「酔眼《すいがん》の中の朦朧」を載せた。それを受けて、『創造月刊』の第一巻第十一号に、成仿吾は「石厚生」のペンネームで「所詮、酔眼の陶然に過ぎない」で応酬した。さらに魯迅は『語絲』の第四巻第十九号に、「私の態度、度量と年齢」と題する随感録を発表し、「創造社」批判を続けたが、それをターゲットに、『創造月刊』の第二巻第一号(一九二八年八月)に「杜荃」(郭沫若のペンネーム)の文章「文芸戦における封建残党」が掲載された。魯迅を「二重の反革命の人物」呼ばわりして批判の調子をエスカレートさせた。

このいわゆる「革命文学論争」は、文学史家によってしばしば取りあげられるが、近代百年の尺度で見れば、中国文学の建設にさほど意味あるものは残さなかった、と言える。魯迅の論争の文章も『全集』に収められてはいるが、決して上乗の作には入らない。だが、論争自体に即して論ずると、生齧りのマルクスの文芸理論や階級闘争理論を機械的に中国の現実に当てはめ、魯迅と語絲の同人たちを「落伍、反動」と断罪した「創造社」の諸公に比べて、魯迅の批判も皮肉も相手の急所に当たっていた。即ち「革命文学」は「革命人」が創らなければならず、「文学」である以上、「文学」らしいものでなければならないというものであった。

「小泉八雲のトルストイ論」を『奔流』誌上に発表したのも、こうした「創造社」批判の一翼を担うものであったと思われる。魯迅の「編集後記」には、ハーンに言及した一節がある。

小泉八雲に関しては、中国ではかなり知られているから、紹介する必要がなかろう。彼の三篇の講義は、日本の学生のために講じたものであるがゆえに、われわれから見ても理路整然としている。そのなかに、けっこう研究に値する問題が含まれているのだ。つまり、文章の表現が普通の人に解されなければ、良い文学と言えるだろうか。もし大衆が分からなくてもよいとすれば、その文学は決して大衆のものではない。トルストイがそこまで触れたのは確かに優れた見識である。しかし都会に住んでいるプチブルジョアにとって、それを実行することは極めて難しい。まず「民間へ」赴いて、一通り厳しい修行をせねばならない。さもなければ創造社の革命文学家のようになってしまうであろう。

「第四階級」、「大衆」のための文学を鼓吹しながら、「印貼利更追亜」（インテリゲンチャ）とか「奥伏赧変」（揚棄）とか、「意徳沃羅基」（イデオロギー）の新造語をやたらに飛ばして、「修善寺の温泉」と「半租界の洋館」で悠々自適している創造社諸公の言行不一致に、魯迅は痛烈な諷刺を浴びせたのである。

『奔流』誌上に掲載されたハーンの作品は、ほかに「生活及び性格と文学との関係について」「十九世紀前期のイギリス小説」「十九世紀後期のイギリス小説」の三篇があり、いずれも侍桁の訳である。侍桁（一九〇八―一九八六）は、韓侍桁とも名乗り、本名は韓雲浦、天津の出身である。一九二八年から二九年にかけて日本に留学、帰国後は広東中山大学の教授となり、抗戦中、中央通信社の従軍記者をつとめた。後に斉魯大学で教鞭をとり、『緋文字』『カスタブリッジ市長』などの訳著がある。リベラルの立場で文学活動を始め、語絲社の同人と交際があり、時々翻訳と創作を発表した。『語絲』誌上で北村透谷や高山樗牛の文学評論を多く紹介したほか、「日本小泉八雲講演――英文学中崎人」を連載し、ハーンの作品の翻訳に最も力を入れた。一九三〇年に、侍桁は中国左翼作家連盟に入ったが、一九二八年の「革命文学論争」にあたって、「〃文学革命より革命文学へ〃を評す」（『語絲』第四巻第十九号、二十号）の批評を寄せ、「創造社」批判を展開し、魯迅を援護した。魯迅日記を調べると、一九二八年四月よりほとんど毎月数通の割合で、侍桁と頻繁な手紙のやりとりがあり、この関係は三〇年の末まで続いた。

侍桁の文学観はことごとく魯迅の立場と同一ではないけれど、意図的にそれに歩調を合わせた観がある。ハーン講義の翻訳もこうした文脈で読むと面白い。「生活及び性格と文学との関係について」は『奔流』第一巻第二号(一九二八年七月)に掲載された。ハーンは第四節で、芸術の創造には、「閑暇」の不可欠を説いて、こう語っている。

これらすべてを話した後で、あらゆる新しい日本文学を邪魔だてしている非常な困難に話題を移すが、それこそ、私が最初から諸君に話そうと考えていた困難である。諸君は余暇が一国の芸術——つまり、国民的芸術を生み出すために絶対必要なものであることを知っているだろう。私は、いかなる環境にあっても、素晴らしい文物を創造しうる人びとが生んだ驚くべき例外的な作品のことを話しているのではない。そうした例外的な人びとは、国民的芸術を作成しないで、模倣のできない天才の作品を創造するのだから。

さて、芸術というものは、何千人ものゆったりした作業と思考、および感情によってこの世に生まれてくるものである。その意味において、余暇は芸術のため絶対必要である。私は諸君に、すべて日本の芸術は何世代にもわたる長閑《のどか》な生活の所産であったことを思い起こさせる必要もあるまい。現今の著名な日本芸術——陶器や絵画や金属細工と同じく文学も——を創ったのは、大急ぎで仕事をした人びとではなかった。古い時代にあっては、誰も急いではいなかったのだ。今では茶の湯として知られている精巧な儀式が、閑雅にして悠然たる時代の生活を教えてくれよう。

これは数多い事例の一つでしかない。

今日、日本の芸術は依然として隆盛をきわめていると主張したがる人びとがいるが、具眼の鑑定者たちは、古来の芸術が破壊されつつあると率直に宣している。それらを破壊しているのは、趣味の悪い外国の影響だけではない。閑暇が不足しているのである。

年ごとに、かつてはあらゆる種類の楽しみにゆるされていた時間が、ますます短くなってゆく。ここで聴講している諸君ならきっと、人びとが今よりはるかに多くの時間をもっていた時代のことを思い出すことができるだろう。そしてまたきっと、現在より時間が不足する、はるかに苦しく、はるかに恐ろしい時代が到来するのを目撃するに違いない。なぜなら、諸君の文明はしだいに、だが確実に工業化の性格をおびつつあるからだ。やがてそれがほぼ完全に工業化された時代においては、本当に余暇などきわめてわずかしかなくなる。諸君はたぶん、イギリス、ドイツ、フランスが本質的には工業国でありながら、あれほど多くの芸術を生めるではないか――と考えているだろう。しかし、それとこれとは条件が同じではない。他の諸国にあっては、工業化によっても裕福で余暇にめぐまれた階級を形成することができたのだった。これら有閑階級は依然として存在しており、彼らは、就中《なかんずく》、イギリスにおいて偉大な文学の創造を可能にした。日本で似通った条件を招来するためには、実のところ、とても長い時間を要するに違いない。（田中一生訳、恒文社『ハーン著作集』第九巻）

文学も美術も工芸も、こういった人類の精神的創造は、たいてい幾世代にもわたる思索、錬磨の果て、長い年月に培われてきた審美観が凝縮されたものであり、いわば趣味と閑暇の結晶である。ハーンの洞察は彼自身の生い立ち、アメリカ・日本での生活経験をふまえたものかと思われる。侍桁の翻訳では、すべて「閑暇」となっているが、この「閑暇」こそ、創造社の連中が魯迅を断罪する一つである。

「閑暇、閑暇、三番目もまた閑暇」という相手の非難を逆手にとり、この間に書いた雑文をまとめるにあたって、魯迅はそれを『三閑集』(上海北新書局、一九三二年)と名付けた。

ハーンの講義録の掲載を、そうした非難への何気ない応答と見てさし支えなかろう。ここにもう一つ思い出されるのは、魯迅による『思想・山水・人物』の翻訳である。

『思想・山水・人物』は人物スケッチや随感、紀行などを集めた鶴見祐輔のエッセイ集である。著者の「序」によると、二年八カ月の長い旅を終えて、大正十年(一九二一)の初夏に欧米より帰国した後、雑誌、新聞などの依頼によって筆をとること多くなり、帰朝後三年間に記したものを集録したという。大正十三年十二月大日本雄弁会から刊行されて以来、ベストセラーとなり、大正十五年の時点ですでに二十四版を重ねたのである。魯迅は一九二五年二月にその第三版を購入した(魯迅日記)。それ以来、鶴見の文章をしばしば翻訳し、『京報副刊』や半月刊『莽原』、それに『語絲』などに掲載した。

「専門外の仕事」の一篇は、『語絲』の第一四二号、第一四三号(一九二七年七月三十日、八月六日)

に、二回に分けて掲載された。エッセイの第二節には、専制政治と思索言論の自由に触れて、英国の自由思想家ジョン・スチュアート・ミルの「専制政治は人間を皮肉にさせる」という言葉が引かれている。魯迅はそれを自分の「小雑感」(『語絲』第四巻第一号、一九二七年十二月十七日)に引用した際、さらに次の一句を付け加えた、「しかし、共和が人間を沈黙させるということを彼が知らないのだが」と。これは、「四・一二」蒋介石の反共クーデター以後の恐怖政治を諷したものにちがいない。

エッセイの第七段には、またこんな一節がある。

専門外《せんもんぐわい》の人の意見といふ場合に、我々はそこに二種類《しゆるゐ》の区別を念頭に置いて考《かんが》へなければならない。それは、その所謂《いはゆる》素人なるものが、別に外の専門《せんもん》を持つて居る場合と、全《まつた》く何の専門の職業《しよくげふ》もない人である場合とである。前者《ぜんしや》は、自分の専門以外の問題に関して興味《きようみ》を持つて労役する人であつて、醫學者《いがくしや》の森鷗外氏が、小説を書いたやうな場合《ばあひ》である。反之、後者は自己の生活《せいくわつ》に累《わづら》ひのない人が趣味として何か研究《けんきう》して居る場合である。即ち職業《しよくげふ》としてゞはなく、謂はゞ道楽《だうらく》として、何か研究し思索して居る場合《ばあひ》である。これは實に羨むべき境涯《きやうがい》にある人々であつて、所謂有閑階級《いはゆるいうかんかいきう》と呼びならはさるゝ人々である。英語《えいご》で獨立の紳士《インヂペンデントジエントルマン》と呼ばるゝ階級《かいきう》である。従来《じゆうらい》の文明とか文化とか言ふものは、多《おほ》くこれ等有閑階級の所産である。生活《せいくわつ》に累ひせらるゝことなく専心思《せんしんおも》ひを潜めた人々の労作が集積《しふせき》して、今日の我々の文明を形成《けいせい》したと言はれて居る。

それは生活《せいくわつ》と闘《たたか》ひ乍ら、立派な貢献をした人々もあるけれども、それは希有なる例外である。[20]

一九二八年、魯迅は原著から十九篇を選んで、その訳文を一冊にまとめ、上海北新書局から刊行した際、「思想山水人物に関して」の題記を書いた(『語絲』第四巻第二十二号)。自分の訳述の本意について、一部の読者に、古代あるいは現代にこういう事があり、あるいはこういう人・思想・言論があることを知ってもらいたかったに過ぎず、皆にそれを言動の指針にしてほしいというわけではない、と述べている。世の中には完全無欠な人間がいなければ、ことごとく人の意趣を汲む文章もなかろう。多少なりとも役に立ち、あるいは有益であれば、それを訳して紹介したいものである、と魯迅は語っている。

魯迅はハーンの文章を翻訳はしなかったものの、同様な態度で接したのであろう。近代中国の生み出した卓越した作家として、魯迅は時間の試練に耐えられてこれから先も読み継がれていくだろう。その理由を問えば、魯迅には中国民族に対する深い洞察とともに、人類の知的財産を先入観で選別せず、虚心にそれを受け容れる、度量の広さがあるからである。

第三章 注

1 P・D・パーキンス夫妻の書誌に挙げられた中国語訳は次の四点がある。
『生命與書籍』(上海商務印書館、一九二七年、筆者未見)

『西洋文芸論集』(上海北新書局、一九二九年)
『日本與日本人』(上海商務印書館、一九三〇年)
『文芸譚』(上海北新書局、一九三〇年)
Lafcadio Hearn : A Bibliography of His Writings (P. D. And Ione Perkins eds., Hokuseido, Tokyo, 1934). pp. 177-178.

2 『厨川白村集』(非売品、厨川白村集刊行会、大正十四年)第四巻、一二七頁。

3 『神々の猿』(恒文社、一九九二年)一九〇頁参照。

4 遠田勝氏によれば、「ハーンの文学講義の魅力とは、ハーン文学の魅力にほかならない。したがってその日本時代の著作をたんなる日本研究と読むのが誤りであるように、この文学講義をたんなる西洋文学研究と見なして、当時や現代の英文学研究の水準から欠点や不備をあげつらい、あるイギリスの英文学史のように、“completely valueless”(平川祐弘『小泉八雲——西洋脱出の夢』三二四頁)と決めつけるのは、およそ的はずれで、もっとも拙劣な読み方なのである」。『小泉八雲事典』(平川祐弘監修、恒文社、二〇〇〇年)五四八頁参照。

5 『厨川白村集』第四巻、一一二頁。

6 「批評家としてのハーン」『世界の中のラフカディオ・ハーン』(平川祐弘編、河出書房新社、一九九四年)所収、二六二〜二六三頁。

7 荒蕪「師友之間——我所知道的朱光潜先生」『読書』一九八〇年第六号。

8 「中国文壇缺乏什么」一九三六年十一月四日『世界日報』副刊「明珠」に発表。『朱光潜全集』(安徽教育出版社、一九八七年)第八巻、四七四頁。

9 『孟實文鈔』(上海良友図書印刷公司、一九三六年)所収。『朱光潜全集』第三巻、四五三頁。

10　ビスランド女史の記述は以下のとおり。

（アショー校の昔の同級生がロンドンに放浪していたハーンについて語った回想を引用した後）日本時代の書簡の中で、上述の体験に触れたのは、ただの一回しかない。友人たちとの親密な会話の時でさえ、打ちあけるには、あまりにも苦痛に耐えられないと見えて、彼はこの時期への言及を避けていた。もう一つの自伝の断片――「星々」は、おそらくこの残酷な日々の体験を述べたものであろう。

……

（ニューヨークの街頭に彷徨うハーンのみすぼらしい姿について）なにしろ、まる二年の間、彼は上陸して以来、身にまとっていた服を買い換えるのに充分なお金が一度もなかったからである。そのぼろぼろの服もきっと極端に擦り切れていただろう。あの頃の大部分の時間は、ある大工さんの店にしか身を寄せるところがなく、その親切なアイルランド出身の職人は、彼が削りクズの上に寝ることを許し、小さなストーブで食事をつくってあげた。そのかわりに、簿記や使い走りなどの力仕事をしてもらったのである。

The Life and Letters of Lafcadio Hearn, Vol. 1, ed. Elizabeth Bisland : Houghton, Mifflin & Co., 1906. pp. 37-40.

11　『孟實文鈔』一頁。

12　『朱光潜全集』第一巻、七頁。

13　「読書論」において、ハーンは次のように語っている。

最終的には最も偉大な批評家は大衆である――一日とか一世代の大衆という意味ではなく、数世紀を経てきた大衆、時というすさまじい試練を経てきた本についての国民的、あるいは人類の意見の一致という意味での大衆である。名声は批評家によって作られるものではなく、数百年にわたる人類の意見の

集積によって得られる。（中略）

良書の鑑定方法は、一度しか読みたくないか、それとも何度も読みたいかということによって決まる。（中略）

多くの本について信頼できる評価を下すには、人は多面性をもっていなければならない。われわれは時折、一批評家の判断に、疑いを抱くこともある。しかし、幾世代にもわたる判断については、疑いの余地はない。数百年にもわたって絶賛、推賞されてきた本の美点は、すぐには気がつかなくても、努力し、注意深く研究することにより、ついにはこの絶賛、推賞されてきた理由を感じ取ることができる。貧しい人にとって、最上の図書館とは、すべてこのような偉大な作品、つまり時という試練を経てきた本だけからなる図書館である。（安吉逸季訳、恒文社『ハーン著作集』第九巻所収）

14　『朱光潜全集』第一巻、三七頁。
15　『朱光潜全集』第一巻、五四〜五六頁。
16　『談虎集』（岳麓書社、一九八九年）二八頁。
17　『魯迅全集』（人民文学出版社、一九九一年）第七巻、一七八頁。
18　*The Life and Letters of Lafcadio Hearn*, Vol. 2. pp. 342-343.
19　『魯迅全集』第七巻、一七一〜一七二頁。
20　鶴見祐輔『思想・山水・人物』（大日本雄弁会発行、大正十五年）八七〜八八頁。

第四章

戦時下の小泉八雲

12 『東西』の「コスモポリタニズム」

「日本占領時代の中国文学」は、近年、掘り起こされつつある水脈である。一九八〇年、アメリカ・コロンビア大学出版局より刊行されたエドワード・ガン著『歓迎されぬ詩神』(Edward M. Gunn, *Unwelcome Muse : Chinese Literature in Shanghai and Peking 1937-1945*, New York, 1980)は、その分野における先駆的業績であるが、この書名に示唆されるとおり、占領下の文学は長い間タブー視されてきたために、文学史においてまともに取りあげられることがなく、厳正な批評の対象になることはなかった。確かに日本占領下において、作家を取り囲む状況は複雑きわまるもので、各種の政治勢力が錯綜していたように、作家を物書きに駆り立てるモチーフもさまざまであった。だが、社会史、政治史の考察は畢竟、文学史の叙述に代替しうるものではない。だからこそ、「文学社会学や知識人たちの道徳的ジレンマにではなく、主として批評的鑑賞に関心を寄せ、この時期の文学を中国近代文学史、文学批評の主流におさめようとする」(同書 Introduction 参照)ガン氏の努力は貴重である。

北京や上海など日本占領地域で発行された雑誌などに、しばしば小泉八雲の名が見える。この時期におけるハーンの作品の紹介は、二〇年代、三〇年代とも異なる文脈で行われていたことはいうまでもないが、「戦時下の小泉八雲」に関する考察は、占領期文学の解読のみならず、日本近代思想史にも思わぬ側面から光をあてる興味深いテーマである。

雑誌『東西』は、一九四三年四月の上海で創刊された。わずか二号で夭折してしまったとはいえ、「東西文化を評論し、世界知識を紹介する」という表紙のキャッチフレーズが示すように、東西文化の融合を訴えるという点で異色なものだった。「創刊の言葉」には、こんな一節がある。

日本の詩人草野心平は、林房雄氏来華歓迎座談会の席で、こんなことを言った。「中国の大学は日本史を教えず、西洋史しか教えていない。全中国に日本の歴史を教えるところがない」という(大陸新報による)。われわれは、それを読んで、すこぶる感慨が深い。中国において、大声で国民に日本研究に努めよう、と訴える人がいないというわけではない。例えば戴季陶や周作人の如きがそれである。しかしどういうわけか知らないが、われわれはどうも日本のことを一向に留意せず、研究もしない、まるで世界にこの国が存在しないかのようである。もし研究すれば、何かいいことでもあるのか、と問えば、具体的には指摘することができないが、しかし研究しない弊害を、今日に至って、すでに人々はこの目で見ているし、現に身に受けている。

日本研究の遅れを咎める文面ではあるが、「研究しない弊害」云々は日本の大陸侵略をほのめかす言葉にとられかねない含みがあり、占領下の雑誌にしては珍しい表現である。実は『東西』の版元は、古今出版社であり、社長の朱樸《しゅぼく》(朱省斎)は汪兆銘《おうちょうめい》政府の宣伝部の要職に就いている人物である。『東西』が創刊される一年前の一九四二年、個人出資の形で、朱樸は歴史故実や人物素描を主とする月刊誌『古今』を刊行した。雑誌の編集に、周黎庵《しゅうれいあん》、陶亢徳《とうこうとく》が携わり、執筆陣には、汪兆銘をはじめ、周仏海《しゅうふつかい》、陳公博《ちんこうはく》、梁鴻志《りょうこうし》といった当時の南京政府の要人や、周作人、沈啓无《しんけいむ》、紀果庵《きかあん》、柳雨生《りゅううせい》、蘇青《そせい》などの知名作家の名が連なる。これだけの顔ぶれをそろえた雑誌は、日本占領区域ではほかになかった。

このような背景をもっているだけに、「コスモポリタニズム」の色彩に彩られ、文化間の理解と融合を唱える『東西』の姿勢は興味深い。その「創刊の言葉」は、また次のように続く。

われわれは近隣の強国日本にさえ、なおこのように注意を払わないのだから、その他の隣国、例えばタイ、ベトナム、ビルマ、マレーシア、インド、それにトルコ、アフガニスタンなどに関しては、なおさら研究する気にならなかった。われわれは皆、いわゆる「東洋」に属しているにもかかわらずである。
西洋については、われわれは心酔し、崇拝はしている。だが、一般人が心酔し、崇拝しているところのものは、おそらく洋館、自動車、水洗トイレ、カラー映画の類であろう。
『東西』の出版は、微力を尽くし、国民の東西各国、各民族の歴史、地理、文化、生活風習の理解に貢献したいものである。

こうした編集意図を反映するものとして、創刊号の巻頭に、新渡戸稲造の「東西論」とラッセルの「中西文化の比較」が掲載された。

「東西論」は、昭和三年(一九二八)実業之日本社から刊行された著者の随筆集『東西相触れて』に収められた同名のエッセイである。中国語訳の冒頭に、編集部の短い紹介がある。

この文章の作者は「日本の胡適」と称された。生前は長年国際連盟に勤め、北米でたびたび講義を行い、日本の国民外交に尽力すること甚だ多い。蓋し一人の国際主義の人物である。この文章は地理と民族の視点から国々を強いて東西に分けることの無意味を説明し、東西協調の必要を力説した。仁者の言にして、われわれが読み返し、じっくり考えるに値するものである。

若い頃から「太平洋の橋」になることを志して、一九二〇年より六年間にわたって国際連盟事務局次長としてジュネーブで活躍した新渡戸は、帰国してからも民間団体「太平洋問題調査会」の理事長となり、日本と国際社会との意思疎通に尽力した。京都、上海、バンフ(カナダ)における太平洋会議に出席し、京都会議の議長もつとめた。中国の胡適博士との比較も面白いが、「国際人」という評価は、今日の視点から見てもおおむね妥当であろう。そのエッセイ「東西相触れて」には、こんな言葉が見える。

東西の諒解を図るに当つて、勿論国家の斡旋は欠くべからざる条件であるが、これは寧ろ形式法理の上のことであつて、事実上、精神的にこの目的を遂行するには高き人道の立場或は深き学理に基いて、理由もなきに常に他国を敵視するが如き、狭小なる国家主義を脱したもの丶力によらざれば、実現は不可能である。個人としても国民としても自ら悪意や猜疑心を以て暗雲を立て、東西の方角までも朦朧たらしむるに代へ、善意と友情によりて碧空一点の雲翳《うんえい》を止めざる所まで昇るを要する。(1)

この書物が公刊された後の日本は、やがて著者の望んだのと正反対の道へ突進した。昭和八年(一九三三)、日本が国際連盟を脱退した年の十月、新渡戸はカナダのビクトリア市で客死した。「中西文化の比較」の一篇は、ラッセルが訪中体験をふまえて執筆した『中国の問題』(*The Problem of China*, 1922)の一章の抜粋訳である。ラッセルによれば、欧米人の精神生活の共通点は、ギリシア文化、ヘブライの宗教と倫理、近代の工業制度にある。中国の文化は独自の道を通って発展してきた。中国文化のなかに、ギリシア文化の要素を見出すことはできるが、その他の二つの要素はまったくない。中国と西洋との接触の結果、中国人も西洋の知識を求めるようになったが、富国強兵の知識よりも、むしろ倫理的、社会的価値のある知識、あるいは純粋に学術的なものを求めているのである。これもまた中国人と日本人の違うところである。西欧の模倣者は、一流の中国人の間には見あたらない。彼らは依然として中国本位で、西欧文明に同化した時でさえ西欧文明の批判を忘れないという。

ラッセルは中国文化における儒教の役割に注目し、孔子の教えはたいてい瑣末《さまつ》で、その場かぎりの「身の持ち方」にすぎない、と評価を保留しながらも、次のようにその長所を認めている。

儒家の学説は純粋な倫理学である故、宗教上の教条を含めていない。儒家はかつて強力な僧侶制度を創ることはなかったし、宗教迫害を引き起こしたこともない。儒家は確かに中国人の優雅な態度を養成し、礼儀作法を完備させた。中国の礼節はひたすら前人の儀式にこだわることなく、如何なる前例のない場合でも自在に応接できる。中国の礼節は一つの階級に限られたものではない。最も卑俗で賤しいクーリーでさえ礼儀正しい。中国人は常に冷静で厳粛な態度で白人種の傲慢無礼に応対する。決して歯には歯というまねはしない。それを目にして、西洋人はまことに慚《ざん》愧《き》に堪えない。それをしばしば軟弱と見なしている西洋人もいるが、しかし、これこそ真の力である。中国人は昔からそれを頼りに、「征服者に征服を与えてきた」のである。(2)

このラッセルの中国人論と並んで、日本人の礼儀作法を論じた小泉八雲の「日本人の微笑」が掲載されている。『知られぬ日本の面影』のなかの名高い文章であるが、中国語訳は原作の第一、二節と第三節の後半のみを訳出している。ところどころ文句の省略があるけれども、いくつかのエピソード——殴られても怒らぬ車夫、笑みを浮かべて亭主の死を告げる女中、名誉を守るため自刃する侍の老人——を通して、庶民層にまで浸透している日本人の礼儀とモラルを浮き彫りにするというハーンの意図が訳文にほぼ反映されている。

西洋の大工業文明の没落を見据えたラッセルは、その轍を踏まぬよう中国の全面的西洋化を警告した。伝統文化と西洋文化の、それぞれ良質部分の結合による新しい文明を渇望している点において、進化により異なる文化、人種の融合を夢見るハーンの立場に近い。『中国の問題』では、ラッセルは日本関係の書物に触れて、一番教えられた著書として、マクラーレンの『明治年間一八六七—一九一二の日本政治史』(*Political History of Japan during the Meiji Era 1867-1912*, Allen and Uuwin, 1916)を挙げたほか、「明治初期の日本の面影を描いたものとしてラフカディオ・ハーンの書物はもちろん極めて貴重である」と語っていたが、日本の近代を見る目は厳しく極めて批判的であった。

『東西』創刊号の誌面構成を見ると、巻頭論文のほか、日本文化を語るもの(三篇)、インドの現状を紹介するもの(四篇)、イギリスの国民性を論じたもの(三篇)、中南米印象記(三篇)、文芸小品(四篇)、人物訪問(一篇)となっている。東洋あるいは西洋文化がしきりに話題となっていた二〇年代の中国であれば、このような雑誌が現れても不思議はないが、日本占領下の上海で、しかも日本対英米開戦以後の情勢を考えると、上述した巻頭論文を掲げ、古垣鉄郎の「現代英国を支配する者」、鶴見祐輔の「倫敦雑記」のように、比較的客観、公正な英国論を掲載する『東西』の姿勢はやはり注目に値する。雑誌の背景を考慮に入れると、検閲の目をくぐったというより、占領者のイデオロギーと一線を画し、独自の色を保とうとした雑誌同人たちの魂胆が透けて見える。例えば、新渡戸のエッセイ「東西相触れて」の終わりには、「東西の文化を悉く咀嚼し世界的完全なる発達を遂げる者は大和民族ならんか」という一句があるが、中国語訳ではそれが省かれている。それは露骨な日本礼賛を避けたかったからであろう。

もっとも『東西』が、こうした独自の姿勢を貫き通すのは難しかったようである。第二号では、武内義雄の「儒教と日本」や小泉八雲の「女の髪」とビルマの民族誌などが紹介されているが、日本の同盟国ドイツに関する文章が多く掲載されている。「あるナチス党員の経歴」に見られるように、ヒトラーの復讐思想、その政権獲得を称揚したり、ソビエト社会の暗黒面を暴く「ソ連の生活」を載せたりして時局色を強め、創刊号の方針からはかなり逸脱していっているように思われる。日本占領当局からの圧力があったかどうかは不明だが、第二号の裏表紙には紙価高騰の故、採算がとれぬとの理由で暫時休刊との「本刊啓事」が掲示され、この雑誌はわずか二号で消えてしまった。

「和平、反共、建国」をモットーに掲げた汪兆銘《おうちょうめい》は、初めから「中国のペタン」をつとめるつもりでいたが、結局その政府が「東アジアのヴィシー政府」となったかどうかについてはともかく、実質的にそれが日本の傀儡《かいらい》政権として、日本の「大東亜戦争」に追従し、協力したことは紛れもない事実であった。しかし、戦争進展の個々の段階、戦争協力の個々の政策についてまで、日本占領当局と汪兆銘政府とは必ずしもことごとく一致したわけではない。相互の利害によっては、それぞれの思惑を抱いていたとしても別に不思議はない。むしろ自然な成り行きであった。『東西』の出現と消失はそれをほのめかすシグナルの一つであろう。

13　『風雨談』『天地』『雑誌』に群がる作家たち

『東西』と同じ時期(一九四三年四月)に創刊された雑誌に、『風雨談』がある。誌名は周作人の同名の随筆集から取ったらしい。版元は「太平出版印刷公司」だが、発行と編集は風雨談社(代表者柳雨生)が行った。雑誌の創刊号には、周作人の「画鍾進士像題記」が巻首に飾られたほか、沈啓无、紀果庵(紀国宣)、文載道(金性尭)、周越然、周黎庵、予《よ》且《しゃ》(潘序祖)、陶亢徳、包天笑、譚正璧《たんせいへき》、蘇青などの名が見える。沈氏は周作人の門弟であり、紀果庵と文載道は周の散文の格調を慕い、個人的にも深い関わりをもつ随筆の書き手であった。周越然は上海にいる蔵書家として、古籍にも洋書にも造詣が深く、その書をめぐる「書話」は実に興趣豊かな小品である。周黎庵は『古今』の編集者でもあり、特に明・清の文献故実に長けている。都市庶民の日常を描く予且の小説も、象徴と寓意に富む譚正璧の散文も独自の世界をもっているし、『天地』を拠点にした、辛辣ながら、生活の息吹を実感させる「蘇青」というペンネームをもつ馮和儀の創作もまた確実に自らの「天地」を開拓している。編集者の柳雨生もエッセイが得意であり、人情の微細を穿つ描写と繊細な観察で知られている。これら常連のほか、茅盾《ぼうじゅん》、許地山、廃名、丁玲《ていれい》、許広平、氷心《ひょうしん》、蘇雪林なども作品を寄せた。執筆陣もさることながら、雅趣があり、あかぬけした装幀で登場した『風雨談』は、上海及び日本占領地域でもっとも注目される文学雑誌となり、その他の刊行物とは一味違う格調を示している。

『風雨談』のもっとも重要な寄稿者は周作人である。本名以外に、「知堂」や「薬堂」の署名で寄せられた周作人の文章は、常に雑誌の巻頭を飾った。第二号の「編後小記」には、純文学を志向しながらも、通俗物にも門戸を開けるという編者の立場が述べられる一方、こんな言葉が見られる。

しかし、ここで指摘しておかねばならない点がある。つまり本誌の態度は極めて厳粛なもので、まさに現代の詩が言うとおり、「忽然《こつぜん》として悟徹《さとる》、無生の忍、老に垂《かか》って街頭で餅師《へいし》と作《な》らん」。読者の求めるものが糧《かて》である以上、われわれが勤勉に耕して差し出すものは、たとい米や麦ではなくとも、少なくとも雑穀であり、決して石ころなどではない。

ここに引用されている詩は、実は周作人の「偶咏二首」中の二句である。『風雨談』が創刊される一月前の三月十六日に作られ、その一は次のとおり。

当日裘《かわごろも》を披《まと》い釣り糸を理《ととの》える、浮名《うきな》贏ち得て故人も知ることを。
忽然として悟徹《さとる》、無生の忍、老に垂《かか》って街頭で餅師と作《な》らん。

「披裘《ひきゆう》」一句は、隠遁の高士の故事をいう。西漢の『韓詩外伝』(韓嬰《かんえい》)にはこんな話がある。呉の延陵季子《えんりょうきし》(呉国季札)が斉国に遊歴した時、道に金が落とされているのを見て、それを取るように牧者に呼びかけた。そこで牧者はこういう。「高所に構え、見下ろす者は何者か。君子のような顔をしているが、言うことの何と野暮なことか。われは君主には臣子のつとめをせず、友ありても交わらず、夏の季節に毛皮を身につける、このわれはなんで金を取るものぞ」。季子が賢人だと判ってその姓名を訊ねたところ、牧者は「君のような皮相の人間に、名乗ることもなかろう」といって立ち去ったという。

「無生の忍」とは、『荘子・至楽』にある荘子亡妻の話にちなんだもので、死の苦痛を超えてそれを堪え忍ぶことをいう。

「餅師」の典拠は南宋尤袤の『全唐詩話』である。寧王の権勢盛んな時、寵妓《ちょうぎ》が数十人もいた。ある餅売りの妻は肌白く淑やかな美人である。王は一見して気に入った。そこでその夫に厚く遺わしてその妻を手に入れた。寵愛すること身分を超えるほどだった。一年余り経って、王は彼女に「まだ餅師のことを思っているのか」と聞いて会わせることにした。その妻は夫を見つめて、涙を頰に流し、堪えられない様子だった。その場に王の客として十余人が居合わせたが、皆当時の文士で、凄楚《せいそ》に思わぬ者はなかった。王が衆人に作詩を命じたところ、(王)維がまっ先に作り上げて言った。「今時の寵を以てすること莫く、異日の恩忘れ難し。花を看て眼に涙満ち、楚王と言を共に

せん」。客に敢えてそれに続く者はいなかった。すると王は彼女を餅師に返し、その志を貫かせた。(3)

周作人の詩の大意を敷衍すると、おおよそこうなる。「文壇から遠ざかって隠遁しようかと思っていたが、いつの間にか身に余る名声が旧友故人の耳にも届いたようだ。そうこうするうちに、生死の苦痛を超えた無生の忍とはなにか、忽然と悟るようになり、街頭に老いぼれて、愛する人を奪われたあの餅師にでもなろうかと思う」。幾多の苦患波瀾を閲した人間が、なお情を忘れがたいという心境を詠じたのであろうか。

一九三七年七月、「盧溝橋事変」が勃発。多くの友人に促されたにもかかわらず、周作人は「家累」(家族の世話)が重すぎるという理由で陥落した北平にとどまることにした。生計を維持するため、ギリシア神話などの翻訳をする傍ら、ミッション系の燕京大学での教職を斡旋してもらったりもした。九月の陶亢徳への手紙(『宇宙風』第五十号の「北平にいる知堂」に収められる)では、南へ帰る同僚にことづけを頼んで、「どうか北に留まる諸人を李陵《りりょう》と見ないでほしい、そうではなく蘇武《そぶ》と見てもらえないだろうか」と書き送り、匈奴の漠北の荒れ地で羊飼いをすること十九年、ついに使命を辱めなかった蘇武に思いを託した。

ところが、翌年の二月、大阪毎日新聞社が主催する「更生中国文化建設座談会」に、偽華北臨時政府の教育総長に一月前に担ぎ出された湯爾和《とうじわ》、新民会副会長張燕卿《ちょうえんけい》、清華大学教授銭稲孫《せんとうそん》らとともに、周作人も出席した。会議の記事と写真が掲載されると、中国の文壇を震驚させた。五月十四日、『抗戦文芸』第四号に、茅盾、郁達夫、老舎をはじめ、胡風、胡秋原、馮乃超、張天翼、丁玲、夏衍、鄭伯奇など十八人が署名する「周作人への公開書簡」が発表された。「作人先生」で始まるこの書簡は、動かすに情を以てし、諭すに理を以てする名文であり、驚きと愛惜と、なおも棄てられぬ期待と忠告を行間にこめて切々と訴える、読む者の胸襟に迫るものがある。しかしそれに答える気配はなく、周作人は沈黙を守ることにした。

一九三八年以降、周作人はめったに筆を執らず、毎日古書読みに耽るが、二、三百字の読書メモしか書かなかった。心静まること水の如し、と装いながら、これら無味乾燥な筆記はその索漠たる心境の反映ではなかったか。異族に屈し、名節を失ったことの重大さは、中国歴史を熟知している周作人にとって火を観るよりも明らかであったろう。例えば銭謙益(牧斎)は明末文壇の大物である。彼は文学、哲学、歴史、仏教、版本目録など多くの分野にわたって、すぐれた業績を残した。しかし、清に降伏したツケはあまりにも重いものであった。周作人は一九三四年に書いた「太監」(『夜読抄』所収)において宮刑に関する銭氏の説を引いているが、日本占領直後の周作人の筆記を読むと、牧斎の名が見えず、その代わりに、倪元鎮《げいげんちん》のことに触れるものがある。「『東山談苑』の後に書す」の一篇は、一九三八年二月二十日に執筆され、六月二十四日の『晨報副刊』に掲載された。

『東山談苑』巻の七に言う。

倪元鎮は張士信《ちょうししん》に侮辱されながら、ついに口をきかなかった。人がわけを問うと、元鎮は口をあけるだけ野暮だと言った。

この語は殊に佳い。(『書房一角』所収)

弁解しない主義の周作人の、必ずしも巧みならぬ弁解の言といえよう。それにしても心の重荷を背負ったことには変わりはなかった。一九三九年一月北京大学図書館館長の偽職に就任するまで、家累、生計、狙撃事件などさまざまの事情からも推察されるように、周作人の「妥協」は状況に迫られて已むに已まれぬ一面も確かにある。彼の心の奥底に民族意識が押しつぶされていなかっただけに、その内面の葛藤は察するに余りあるのである。

北京が占領された直後の一九三七年十二月十一日、周作人は次の詩を作った。

燕山の柳色《けしき》、あまりにも凄迷たり、話、家園に到れば一涙垂《そそ》る。
長くは行人に炒め栗を供し、傷心は最も是れ李和児なるべし。

燕山とは、華北薊県《けいけん》の東南にある山、いうまでもなく北京のことを指す。宋の宣和四年に「燕山府」が設置され、後に北京の別称となる。李和児の逸話は周作人の読書メモ「老学庵筆記」(『秉燭談』所収)に抄録されている。それによると、汴京《べんけい》(開封)李和児の炒栗《あまぐり》は四方で評判となり、他人のまねできないうまさである。紹興年間、南宋の使者が金に赴いて燕山についた時、炒栗を十包みもって現れ差し出した者があった。「汴京の李和児」と自称して涙を流しながら去っていった。蓋し北宋の都が金に破られた後、李は燕山に流転して相変わらず炒栗を生業としたらしい。北京の炒栗はたいてい李の伝えたものであるという。

陥落した故都は依然として柳の緑に包まれているが、もう昔日の北平ではない。李和児の旧事に触発されて、故国を逐われた者の痛ましさをこの詩に託したのであろう。

一九四〇年十一月偽教育総署督弁湯爾和が病死したため、その後任に周作人が汪精衛政府に任命された。この偽職就任の経緯について、すでに多くの研究があるが、周作人本人がそれを受け容れた事実は変わらない。それ以来一九四三年二月にその職を解かれるまで、周作人が公人として占領下の政治生活に関わり、南京政府礼賛や日本追従の言動があったのは否定できない事実である。だが、作家の思想脈絡を見通すには、やはりその作品を第一次の史料として検討せねばならない。

『歓迎されぬ詩神』の著者ガン氏も指摘するとおり、日本占領期間に発表された周作人の文章は、その文体においても、文化思想の内容においても過去の創作との連続性をもつものであった(4)。しかし、それらを仔細に読むと、作者の心の軌跡をしめす微かな変容に気づかされる。「禹跡寺」という一篇は、一九四〇年元旦『中和月刊』第一巻第一号に沈黙を破って発表された、はじめてのまとまった文章である。そのなかで、周作人は儒教聖人の「実践躬行」を誉め称え、大禹のことを「大物政治家、儒にして墨に近い偉大なる人物」と称賛した。かつて儒教文化の痛烈な批判者であった周作人だが、結局のところ自分自身がこの文化のなかに生まれついたものであることに気づき、伝統への回帰をはかったものと言えるだろう。周作人はここに至って、伝統文化のプラス価値を正面から打ち出した。数カ月後の五月一日、『中国文芸』第二巻第三号に「漢文学の伝統」が掲載された。周作人は文学に反映されている中国人の伝統思想を「儒家の人文主義」と評価し、実際的かつ常識的、奇抜なものではなく、空気と水のように、すぐれていいものであるとした。そしてこの儒家の伝統思想に期待を寄せて、「現代においても強健であってほしいし、文芸思想の主流になってもらいたい」と語っている。その後の「中国の思想問題」(一九四二年)、「中国文学における二種類の思想」(一九四三年)、「漢文学の前途」(一九四三年、いずれも『薬堂雑文』所収)のなかでも、儒家の「己れの欲せざる所、人に施すこと勿れ」といった「仁、忠、恕」の意味を繰り返し説いた。現実政治の舞台では、自らが演じた役を十二分にわきまえているだけに、心のバランスを保つために、祖先の残した文化に魂の安息を求めたのであろうか。「民族意識」や「名節」は、周作人にとっては第一義的に文化の問題であった。(5)

この儒教再評価と表裏一体をなすかのように、周作人の日本観もまた推移変化していった。一九三七年六月二十八日の『国聞周報』(第十四巻第二十五号)に載せられた「日本管窺の四」は、三〇年代後半より発表された一連の日本論の掉尾《ちょうび》を飾る一篇である。「抗日の時節にはあるいは親日の謗りを免れないが、そうでない時に、かえってあまり無遠慮な口をきく」というのが、彼の日本論の一貫した基調ではあるが、一触即発《いっしょくそくはつ》の開戦前夜に書かれただけに、日本を語る周作人の口調に異常に厳しいものが感じられる。日本の大陸政策は「帝国主義」にほかならない、それについて問わねばならないのは、その「主義」の目的ではなく、その手段である、と断りながら、周作人は次のように書いている。

そもそも主義のためなら、手段を選ばなくてもよいが、しかし日本の手段はことのほか異常である。いったい何故なのか、私が問題にしたいのはこれである。正直に言って、私には判らない。問題を見つけだし、この文章をしたためたとはいえ、結局判らない理由の説明に終わってしまうかもしれない。ここ数年、私は常に一つの大きな疑念を胸に抱いている。それは日本民族の矛盾した現象についてであるが、未だに解答は得られていない。日本人は最も美を愛する。それは文学芸術および衣食住においてはそうなのだが、何故か中国に対する行動においてはあれほどのあつかましさを晒しだしている。日本人は洗練されていて、美術工芸などはその証となるが、行動においては実に拙さそのものである。日本人は清潔を好み、至るところに銭湯がある。これは他国には見られない風習であるが、行動においては、なんと汚らしく、時には吐き気をもよおすほど卑劣なことか。これは本当に天下の一大奇怪事であり、ほとんど奇跡と言ってもよいくらいである。

その次に周作人は「蔵本事件」、「華北自治事件」、日本人による阿片密売などの具体例をとりあげ、反動に傾いている日本の時局、特にその対華行為を俎上にのせて、古来の武士道精神はすでに地を払った、と評している。ところで、その原因がどこにあるのかについて、宗教ないし信仰の相違が一つの手がかりになるだろう、と周作人は考える。中国の民間信仰の多くは、功利的であり、熱狂に欠けるのに対して、日本はそうではなさそうだ。「彼らの崇拝儀式ではしばしば神憑《かみがか》り、ないしは柳田国男のいう神人和融の状態が出現する。これは中国においてはほとんど見られないことであり、容易に理解しえないことである」と彼はいう。それを示す事例として、柳田国男の『祭礼と世間』の第七節を引用し、恍惚の境に彷徨《さまよ》う神輿《みこし》を担ぐ壮丁たちの亢奮《こうふん》を紹介した後、日本の国民感情を支配し、民族信仰の深層に根を下ろす神道の影響力を指摘する。わずかな賢人哲人だけが、時にはその信仰から抜け出して、あるいはそれを醇化させることがあるにせよ、彼らにしたところで、ほんのわずかではあれ、それを変えることはできない。いざ有事の際、やはり神憑りした英雄たちが躍り出て例の芝居を演じるのだ。こう語る周作人の口調は、軍国日本の熱狂に対する皮肉にも聞こえるが、幾分民俗学的考察をふまえた学問的態度が感じられなくもない。

もしも私に神輿《みこし》担ぎの壮丁たちの心理が判れば、日本の対華行動の意味合いも理解できたかもしれないと思うが、残念ながら私には判らない。私自身は宗教的情緒を持ちあわせないので、これらの事柄についてはまるっきり口の開きようがなく、また齧ろうと考えるのも論外のことである。日本の神道信徒の精神状態が判らなければ、日本の多くのことは決して明らかにならない。そこで私は絶望して、所詮私には判らなかったということ、以上に述べたことはすべて無駄話であったということを言明するほかない。判らなかったという言明の一句を除いて、この一言は案外値打ちがあるもので、ひょっとすると私の「管窺」四篇のなかで、一番値打ちがあるかもしれない。

日本のことを理解するには、その宗教信仰を研究せねばならない、というのが「日本店」を店仕舞いしてしまう周作人の日本論の帰結であった。そう言いながら、周作人はその後も懲りずに「日本」を語りつづけた。「縁日」は趣味豊かな一文で、一九四〇年八月一日、『中国文芸』第二巻第六号に掲載された。『東京年中行事』(若月紫蘭)や『江戸繁昌記』(寺門静軒)、『燕京歳時記』(敦礼臣)などの記述を引きながら、東京の縁日と北京の廟会の光景を紹介した後、一国民の、それも特に外国の文化を理解するためには、その感情生活に着目しなければならないのであって、「民俗学から入ってゆくほかない」と結論する。

多少の文飾もあろうが、周作人のこういった所感に接して、思わず「日本人というものがまだ少しも判っていないことに自分で気がついてから、ようやく、この論文を書いてみる資格が自分にもできたと感じたのであった」というハーンの言葉が思い起こされる。「この論文」とは、いうまでもなく、晩年のハーンが取り組んだ、その日本研究の帰結でもある『日本――一つの解明』(*Japan: An Attempt at Interpretation*, New York and London: Macmillan Co., 1904) のことを指す。そしてこの著書こそ、日本人の宗教信仰を中心に、「内側と外側から、歴史的社会的、心理的倫理的に」、日本を解き明かそうとしたものである。

「日本管窺の四」を通読すればわかるように、日本人の宗教感情への言及は、必ずしもハーンが試みたように、単に学問的関心をふまえたものではないが、神輿の「意志」を描写したくだり――十六人以上の壮丁が担いで練り歩くさまは、浮きつ沈みつ、西へ傾けるかと思えば、東へ寄ったり、人家の戸や塀を打ち壊し、あるいは途中で動かなくなったり、まるで自由意志でやっているようだ――は、確かにその信仰の特徴を捉えている。祭の渡御《とぎょ》の関連文献として、周作人は柳田国男の『祭礼と世間』の第七節をとりあげたが、実は早期の民俗学的記述として、ハーンの観察は、生々しく貴重なものであった。『日本――一つの解明』の「地域社会の祭」(The Communal Cult)の章には、実地見聞をもとにした、次の一節が書かれている。

鎮守の宮の大祭のときには、神さまが氏子の家を一軒一軒と見舞って歩くと考えられている。神輿《みこし》が――三、四十人の人にかつがれた重い神輿が、本通りを練って通る。神輿をかつぐ人たちは、神の意志のまにまに行動するもの、神霊が行けと命ずるところへは、どこへでも行くものと考えられている。……わたくしが日本のある海辺の村で、一度ならず、いくたびか見た神輿の渡御の時におこったできごとを、述べてみよう。

まず、行列の先頭には、一隊の青年たちが輪になって、乱暴にとびはね踊り狂いながら進んでくる。この若い衆連中は、道を清める露払いである。殺気立って、ぐるぐる回りながら、気違いみたいになってやってくるから、そのそばを通り抜けでもすると、それこそ険呑だ。わたくしははじめてこの踊りての一隊を見たときには、なんだか自分が大昔のギリシャのタイオニスの饗宴でも、目《ま》のあたりに見ているような心持がした。（平井呈一訳　XII-98～99）

その後に続くハーンの記述――まるで嵐のなかの小舟のように、右往左往して担ぎ手の頭上で揺られ狂いながら進んでいく神輿が、あたかも意志があるかのように動き、人家の塀などもぶち抜くありさまは、周作人の描写と完全に重なってしまう。それにこの祭の狂歓と陶酔を描いた後、周作人もあのギリシア古代の酒神、ディオニュソスの饗宴を連想していることは、まことに興味深い。

かつてハーンの作品を愛読し、その日本論において、しきりにハーンを引き合いに出した周作人も、日本占領期に発表された文章では、ハーンの名を極力避けているように見受けられる。宗教生活の解明を正しい日本認識の決め手としたハーンとほぼ同じ経路を辿りながら、周作人の主張は、そのまま言葉の額面通りに受け取ることはできない。屈折した文脈において理解しなければならないであろう。自らの立場をわきまえ、ハーンの著書を熟知しているからこそ、周作人はハーンから距離を置いたのであった。

「日本の再認識」は、日本国際文化振興会の依頼で執筆されたもので、『中和月刊』第三巻第一号(一九四二年一月)に載せられ、後に『東西』の創刊号にも再録された。内容の前半は、ほとんど旧作、たとえば「日本の衣食住」(一九三五年)、「東京を懐う」(一九三六年)の焼き直しにすぎないが、作者の真意は、文章の後半に語られている。つまりいままでの、「異質なものの中に同質なものを求める」ような日本観を反省して、日本固有の精神がどこにあるのかを探らなければならないというのである。「日本のことを理解するためには、その宗教を理解することから着手するしかない」という「日本の再認識」は、明らかに戦争前夜に書かれた「日本管窺の四」の文脈の延長上に述べられたものである。神輿担ぎのエピソードや柳田国男の文章はそのまま抄録されているが、熱病さながらの国家的ヒステリーに対する揶揄、露骨な日本批判は影を潜めている。しかしながら、日本人の宗教感情をめぐっての「判らぬ」という感想は、日本の「非常時行動」に対する、あの「不可解」さに対する嘆きと重なって聞こえてくるような気がしてならない。

一九四三年二月、周作人は「華北政務委員会委員」及び「教育総署督弁」の職を解かれた。例の「忽然として悟徹《さとる》、無生の忍、老に垂《なんな》って街頭で餅師と作《な》らん」の詩が作られたのが、その一月後のことである。浮華と軋轢《あつれき》の世界を見てきただけに、人間のささやかな温情が恋しくなったのであろう。別れて消息不通になっていた弟子に思いを寄せた「廃名を懐う」もその頃の作である。もっとも、「餅師」の一首は、個人恩怨の次元で作られたものではなく、愛するところを奪われた「餅師」にとって、「無生の忍」をじっと耐えるしかない境遇を歌ったものである。この詩を読んだ紀果庵は、「含蓄深遠で、而して字は極めて平易なり」と評している(「知堂老人南遊記事詩」一九四三年『古今』第二十三号)。柳雨生もこの詩が気に入ったらしく、さっそく『風雨談』第二号の「編後小記」にそれを引用しているが、そのことはすでに触れたとおりである。

散文の書き手として、柳雨生は日本占領期において際立った存在だった。「学者の言志的散文」

と評され、「淡泊にして情熱を込め、均整がとれて粗雑にならぬ」という文章の格調は、幾分周作人の作風を彷彿させるところがある。長文の「懐郷記」は、『風雨談』第六号に発表され、後に彼の代表作となった同名の散文集が一九四四年五月に出版された。同じ題名のもとにまとめられた三篇の紀行、「異国心影録」「海客譚瀛録」「女畫録」は、いずれも戦時中の日本を旅した印象記である。一九四二年十一月三日から五日まで、第一回「大東亜文学者大会」が東京で開催された。銭稲孫、沈啓无、張我軍、潘序祖、許錫慶らとともに、柳雨生も参加し、「異国心影録」は帰国後、翌年の一月に書き下ろされたものである。しばらく沈黙を守った理由を述べた後、執筆の動機を次のように説明している。

今年に入って、私が忽然としてこの一篇の文字を書いてみようという気になったのは、別に私の瞑想の結果ではない。しかも、私の瞑想は、一般的な言い方に従えば、多分何の結果も得られないであろう。私の個性からいえば、歴史や政治と絶縁しているというわけではないし、それに生活環境の束縛も往々にして時局の全体に関わっている。しかし、私はもっと単純な生活の楽しさ、生活の美、ひいては奇妙超然たる、いわゆる至善の境地を愛好している。私はかつて文学の書物を通して多くの古人、或いは異国の偉人に会っている。親しんで謦咳《けいがい》に接したり、握手したりしたことは一度もないが、われわれの心の中で自ずと李太白、或いは白香山、或いは小泉八雲、或いはワシントン・アーヴィング(Washington Irving)がいる。私の胸にはいつも何人もの異国作家が去来していて、脳裏に浮かぶ面影、目に映る笑顔は単に片言の文字の表現できるものではなく、尚かつ十全にそれを描き出すことは決して できないのである。

戦火の蔓延、時局の魚爛にそっぽを向いて超然とした態度でいられたのは、あるいは作者がその「至善の境地」をさまよっていたからであろう。その「境地」とは、柳雨生自身の言葉でいえば、「徳を以て徳に報いるという恩讐の観念を超越した」ものである。「徳を以て徳に報いる」のは、一個人においてそうであり、また一民族、一国家においてもそうであるという。続いて異国での交友に触れて、柳雨生はいささか諧謔を交えながら、淡々とした筆致で彼らの風貌を描く。太湖の趣をボードレールの詩境になぞらえて、それを紙切れに書きながら、達意ならぬ英語でしゃべる片岡鉄兵、黒の和服を身につけ、躍るように闊歩し、屈強な体格と血色のよい顔をしてどこか中国の和尚を思わせる風体の林房雄。そして一番印象的だったのは菊池寛であった。

文藝春秋社の執務室の中には芥川龍之介の写真が飾られ、大きな銅馬が置かれていた。「女がほしい、刺激がほしい、競馬の賭事もいい」と大声で話す菊池寛。淑やかで若い秘書が入ってくると、「彼女は東京の最も美しいお嬢さんだ」とからかったり、話が三角恋愛の作家張資平に及ぶと、「聞くところによると、彼のことを中国の菊池寛と呼んでいるそうですなあ、本当かね」と真剣そうに尋ねたりもしたという。

歌舞伎の観劇に中国の作家たちを案内した時、舞台の黒衣《くろご》のことを不思議に思った柳雨生に、そのわけを聞かれると、菊池寛は、身振り手振りで「These men are supposed not to be on the stage.」と説明し、また「鏡獅子」のパンフレットに、「The girl is haunted by the spirit of the mask of a lion, which is a masterpiece sculpture.」と書いて見せたという。

印象記の最後に、柳雨生は菊池寛の短篇小説「恩讐の彼方に」(『中央公論』大正八年一月号)に触れて、彼のいう「至善の境地」に一つの脚注をつけた。「この物語の内容といえば、人を泣かせるほど感動的である。見知らぬ中国人でもこの話の筋を通して、日本国民の生活と彼らの人生哲学を理解することができるのである。物語の主旨は個人同士の間の恩讐を語るものではあるが、国同士の関係についても、理智の見方にしろ感情的な衝動にしろ、この小説から透徹した悟りを得られるであろう」と記している。

「餅師」の漢詩は、時局に深入りしてしまう者の苦悩の深さを覗かせてくれるのに対して、「恩讐を超える」という訴えは、死闘を繰り広げている中日両民族にしてみれば、あまりにも高遠なものであるが故に、空虚に聞こえるしかないものであった。戦時下において、周作人は頑なにハーンの名を口にしなかったが、一方、柳雨生にとっては、小泉八雲は彼を「超然たる境地」に誘ってくれる作家の一人であった。

戦争終結後、柳雨生は日本追従の協力行為の廉《かど》で法的責任を追及され、彼の「懐郷記」は占領者に媚びを売る数少ない「漢奸文学」の一典型として批判に晒されることとなった。

『天地』の創刊は、『風雨談』より後れること半年、一九四三年十月のことであった。編者の蘇青は張愛玲とともに占領期の上海で頭角を顕した女流作家である。個人の体験を小説にした代表作『結婚十年』もそうであるように、蘇青の作品はたいてい家庭生活を題材にして女性の感情、立場を代弁したものが多い。鋭敏な思索と歯切れのよい社会批判は世間の共鳴を得たが、必ずしも政治的色彩に彩られていたというわけではなかった。というわけで、蘇青は戦後になると、「大東亜文壇の中堅」と目されていた自分を弁護して、声明を出して、当時は生計のために売文をしたにすぎず、「書けた文章とは所詮社会、人生、家庭、婦女の類であり、抗戦意識を加えることができなかったのは、まさしく私の上海での投稿にしたところで、いわゆる大東亜を誉め称えなかったのと同様である」と語った(「私に関して——序に代えて」一九四七年『続結婚十年』所収)。

編者のこうしたスタンスがそのまま編集方針に現れたというわけではない。「来る者を拒まぬ」という方針に明らかなように、イデオロギーの色に染まったものも多く掲載されている。文才も見識も凡庸ならぬ「閑歩庵」(胡蘭成のペンネーム)の批評や、古を借りて今に喩える樊仲雲の随筆も「政治意識」の強いものであるが、第二号の「談天説地」のコラムに登場した「魯迅紀念について」のエッセイは極めて異色だった。署名「趙思允」のこの短文は、まずめぐってくる魯迅忌辰(十月十九日)の所感から始まる。万国公墓に置かれている魯迅翁の墓碑がすっかり荒廃している、と嘆く内山完造氏の言葉を引用して、作者はその理由を説明する。

魯迅翁の墓地が目下のように荒れ果てた理由は、紀念委員会も固より些か責任を負わねばならないが、決して荒廃しているのを単純にごまかそうとしたわけでもない。いわんや魯迅先生の一生は、千万の権勢のない青年たちの心の中に生きてきたのであり、生前に「重鎮」や「要人」として君臨していた他の「文豪」とは違う。彼は生きていた時に、すでに圧迫され、排斥されていたのだから、死後ますます落ちぶれたとしてもやむをえない。内山君は従来から魯迅を崇める「異国の友人」であり、彼の感慨が心からのものであることは信用していいと思う。しかし、世間も人心も目まぐるしく変わり、数年の間、中国のすべてが大きな波瀾に巻き込まれている。ところで魯迅は「変わり多き」時代、老衰の国に亡くなった故に、西洋あるいは日本の文学者のような幸運——生前から老死まで、朝野の尊敬を受ける——に恵まれるはずもない。だから逝去の後、一般人に忘却され、甚だしくは痛快がられるということも、むしろ「当然」のことではないだろうか。

死去に際して、「民族の魂」と称えられた魯迅は、生前、日本の大陸侵略に警戒心を抱き、亡国の危機を国民に訴えていた。ということからすると、この魯迅を記念する文章を公刊できたのは、あるいは占領当局の「懐柔策」の一環によるものであったかもしれない。しかし、露骨な日本批判はもちろん許されない。作者はむしろ巧妙に魯迅の「親日」にことよせて、売国行為非難の真意を託したのであろう。

魯迅が日本との深い関わりをもち、日本民族の品格を称賛していたことを述べたうえで、しかし魯迅の称賛は、世のいわゆる「日本通」のそれとは違って、条件つきで、また批判的なものであった、として、次のように語っている。

日本人の「愛国」を讃美するのは、われわれに「国を辱める」な、「国を喪う」な、と戒めるのと同様である。この点においては、日本への透徹した理解で知られ、魯氏と同じ立場をとった者として、郭沫若が挙げられるが、日本へ傾倒し入籍してしまった小泉八雲について言えば、これは似ているようで非であろう。

明らかに、「似て非である」という言葉には、ハーンのことを「盲目的な親日家」と見なし、咎めたニュアンスが込められている。そしてその延長線において、名前こそ伏せたものの、「知堂五十自寿詩」にある「喫苦茶」云々の諷刺から見て、その他の「似て非である」親日家として、槍玉に挙げられたのが周作人であった。

作者にとって、周作人の「親日」が魯迅のそれとどう異なるかは説明するまでもなかったろう。しかしハーンの日本研究の性格がどう「似て非である」のかは、おそらく作者の関心事ではなかったようである。

ハーンの親日家としてのイメージが独り歩きしているので、戦時下において、ハーンを読む文章は、時局色に染まり、たいていハーンの名声を利用した一種のカムフラージュに見えてしまうのも仕方がない。

『天地』の第三号に、周作人の「武者先生と私」と並べて、周越然の「日本文化の現在」という一篇が掲載されている。周越然(一八八五—一九四六)は浙江呉興の人、清末の秀才であった。英語に精通し、出版社の編集にも携わっていた。蔵書家としても著名であり、古今東西の書物について幅広い見識をもっていた。豊かな経歴は、彼のエッセイシリーズ「書の話」に独自の個性をもたせた。扱っている題材は森羅万象だが、「国家政事」にはほとんど言及することがなかった。意識的に政治から距離を置いているように思われるところがあった。

「日本文化の現在」は、友人の日本観を俎上にのせ、日本が独自の文化をもっていないという見方の非を論じたものである。友人の話を聞いて失望した周越然は次の一節を書き残している。

二十余年前、小泉八雲(Lafcadio Hearn)の文章を読みはじめた頃、私は彼の文筆に非常に感服し、日本の風俗人情をとても慕わしいものと感じた。小泉八雲によれば、日本は独自の文化をもっている。だが友人の某君の講じるところによると、日本に独自の文化などないという。小泉八雲は嘘をついたのだろうか、それとも私の友人が事実に忠実ではないのか。小泉八雲に観察力がないのか、それとも私の友人が不見識なのか、どっちを信じればよいのだろうか。

このように問題を提起した後、周越然は自らがはじめて日本を遊歴した時の体験をふまえながら、衣食住から宗教、言語、教育制度、家庭生活にいたるまでの日本文化の独自性を説いたのであった。文章の趣旨について言えば、それほどオリジナリティがあったとは言い難いけれども、作者自身の観察が随所に細かく記されていて、諧謔の趣があり、説得力あるものであった。もっとも周越然の一九四三年八月の訪日は、第二回「大東亜文学者大会」の開催(八月二十五日から二十七日にかけて)に関わったものであり、主催者におもねる意図で書かれたものではないにしろ、時局に応酬したものであったと見てさし支えなかろう。

『風雨談』の第九号(一九四四年一、二月)は春季特大号である。周作人の「虎口日記及び其の他」、陶晶孫の「創造三年」、紀果庵の「林淵雑記」、柳雨生の「漢園夢」、王古魯の「日光訪書記」、曹聚仁《そうじゆうじん》の「文芸の題材」、許地山の「玉官」、山本健吉の「近代の超克について」などが連なり、すこぶる壮観であった。第八号の目次の下に掲載された次号予告では、小泉八雲の「日本での第一日」、鶴見祐輔の「東西文明論」、菊池寛の「恩讐の彼方に」があげられていたが、どういうわけか、第九号での掲載はいずれも見送られたらしい。

春季特大号のなかで、小泉八雲に言及した文章は曹聚仁の「文芸の題材」であった。その論文第一段の冒頭に、ハーンの文学講義の一節が引用されている。

日本の著名な文学家小泉八雲はその「文学論」の中でいう。

たとい君たちが自分自身よりもある女性を愛し、彼女を神のように崇め、それ故彼女の死によって全世界が暗黒となり、万物が色彩を失い、すべての生命が輝きを失ったように見えたとしても、その悲しみは君たちにとって有益であるかもしれない。妖魔鬼怪がわれわれを離れ去った時はじめて、われわれは真の神を理解し、見ることができるようになるのであろう。あらゆる苦しみは、われわれがそれを極度に憎もうとも、われわれの知恵を助けてくれるであろう。もちろん、経験のない若者は夜半ベッドに坐って泣くだろう。しかし大人は泣きはしない。そのかわり、自分の心を慰めるために文学に向かう。その苦しみを美しい歌、あるいは人を驚かすような思想として書き記すのである。

曹聚仁《そうじゆうじん》(一九〇〇―一九七二)は浙江浦江の人。上海暨南大学の教授、週刊誌『濤声』の編集者でもある。魯迅、周作人とも親しい交際があり、晩年は香港で過ごし、周作人と頻繁に文通した。『知堂回想録』は曹の慫慂で執筆されたらしい。

「文芸の題材」は東西の作家、文人の創作論述を引き合いに出して、情感と人生経験、日常素材の作品化、文芸のモラルなどについて論じた学者の文章である。五・四運動以降の文学研究会の余韻を彷彿させるこの論文には、三〇年代に流行したハーンの痕跡があり実に興味深いものがある。しかし文献の読み方について言えば、いささか不備なところがある。文中に引かれた「文学論」とは、実は「生活及び性格と文学との関係について」(On the Relation of Life and Character to Literature.『人生と文学』所収)の一節である。曹聚仁は英文原文にではなく、楊開渠の中国語訳『文学入門』(上海現代書局、一九三〇年)に依拠したらしい。引用された個所はもともとエマーソンの有名な詩句を敷衍した解説の部分である。

Though thou love her as thyself,
As a self of purer clay,
Though her parting dim the day,
Stealing grace from all alive——
Heartily know,
When half-gods go
The Gods arrive!

愛する女性を意味している「半神」(half-gods)と訳されるべきところに、「妖魔鬼怪」という訳語が充てられたのである。ハーンの創作に注目し、いち早くそれを中国に紹介した早期の胡愈之《こゆし》、胡先驌《こせんしゅく》、周作人、朱光潜、潘光旦などは、いずれも原著を直に読んでいたから、比較的正確にハーンの作品を把握し、深い理解を示している。ところが、三〇年代の流行を経て、ハーンは中国語、あるいは日本語でも読める作家小泉八雲となったが故に、かえってうわべのみのイメージで解釈されるようになってしまうのである。作家、テクストの伝播の悲しむべき宿命というべきかもしれない。

『雑誌』はもともと、海外のニュース、評論を転載する国際時事政治中心の月二回刊の雑誌として、一九三八年五月に創刊された。発足当初からラディカルな抗日の論陣を張り、太平洋戦争が勃発し日本軍が英米租界・フランス租界に進駐するまでのいわゆる「孤島」時期においても、その著しい反日傾向のために、租界当局から二度も刊行差し止めを命じられた。一九四二年八月に復刊された後、文芸作品を主とする総合月刊誌に変身。外観装幀も十六折り判から二十五折り判に衣替えし、誌面を刷新した。復刊後の『雑誌』は、上海駐在日本領事館を背景に活動する『新中国報』の系統に属したため、長い間「漢奸」の刊行物と見なされたが、実は社長袁殊以下の主要なメンバーは、経理(発行人)の翁永清、主筆の魯風、呉誠之などすべて潜伏中の共産党員であった。『古今』の出現に対抗するために、「文芸」を「武器」と考える共産党上海地下党の指示で、復刊の運びとなったらしい。

このような複雑な経緯があるので、表向きには、『雑誌』は「中立」の立場をとり、背景の異なるさまざまの作家を擁した。小説、詩歌、散文、劇作、エッセイ、批評、文芸理論、ノンフィクションなどほとんどあらゆるジャンルを網羅できたのは、他誌の追随を許さぬ厖大な執筆陣を抱えていたからであろう。題材は多岐にわたったが、日本関係の文章は少なかった。そのなかで、復刊直後からハーンの『日本——一つの解明』が掲載されていたことはやはり特筆すべきであろう。訳者は曹曄《そうよう》、太い黒字の「神国日本」というタイトルは目次のなかで特に目立っていた。第十三巻第一号までで(復刊第一号は総第九巻第四号)全文の翻訳が終わるが、気の長い連載であった。なぜこの時期に全文を訳出したのか、編者と訳者の意図は、推し計り難い。しかし、とかく「親日家」と見なされる小泉八雲の日本研究の良質な部分がこの訳業によって戦時下の中国人読者に紹介されたのは、間違いなく意味深いことであった(6)。

14 『神国日本』の位相

一九〇四年、ハーンの遺作『日本――一つの解明』がマクミラン社より刊行された時、その初版の表紙には、「JAPAN」の上に「神国」の漢字が記されていた。一九二七年(昭和二年)、第一書房から刊行された小泉八雲全集第八巻の、戸川明三(秋骨)訳も『神国日本』となっている(誤解を招きかねない題名ではあるが、歴史的文脈の尊重、および行文上の方便によりそのまま使わせていただくことにする)。終章の「回想」(REFLECTIONS)は、一巻の書物を書き上げた際の結びの言葉であると同時に、十四年にも及ぶ著者の思索の声でもある。その冒頭の感触を、戸川秋骨は次のように訳出している(振り仮名は筆者による)。

私は今迄《まで》日本の社会史に就《つ》いての一般観念と、其《そ》の国民の性格を形作り鍛錬した諸々の力の性質に就いての一般観念を伝へやうと努めたのである、此の企図は未だ甚《はなは》だ不充分であるのは言を俟《ま》たない、此の問題に就いて満足すべき著述の出来るのはまだ遠い将来の事である。併し日本はその宗教と社会進化の研究を通じてのみ理解され得るといふ事は、既に充分に示されて居ると私は信ずる。日本は、確実な能率を以て西洋の応用科学を利用し、絶大なる努力を以て数百年間の仕事を僅々三十年間に成就して、西洋文明のあらゆる外形を維持しては居るが、併し社会学的には、古昔《こせき》のヨオロッパに於ける基督《キリスト》の出現に先き立つ数百年以前の状態に相当する状態に留まつて居る、東洋の一社会の驚くべき光景を吾々に見せて居る。

併し起原や原因を如何程《いかほど》述べた処で、その為めに人間の進化の過程に於て、吾々から心理的には今猶ほ遠く隔つて居る此の奇なる世界を静観する愉快は少しも減殺される虞《おそ》れはないのである。『旧日本』のうちから、今まで残つて居る驚異と美とは、それ等を生じた状態を知つたからと云つて軽減される訳ではない。昔ながらの温情に富んだ嫺雅《かんが》な風俗は、千年の間剣刃《けんじん》の下で養はれ来たつたものである事を知るからと言つて、それに魅了される事を止める必要はないのである。ほんの数年前には殆ど到る処、人は一般に慇懃《いんぎん》に、争は稀なやうに見えたが、これは幾代も幾代もの間、庶民の間の喧嘩は、悉ゝく非常な厳罰に処せられたからで、又《また》かかる制止を必要とした仇討《あだう》ちの習慣は、あらゆる人に言行を慎ましめたといふ事を知つても、吾々の気持ちよい感じが減少するのでもない。昔は従属階級のものは、よし苦痛を受けながらも、微笑して居なければ生命を失ふ恐れのあつた時代があつたと聞いても、一般の人々の微笑が吾々の心を奪はなくなる訳ではない。また昔風の家庭の躾を受けた日本の婦人が、消滅しつつある一つの世界の道徳観念を代表するからといつて、また吾々が彼女を拵《こしら》へ上げるのにかかつた費用――計り難い苦痛の価――を極微かに推測し得るのみであるからと云つて、彼女が可愛らしくなくなつたのでもない。否。此の昔の文明のうちから残存して居るものは魅力――筆舌に現はし難い魅力――に充ちて居る、そして誰れでも其の魅力を感知した人は、それが漸次《ぜんじ》亡びて行くのに一種の悲哀を感ずるに違ひない。芸術家や詩人の心をもつた人には、嘗ては此の神仙の国《フェアリイ》を悉ゝく支配して、その精神を形作つて居た無数の制限は、如何に耐へ難いもののやうに思はれるとしても、彼はその最善の結果を讃美し愛好しない訳には行かないのである。（XII-435～437）

この戸川の訳文を曹曄《そうよう》の訳と対照してみると、中国語訳の構文と修辞などは明らかに戸川訳をふまえていたことがわかる。例えば(shaped and tempered)「形作り鍛錬した」、(prodigious effort)「絶大なる努力」、(The wonder and the beauty)「驚異と美」、(the subject-classes)「従属階級」、(charm unspeakable)「筆舌に現はし難い魅力」、(fairy-world)「神仙の国」などの日本語訳はほとんどそのままの形で中国語になっている。(7)

西洋の書物が、日本語訳を媒介にしてその重訳の形で近代中国に紹介され、流布されることはよくあるが、『神国日本』の場合は、中日戦争という特殊な事情が故に、より錯綜した様相をみせているのも無理はない。八紘一宇《はっこういちう》や皇道国体などを連想させる書名は、日本占領下の上海で復刊されて間もない『雑誌』にとって恰好《かっこう》なカムフラージュになったことだけは間違いなかろう。

右の長い引用からも読みとれるように、『神国日本』は、ある死滅しつつある文明――独自の社会構造と慣習と生活様式――及びそこに孕まれた心性、倫理観、美意識への挽歌《ばんか》である。その逝きし世の残映《ざんえい》を惜しみつつも、もはや挽回《ばんかい》ができぬ、人間の意志では如何《いかん》ともしがたい時勢の力を見抜いた作者の魂の記録でもある。古い日本の衰亡に哀惜《あいせき》の念を禁じ得ぬにしても、日本人の宗教観――神道を根幹に据《す》えた社会史的なアプローチを試みた以上、特定のイデオロギーに縛られる恣意《しい》的な解釈は許されず、歴史の実態に目を逸《そ》らすわけにはいかなかったであろう。戦時中、あるいは戦後の一時期において、ハーンの日本賛美のみが強調され、とかく排他的皇国史観と結びつけて語られながら、確かにそう捉えられがちな側面も否めないが、『神国日本』に貫かれた客観的な歴史認識は見過ごされたのも事実である。個人への重苦しい抑圧、日本社会の専制を執拗《しつよう》に説いたハーンの文明批判は、先入観に染められたイデオロギーや美化、あるいは理想化とは明らかに相容れぬ性格のものである。

一九二〇年十月、バートランド・ラッセル(Bertrand Russell)は、中国を訪れ、翌二一年七月、日本を経由して帰国するが、その成果の一端として『中国の問題』の一書に結実した。同書の一節が雑誌『東西』に紹介されたことはすでに触れたが、ハーン及び『神国日本』に言及したくだりはなかなか意味深長である。「明治初期の日本の面影を描いたものとしてラフカディオ・ハーンの書物はもちろん極めて貴重である。彼の著書『日本――一つの解明』は、桜の花の新鮮味が失われた後、日本人国民性の冷酷な諸相について、はじめての実感を通して描いている。」(For a picture of Japan as it appeared in the early years of the Meiji era, Lafcadio Hearn is of course invaluable ; his book *Japan, An Interpretation* shows his dawning realization of the grim sides of the Japanese character, after the cherry-blossom business has lost its novelty.)(8)

「桜の花の新鮮味」と「冷酷な諸相」とは、コントラストを狙う表現であり、ハーンの日本観の変化推移を示唆している。しかし、その初期の著書とを読み比べた場合、叙述の調子や文章の色彩において目立った相違が見られるものの、東洋の土を踏んだ日に覚えた新鮮な感動はこの集大成の書物にも猶《なお》生きていたし、『神国日本』の学問的立論を支えた細心な観察の数々は初期の著書の中において一貫して冴えわたっていた。来日後の第一作である『知られぬ日本の面影』(一八九四年)に収められた「日本人の微笑」の結びの節は、あの「回想」の文章に呼応する詠嘆ではなかったか。

だがその過去へ——日本の若い世代が軽蔑《けいべつ》すべきものとみなしている自国の過去へ、日本人が将来振返る日が必ず来るであろう、ちょうど我々西洋人が古代ギリシャ文明を振り返るように。その時日本人は昔の人が単純素朴な喜びに満足できたことを羨《うらやま》しく思いもするだろう。その時はもう失われているに相違ない純粋な生きる喜びの感覚、自然と親しく、神の子のようにまじわった昔と、その自然との睦《むつま》じさをそのまま映したありし日の驚くべき芸術——そうした感覚や芸術の喪失を将来の日本人は残念な遺憾《いかん》なことに思うだろう。その時になって日本人は昔の世界がどれほど光輝いて美しいものであったか、あらためて思い返すに相違ない。その時になって彼等は嘆くにちがいない。いまは消え失せてしまった古風な忍耐や自己犠牲、古風な礼儀、昔からの信仰にひそんだ深い人間的な詩情……日本人はその時多くの事物を思い返して驚きまた嘆くに相違ない。とくに古代の神々の顔を見、表情を見なおして驚くに相違ない。なぜならその神々の微笑はかつては日本人自身の似顔絵であり、その日本人自身の微笑でもあったのだから。（平川祐弘訳　VI-386）

だが、一方ではラッセルが評したように、ハーンは「日本人国民性の冷酷な諸相」を直視したのである。

『神国日本』を構想するにあたって、ハーンはフランスの歴史学者フュステル・ド・クーランジュの『古代都市』から多くの刺激と示唆を受けている(9)。明治末年の日本が実はキリスト誕生に先立つ数百年以前の状態にとどまっているとして、ハーンはこの東洋社会の驚くべき光景に感激しているが、彼の脳裏に去来していたのは、すなわちフュステル・ド・クーランジュが考察したローマ、ギリシアの古代地中海社会であった。

フュステルはまず古代ギリシア人、ローマ人などの極めて古い信仰から出発して、この地域に発達した法律、政体、諸制度の分析、解明を試みる。「古代人の制度を知るためには、その最古の信仰を研究する必要がある」と、フュステルは著書の「緒言」において語っている。なぜなら、フュステルによれば、もしこの古代民族が種々の制度を設定した当時に溯って、人類・生命・死・他界の生活・神の原理などについて彼らが抱いていた思想を観察するならば、それらの思想と古代私法の法規との間に、またそれらの信仰から出た儀式と政治制度との間に、甚だ緊密な関係があることをみとめるに違いない。(10) もちろんこれは、単に歴史研究の叙述方式や方法論という次元の問題提起ではない。むしろ『古代都市』の全体をつらぬく一つの哲学思想、著者の断固たる信念にもとづくものである。つまり「歴史は単に物的な事実や制度を研究するにとどまらない。その真の研究目的は人間精神にある。歴史は人間精神が信じ、考え、感じたことを知ろうとねがうべきである」(三〇頁)。

ハーンは『古代都市』に脈打っている「人間精神」へのフュステルの思いに深く共鳴したに違いない。フュステルが古代の制度に常に心理的説明を求めているのに対して、『心』の扉頁に題された“hints and echoes of Japanese inner life”という銘文も示すように、ハーンもまた日本人の内面生活に常に分け入り探索の目を向けている。『神国日本』はいわば宗教あるいは信仰を切り口に、日本人の生活を「歴史的にまた社会的に、心理学的にまた倫理的に」描こうとした著作である。この書物は、そもそもコーネル大学の依頼に応じて準備した、日本文明に関する連続講義の草稿をふまえたもので、一九〇二年十一月、エリザベス・ビスランド宛に、ハーンは講義の構想について、このように書き送っている。

私にできるのは、次のことです。

日本に関するいくつかの題目について、連続講義をする。時には、心理学的、宗教的、社会的、芸術的印象をとりあげ、聴講者の心のなかに書物から得るのとは異なった日本像を与える。……日本史あるいは日本のその他の特定分野の権威として、自分を売り込むことは、私にはできません。私の講義の価値は、まったくその暗示性にあります。事実を明確に結晶化することではありません。（遠田勝訳　XV-227）

この書物がどんな性格の本か――その長所もその不備も――を知るには、ハーンのこの告白は実に示唆的である。かつて遠田勝氏が指摘したとおり、今日の宗教学、歴史学あるいは民俗学が到達した高所から見れば、ハーンの記述には学術書としてあってはならぬ誤謬《ごびゅう》や臆説が含まれている。(11) ソルボンヌ大学の教授、歴史学者のシャルル・セイニョボス氏は『古代都市』を論じた際、フュステルが古代作家の提供した史料に揺るぎない信頼を示し、客観的な文献批判や原典考証を行わなかったと指摘する一方、その洞察力に富む文献の分析と解説はフュステルの真骨頂であり、彼を史学の一巨星たらしめたと評価した（二二一～二二三頁参照）。

実はハーンが彼の日本論の大著に挑む時、参照できた英文文献は、ごくわずかで限られたものであった。それらの文献に批判的検討を試みる力が自分にはないことをハーン自身もよく分かっていた。「こんなに早く、こんな大きな書物を書くことは容易ではありません。手伝ふ人もなしに、これだけの事をするのは、自分ながら恐ろしい事です」と家族に漏らしていたらしい（小泉節子『思い出の記』)。しかし、ハーンには彼なりの強みがあった。

一世を風靡した人類学の権威書“Coming of Age in Samoa”は、著者マーガレット・ミードが二十三歳でサモア島に行き、そこで半年間調査した成果である。だが、ミードはサモアのアメリカ人区域に起居して、土地のサモア人の中には入らなかった。それと対照的に、ハーンは来日した当初から日本人の生活を「単なる観察者としてだけではなく、ふつうの人々の日常に参加し、彼らの思考法で考える者として」見つめ、それを書きとめるように心掛けていた。小泉家に養子として入った後はさらに二十数人の大家族と暮らしを共にした。日本社会を底辺から考察したハーンの方法は今日の文化人類学の「参与観察」とよく似通ったところがある、と早くから平川祐弘氏は指摘している。ハーン自身も自らの方法を自覚していたらしい。パーシヴァル・ローウェルの『極東の魂』に敬意を表しながら、「私は彼が天辺から観察したものを底のほうから究めようとして来ました」と独自の立場を明らかにしている(一八九三年一月十四日チェンバレン宛書簡)。「書籍的知識でなく、日常茶飯の経験や見聞から出発して日本文化の特質を永遠の相の下で把える」(『小泉八雲とカミガミの世界』)というハーンの方法は『神国日本』に数々の洞見をもたらしている。

フュステルが描いた古代アーリア人の宗教、霊魂、死者に対する信仰心に強く心を動かされたのは、ハーンが日頃から日本人の霊魂観、死者信仰に強い関心を抱いていたからである。こういった日々の暮らしから得られた実感は、ハーンに日本人の信仰について、皮相ではなくその奥底を西欧人に見せ、彼らの知識に寄与することができるという自信を与えた。ハーンが訪れた一八九〇年代には、幸いなことに、その信仰を育んだ古い徳川時代の文明――社会構造、生活様式のみならず、漆器の手箱、七宝の花瓶、凧や羽子板の絵柄、職人の手拭の柄模様、仁王様の像、紙張り子の犬や木細工のがらがら等にまで反映される日本民衆の生活文化の総体――が死滅の途を辿りながらも、なお残照を保っていたのであった。

古代ギリシア・ローマの社会を解明しようとした『古代都市』は決して考古趣味の所産ではなかった。フュステルは「緒言」において、「私はとくにこれらの古代人と近代社会とを永久に区別する、根本的・本質的な差異をあきらかにするために努力するであろう」という。なぜなら、ギリシア・ローマについての間違った観念は、しばしばわれわれの時代を混乱に陥れたし、古代都市の制度を充分に吟味観察しないまま、これを現代に復活させようと考え、古代人における自由を間違って理解したために、近代人の自由を危険に晒してしまったからである、とこう述べるフュステルが脳裏に思い浮かべたのは、革命による動乱、民衆の怒号《どごう》に満ちた十九世紀中葉までのフランス社会の混迷であった。

祖先崇拝に基づく古代地中海社会は、「近代社会」の原理とはまったく異質な宗教的原理の上に成り立っていた。祖先の霊魂と家の永続を祈る「家庭の宗教」は、古代人の生活のすべてを支配していた。婚姻、養子、相続の法規はもちろん、あらゆる情愛や自然の権利がこの絶対律に服従しなければならなかった。家族の生殺与奪を握る父権も実はこの絶対な権威に由来するものであり、それを超越することは許されなかった。都市国家も宗教に基づいて建設され、国家の絶対主権も宗教に権威を仰いでいた。このような原理の上に打ち立てられた社会には、個人の自由などはありえない。市民は身心ともに都市に従属していた。

国家はごく小さなことにまで、専制をふるった。ロークリでは、法律は水をまじえない葡萄酒をのむことを禁じ、ローマ、ミレトス、およびマルセイユでは、婦人の飲酒を禁じた。服装は一般に各都市の法律によって一定されていた。スパルタの法律は婦人帽子の形を規定し、アテナイでは婦人が旅行にさいして三種以上の衣服をもってゆくことを禁じた。ローデスではひげをそることを禁じ、ビザンティウムでは自宅にかみそりを所有するものを罰金刑にした。スパルタではその反対にひげをそることを命じた。(三二四頁)

これはフュステル・ド・クーランジュが描いた古代都市の光景である。「古代の都市で人々が自由を享有していたというのは、人類のあらゆるあやまりのうちでももっとも奇妙なあやまりである。古代人は自由という観念の片鱗さえももたなかった。……政府は君主政体、貴族政体、民主政体と名をかえたが、これらの革命はどれもひとびとに真の自由、すなわち個人的自由をあたえたものではない」(三二七頁)とフュステルは言い切った。

ハーンは古代地中海社会の信仰のあり方と日本のそれとの不思議な興味深い並行現象に感激し、『古代都市』になぞらえて、古い日本社会の説明を試みる。その際、すでに田所光男氏が指摘したとおり、スペンサーの社会進化の学説を信奉し、またフュステルの提示した古代西洋の社会進化過程を基本座標として日本の社会進化史を捉えようとしたハーンは、西洋近代の理念や価値判断に従う側面を見せている。「近代知識人」として、日本の伝統社会に向けるハーンの視線は厳しいものであった。

ギリシアやローマの父のように、日本の家族の家長は、家族の全員に対して、むかしは、生殺与奪の権をもっていたようである。まだ野蛮蒙昧の時代には父たるものはその子女を殺したり売ったりした。そしてその後、支配階級の間では父の権力は近世にいたるまで、殆んど無制限のままに放置されていた。……家庭まことに一個の専制国であった。（柏倉俊三訳、以下同　XII-69～70）

近代的な考え方では、むかしの日本の家族での婦人の立場は、およそ幸福とは全く逆であったように思われる。まず子供としては女子は年長者だけではなく家族中のすべての成人した男性に従わなければならない。妻として他家に嫁いでゆけば、単に同じ服従状態の中に移されるだけのことであって、先祖代々の自分の生家で両親や兄弟姉妹の絆が彼女に保証していてくれたような情愛で、彼女の肩の荷を軽減してくれるようなこともうない。夫の家の一員でおられるのも、夫の愛情によるものではなく、多数者の意志、特に年長者たちの意志によるのである。（XII-71～72）

人間の生活が細部に亙って、とことんまで――履物や冠物の品質からその妻女の髪結い用品の値段、子供の人形の価格まで――法規できめられているような国で、ものをいう自由が許されていたなどとは考えられるはずもない。事実言論の自由はなかった。(XII-161)

中国の刑法――いわゆる明及び清の法典をよりどころとして、日本は将軍の手によって治められていたが――移入される以前でもまたその以後でも、日本の国民の大部分は、みな文字通り、笞の下におかれていたのであった。一般庶民は、よくよくの微罪でも、残酷な笞刑で罰せられた。重罪になると、拷問致死が普通の刑罰であった。(XII-167~168)

ところが、ラッセルの言うところの「日本人国民性の冷酷な諸相」に触れた後、ハーンは次のような興味深い見解を披露している。「これまでいろいろ扱ってきた法規の大多数は、近代人には非道な暴政のように見えるにちがいない。そしてまたその法令のなかには、まったく残忍酷薄に思われるものもある。そのうえ、これらの法令や慣習の義務を回避し、忌避し得る道は一つもない。誰にしろこの義務を果たしかねるものは、みな生命をすてるか、浮浪者になるか、その運命はもうきまっている。絶対盲目の盲従が生きのこる条件であった。このような法規の傾向は、あらゆる精神的また道徳的の意見の相違を抑圧し、個性というものを骨抜きにし、人間性格の一様で、不変の定型をつくりあげるのに、どうしても必要であった。そしてまたかくしてできたのが、実際の結果であった」(XII-171)という。

強制、抑圧、刀剣の下に、何世紀もの間、日本人は礼儀を教え込まれ、戒律、法規、それに社会の掟に従わされてきた。その結果、明治期になっても日本人の心は、ことごとく先祖の心を抑圧し、制約していた昔の鋳型《いがた》どおりの輪郭を、はっきり見せてくれるものであった。戒律と掟は権威への服従のみでなく、両親を敬愛し、妻子を大切にし、隣人や寄食者をいたわり、仕事に励み、倹約と清潔を重んじることを命じたのであった。これらの道徳的習慣は、はじめの頃は高圧的なものであったに違いないが、何代もの間、宗教的あるいは社会的権限によって強制され不断に繰り返すうちに、自発的に応じられるようになり、やがてはほとんど本能同様になってくる。

古代地中海社会のもろもろの法規、制度はすべて「家庭の宗教」の原理に合致する形で作られていた。フュステルがこの古代社会の宗教的整合性を論証しているように、ハーンもまた日本人の宗教生活と社会秩序、日本の国民性とそれを作り上げ、鍛え上げ、制約した諸力との関係に注目した。「強制は外部からだけ作用したのではないことを、われわれは忘れてはならない。真実のところ、内部からも維持されていたのである。この種族の戒律は、自ら課したものであった。かれらは徐々に彼ら自身の社会状態をつくり上げ、またそれでその法令も社会状態を維持していったのである」(XII-172)。国民性のなかで発展した道徳感情は、西欧人のものとは大いに異なるが、日本の社会的要請に適合している、とハーンは見ていた。

来日する前に、ローウェルの『極東の魂』(*The Soul of the Far East*, 1888)に傾倒していたハーンは、やがて日本人のなかに、ローウェルが見出したのと同様な資質を見つけたが、まったく相反する結論に達した。日本に関する連続講義について、「あるいはローウェル氏の『極東の魂』に似たものになるかもしれません。ただし、ローウェル氏とは観点を異にして論じるつもりです」とハーンはいう(前掲、ビスランド宛手紙)。ローウェルの観察によれば、極東民族の精神特質は「非個性」(Impersonality)にある。西洋近代の個人本位主義に立脚しているローウェルにしてみれば、日本人の「非個性」は進化の低い段階を意味している。それに否定的な見解を示したのも、むしろ当然かもしれない。

ところが、日本の民衆のなかに入って、観察したり眺めたり質問したりした体験は、ハーンに別種の意味合いを教えてくれた。チェンバレンともこの問題を巡ってしばしば意見を交わした。一八九三年一月十四日熊本よりチェンバレンに宛てた書簡において、ハーンは確信をもって次のように書いている。

わたくしには日本人の性格の最も美しい、最も意義深い、最も魅力的な点は、ローウェル氏の書物が東洋的現象として指摘する、まさにその個性の欠如によって明らかにされるのです。(山下宏一訳 XV-351)

つまりハーンの観察によれば、個性の欠如は、相当程度まで自発的なものであり、家・地域共同体・国家のための自己抑制精神によって、宗教的に規制されていたものである。故に義務のために自己を犠牲にする古の道徳的傾向なのだという。

封建の専制の下につくり上げ、同質の鋳型に鍛え上げられた国民性のなかに倫理的価値を認めたハーンの見解は、ハーンがかつて同調していた西洋近代の価値観とは明らかに違った論理に支えられていた。この視点の転換は、大工業文明を生み出した、途方もない巨大な西洋の知性に対するハーンの屈折した感情——あの「ある保守主義者」のなかにそれが端的に現れているが——に左右される一方、自ら身を置いている、明治日本に対するハーンの深い洞察によるものである。

ハーンが亡くなった直後、チェンバレンはかつて『日本事物誌』の第五版(一九〇五年)において、故人に触れてこう述べた。

ラフカディオ・ハーンは、ほかのどんな作家よりも現代の日本についてよく理解してもいれば、またわれわれにもよく理解させてくれるが、その理由は、ほかのどんな作家よりも日本を愛しているからである。(12)

『神国日本』には、同時代日本に関するハーンの見聞と考察が随所にちりばめられている。ハーンは「封建制の完成」のなかで、過去の世界の道徳理想を代表する人格の結晶を日本婦人に見出している。

他人のためにのみ働き、他人のためにのみ考え、他人を喜ばせることにのみ幸福感を覚えるような人間——不親切にはなれず、利己的にもなれず、先祖からうけついだ正義の考えを踏み外したことは何もできない人間——しかもこのもの柔らかさとやさしさにもかかわらず、いざとなれば、いつでもその生命を投げ出し、その義務をはたすためにはすべてを犠牲にできる人間。こうしたのが日本女性の特質なのであった。(XII-348)

正宗白鳥は昭和八年(一九三三)『国際評論』第二巻九月号に、「ラフカディオ・ハーンの再評価」(全集には未収録)を発表した。ハーンの「醇乎《じゅんこ》たる詩人」の資質に触れ、「美しい言葉で夢を語るのが彼れの本領で、この『インタプリテーション』の大作にしても、作者の異常の努力にかゝはらず、彼れの手からは現実が逃げて、捉へられたものは、ハーン好みの夢であることが多い」と手厳しい感想を披露し、さらにハーンの日本女性賛美を槍玉にあげ、懐疑と不信の目を向けている。

我々は、『インタプリテーション』中の日本婦人説を読むと、「そんな国が何処かにあるのか知らん」と、不思議に考へられる。かういふ婦人観以外の、封建制度観にしろ、切支丹信徒迫害説にしろ、ハーンはいつも弁護者の態度に立つてゐるので、日本人としては、有難く受入れるだけで、その所説によつて啓発されるところは少い。

昭和期についてはともかく、明治日本に訪れた外国人観察者たち――いずれもハーンとほぼ同じ時代の空気を吸っていたが――は、こぞって古き日本女性を賛美した。『徳島の盆踊り』を書いたモラエス(Wenceslau de Moraes, 1854-1929)はそうであり、長詩「アジアの光」を書いたアーノルド(Edwin Arnold, 1832-1904)はそうであり、明治三十年代に日本に滞在していた道楽者のゴードン・スミス(Richard Gordon Smith, 1858-1918)や、イギリス人写真家ポンティング(Herbert Goerge Ponting, 1870-1935)はそうであり、明治十年に清国初代駐日公使館書記官として来日した黄遵憲(1848-1905)もそうであった。もっとも右に引いたハーンの説は、歴史社会学の考証を積み重ねた結論というより、ハーンが身近の固有名詞を念頭に思い浮かべて綴ったいわば「明治女性論」という性格のものであるように思われる。そしてフュステルが身を置いていたフランス社会の混沌を強く意識して『古代都市』を著したように、『神国日本』もまた、ハーンの現状認識が強く働いた所産であった。

古き日本の克己、忠誠、忍従、自己犠牲、義侠心、純粋な信仰を弁護するハーンの目には、西洋化の波に浸食されてそれらの徳目を急速に失っていく新日本の姿、あの露骨な利己主義、冷酷な虚栄心、浅薄俗悪な懐疑主義、天保の愛すべき老人への軽蔑などを見せた、ひからびたレモン同様に空虚で苦い心しかもたない新日本の姿が映し出される。下関海峡を望む門司で、日本郵船の巨大な蒸気船を眺めて、ハーンは日本の将来について、あれこれと思いに耽った。

しかし結局のところ、日本は何という恐ろしい早さで近代化してゆくのでしょう。それも、服装や建築や習慣ではなく、心と態度においてです。この民族の感情の性質が変化しているのです。それが、再び美しくなることがあるのでしょうか。（一八九二年八月六日メーソン宛、遠田勝訳 XVI-291）

避けられぬ勢いで「十九世紀の苦悩」がこの日本をも席巻するだろうと、思い知らされたが、ハーンはいつまでも感傷に流されることはなかった。日本人にはその先祖の遺産の真価を、西洋人には彼らの世界とは異質ではあるが、自足していたもう一つの価値体系を提示したハーンは、近代の入口に追い込まれた日本人の現実を逃さずにきっちりと見定めていた。個人の自由の欠如ということが、ギリシアの社会の紛乱と結局の壊滅を招いた真因であったというフュステルの指摘を引いて、ハーンは日本が産業社会に直面している危機について、警鐘を鳴らしている。

現代日本における個人の自由の欠如は、たしかに国家的危機に際会しているというところまできているようである。それは、封建社会持続を可能ならしめたあの無条件の服従、忠義、また権威に対する尊敬などの習慣は、ややもすると真の民主政体の成立を不可能ならしめ、むしろ無政府の状態を招来する傾向があるからである。人間個人の自由に長く慣れている民族――政治支配のこととは切り離して、倫理の事柄として考えられている自由――つまり政治上の権威とは無関係に、正邪、曲直の問題として考えられる自由、そういう自由に慣れてきた民族だけが、格別何のあぶなげなしに、今日日本を脅かしているような危機に対決することができるのである。(XII-428〜429)

わずか三十年の間に幾世紀かの仕事をやり遂げた、日本のいままでの成功は、古き時代に養われた国民性に負うところが多い。しかし、将来の産業社会で競争に敗北しないためには、むしろ自国の伝統の「重荷」と対決せねばならない、とハーンは予見する。

もしも日本の将来が、その陸海軍に、国民の高度の勇猛心、さらに名誉と義務の理想のためには何十万でもわれ死なんという覚悟などに依存できるものならば、現在の事態などに驚きあわてなければならぬ理由はあまりあるまい。ところが不幸にもこの国の将来は、勇気などとは異質のもの、つまり自己犠牲などとはちがった別の能力に頼らなければならないのである。そして今後のこの国の闘争は、その社会的伝統がこの国を著しく不利な境地に陥れる苦闘となるにちがいないのである。産業競争に対する能力なども、婦人や子供のみじめな労働力に依存してなされるようなものではあり得ない。どうあっても個人の知的な自由に頼らざるを得ない。そしてこの自由を抑圧したり、その抑圧を放置してかまわないような社会は、相も変わらず頑迷固陋であって、個人の自由を厳重に維持している社会との競争に対応することはとてもできまい。日本が集団によって考えかつ行動をしている間は、その限りでは、たといその集団が産業会社の場合であっても、日本はその間はいつも全力を発揮しかねる状態をつづけてゆくに相違ない。日本の古来の社会経験は、この国の今後の国際競争裏の進出を利するには不適当なものである。――いや、かえってそれは場合によっては、この国に死の重荷を課することになるにちがいない。精霊に関係させた意味で言えば、この「重荷」は、過去何代かに亙っての死者の亡霊が、日本の生命の上に加える目には見えない重圧なのである。日本は、今後自国よりは豊かな弾力とさらに強力な各国の社会との競争場裏で、巨大な敵と戦わなければならないだけではない。この国はまたさらに、自国の亡霊の支配する過去の力に対してより一層奮闘を重ねなければならないのである。（XII-432～433）

その後の日本の近代史の歩みは、ハーンの予見の真偽を語ってくれた。だが、不幸なことに、大正、昭和前期の日本において、ハーンはとかく「怪談の作家」として記憶され、その「醇乎たる詩人」の一面のみが語られたせいか、思索家ハーンの深みと重みは世の人々に認識されず、あるいは隠蔽されていたように思われる。

日中戦争勃発直後の昭和十三年（一九三八）、「戦時体制版」と名付けて第一書房より刊行された一連の書物のなかに、戸川秋骨訳の『神国日本』も入っていたが、右に引用されたハーンの警世の言葉はことごとく削除されていた。(13)

かつてハーンの英文学講義に愛着を覚えた正宗白鳥が、この旧師の言葉から「啓発されるところは少い」と一蹴したのを読むと、いささか寂しい思いがするが、昭和前期の日本において、この「怪談の作家」による日本への遺言に真剣に耳を傾け、それをかみしめた人が果たしてどれだけいただろう。

日本文化の全体像を提示し、すぐれてアクチュアルな意味をもつ『神国日本』が、日本占領下の上海で『雑誌』誌上に翻訳されたことは実に興味深い。訳者と編者の意図の裏には、どんなドラマが隠されていたのだろうか。残念なことに、今やそれを確かめるすべはない。

15 陰翳の眼――ハーンに見えるもの

戦時下の中国において、小泉八雲がどのように読まれていたかについて、二、三の考察を試みたが、同時にまた戦前、あるいは戦時下の日本で、ハーンがどのように受けとめられていたのか、これもまた興味の尽きないテーマである。『怪談』や『骨董』などは、すでに「英語で書かれた明治文学」として日本近代文学史に然るべき地位を得ている。これらの怪談創作の内在的モチーフを分析し、「慣用語の転生」という視点で昭和思想史との関わりにおいて、ハーンの意味を問い質したのが鶴見俊輔の論文「日本思想の言語――小泉八雲論」(14)である。

そして洋行帰りの保守主義者、埋もれた思想家雨森信成を掘り起こし、島崎藤村、森鷗外などの

「日本回帰の系譜」を辿りながら、ハーンの思想史的意味を詳細に論じたのが平川祐弘である。(15) これらの先学の省察を読む時、日本近代の思想と文芸にハーンの残した痕跡がかくも深いものであったか、感慨をあらためるものがある。岡倉天心、夏目漱石、上田敏、柳田国男、野口米次郎、永井荷風、厨川白村、萩原朔太郎、芥川龍之介、佐藤春夫、柳宗悦、竹山道雄、木下順二など、これら明治・大正・昭和の文人、作家たちがいかにハーンに深く関わっていたかをつぶさに検証することによって、伝統と近代、国粋と欧化の間で揺れていた近代日本人の思索と苦悩をかいま見ることができるばかりでなく、作家ハーンへの認識をいっそう深めることができるに違いない。

日中戦争勃発後の昭和十三年、『文藝春秋』(第十六巻)十二月号に、谷川徹三の「古い日本、新しい日本――小泉八雲の見た日本」の一文が掲載された。

ヘルンは時には日本を罵つてゐる。エルウツド・ヘンドリツクのやうな親しい友人に與へた手紙では、しばしば日本の生活の厭はしさを訴へてゐる。しかし如何なる場合にも日本の婦人に對しては終始一貫讃美の言葉を繰り返してゐる。

文章の冒頭において、正宗白鳥とは異なるニュアンスだが、谷川もまたハーンの日本女性賛美に注目し、一八九一年結婚して間もなく松江からヘンドリックに宛てた手紙の一節を引用した。「概して日本の婦人は私のこれまで目撃したものの中で最も美しい人類に属するものであります。日本民族のよいものの一切は悉く婦人に宿つてゐます」(The women are certainly the sweetest beings I have ever seen, as a general rule : all the good things of the race have been put into them. XIV-164)。さらにハーンのこういった感性の認識が結局家庭、つまりその夫人と養母から由来していることを指摘し、ハーンを取り囲む、「かういふ日本風の家庭の静かなつつましやかな幸福」を説いている。

ハーンの家庭生活とその日本女性論とを結びつけて、数年後の萩原朔太郎もほぼ同じことを語っている。

彼の妻(小泉節子夫人)が、その旧日本的な美徳によつて、いかに貞淑に良人に仕へ、いかによく彼を愛し理解してゐたかといふことは、後年彼が多少日本に幻滅して、在外の友人に日本の悪評を書いた時さへ、日本の女性に對してだけは、一貫して絶讃の言葉を惜まなかつたことによつても、またその多くの『怪談』に出て来る日本の女性が、丁度彼の妻を聯想させる如き貞婦であり、旧日本的なる婦道の美徳や、さうした女に特有の淑やかさいぢらしさ、愛らしさを完備した女性であることによつても知らされるのである(16)。

妻の養母稲垣トミ(天保十四年生まれ)について、ハーン自身、かつて「おばあさんの話」のなかで、敬愛と賛嘆の筆致でその肖像を描いている。「彼女の一生はいつでもさうであつたが、今でも他人のためのたえざる働きの連続である。夏でも冬でも同じく、彼女は太陽と共に起きる、女中を起す者、子供等に着物を着かへさせる者、それから朝の食事の準備を指図する者、祖先の位牌の前の供物を案ずる者は皆彼女である」(遺稿、第一書房版『小泉八雲全集』第十二巻)。

ハーンの個人体験を一般化することに対して、懐疑主義者でリアリストの正宗白鳥は反撥したが、谷川徹三はハーンのこうした発言に、「女性論」の人間観察に止まらぬ、むしろ一種の倫理観、文明批判の性格を見出している。

ヘルンが日本の婦人を讃美したのは日本の婦人の中に古い日本がまだ生きてゐたからである。漢学の老先生の中にそれが生きてゐたやうに、漁師や植木屋や八百屋、飴屋、巡禮農夫などの中にそれが生きてゐたやうに、民間の説話や何氣ない遊戯や、寺や社に群つてゐる鳩や謎のやうな微笑のなかにそれが生きてゐたやうに、生きてゐたからである。

古い日本への愛好は、新しい日本への嫌悪と表裏を成していた。日本人の生活の稀有な魅力は、その欧化された範囲には見出せず、「今尚ほその楽しい旧習、はなやかな服装、仏像、神棚、美しくまたあはれにも殊勝な祖先崇拝を固守する偉大な民衆の間に見出さるべきである」というハーンの言葉を引いて、谷川は神戸や東京の雑然と西洋化された街、西洋風の教育を受けた半端な新しい日本人を嫌悪し、来日以前からヨーロッパ新文明の全体の方向そのものに不信の念を懐いていたハーンの姿を描く。

谷川がこの文章を書いた昭和十三年の日本では、古い日本はもはや現実として存在せず、西洋化の度合もハーンの時代と比較にならぬほど進んでいた。「それに對する反省と批判とが最近再び強力に起つてをり、そのそれぞれの方面に日本化の運動が行はれてゐる」という谷川の言葉に、時代の雰囲気とハーン再考のモチーフの一端が仄めかされているが、論者が時流に便乗してハーンを蘇らせたというわけでは決してなかった。「ヘルン自身自分を裏切つた言説」として、ハーンと九州の学生との間に交わされた会話(本書第4節「ある保守主義者」参照)を長々と引用した後、谷川徹三は次のようにハーンを捉えている。

ヘルンはここでは必ずしも古い日本の確信者としては立つてゐない。依然として古い日本の讃美者としては立つてゐても、新しい社会の状勢に對するそれの適応力を信じてはゐない。一体ヘルンは、詩人でありロマンテイストであつたけれども、広い社会のことの分らない人ではなかつた。

谷川は続いて神戸クロニクルに書いた社説や評論などを例に、ハーンの広い社会的関心と練達《れんたつ》のジャーナリストとしての手腕を紹介している。特に日清戦争当時に書かれた「極東に於ける三国同盟」という一文の引用は、著者の見識と眼力を示しているのみでなく、時局を見定めようとする引用者の深意が感じられ興味深い。ハーンの評論には、「理想主義者としての彼の一面が示されてゐる」と、認めているものの、「しかしそこには単なる夢想家はゐない。完全に良識の人がゐる。その良識が古い日本と新しい日本との問題についても顔を出さぬ筈はないのである」と谷川徹三は深い共感とともにハーンを語っている。

もっとも谷川徹三はハーンの日本論にことごとく賛同したというわけではない。「日本人のこころ」はもともと外国人のための講演であり、昭和十一年十二月『日本評論』に掲載された。「日本人の微笑」に、克己、謙遜、他人への配慮といった道徳的感情を読みとったハーンの解釈に対して、「如何にもハーンの心の深さ温かさがあらはれてゐる」としながらも、その微笑みに隠されている日本人の卑屈や狡さなどの暗い面をハーンは見落としていたとする。

なるほどこの微笑は深い道徳的な心をもつてゐます。ハーンはそこに自己抑制と自己征服とから生ずる幸福の象徴を見てゐます。しかし同時にそれは生活力の自由な伸長をわれわれから妨げたものであつたし、従つてまた個人を犠牲にして築かれた道徳の体系の一表現なのであります。殊にその道徳の体系が徳川時代に全く固定的に形式化されたため、整然たる体系が全く足枷になつてゐたのです。(17)

ところが、急速な西欧化によって、知力と宗教的モラルとを融合させた古典の教養が解体される一方で、伝統と習俗の力、それを制度化した教育によって、個人精神の自由、良心による批判の自由がいかに束縛されていたかをハーンは決して見過ごしていたわけではなかった。谷川も後にそれに気づいたはずである。昭和十三年三月『改造』に、「知識層の文化的無地盤性について」の一文を発表して、現代的知性と伝統との融合を問題に取りあげ、「知力の博大」と「情緒的敏感」との乖離を指摘したハーンの言葉を真摯に受けとめて、谷川は「ハーンの示してゐる新しい教養人に対する軽蔑と古い教養人に対する讃美とを、今一度反省してもよいであらう」と呼びかけている。(18)

昭和十四年一月、『文藝春秋』(第十七巻)の新年特別号に、谷川徹三の社会時評「世界的日本人への道徳」が掲載された。谷川はまず三等車での自分の所見を披露し、日本人の公徳心にズバリとメスを入れる。さらに中国にいる日本人の横柄《おうへい》さ、浅ましさを取りあげ、さらに欧米人との比較を試みた後、「個人文化」というテーマに論を絞っていく。

支那へ行つて来た多くの人たちの話を綜合すると、日本人はこの個人文化に於いて多くの欠陥を示してゐるらしい。支那人にも及ばないといふ忿懣と唾棄の声をさへ聞く。支那人にもといふ言葉の中には暗々のうちに支那人に對する軽蔑がかくされてゐるやうだ。その調子を私は好まないが、その認識にはわれわれを更めて反省させるものがある。

谷川は中国人の大人的態度のなかには、古い文化の老衰と形式的硬化を見て取る一方、日本人の未熟や粗野を民族の若さと、それ故の強さと解釈しながらも、明治以降、かつての日本文化の様式的統一が失われたことを認めざるを得なかった。そして「個人文化」の問題もこの過渡期の混乱を背景としてはじめて理解されるだろうと指摘した。日本人は兵士として、また国民としてよく訓練されてはいるが、社会人としては訓練されていない。その理由を探るにあたって、谷川は日本の教育についてのハーンの見解に注目した。

日本の教育は外観の如何に拘はらず西洋の教育とは反對のやり方で行はれてゐる。「その目的は獨立の行動をするために個人を訓育することではなくて、共同の行動をするため、即ち厳重な一社会の組織中の一定の位置を占めるに適するやうに訓育することであつた」……

谷川の引用は、『日本——一つの解明』の第二〇章「官吏教育」からの抜粋である。「西洋では抑圧は幼年時代に初まり、だんだんに弛むが、日本では抑圧は幼年時より後に初まり、その代りだんだんひきしまつて行く。……」幼児、少年期の自由、放任と引き替えに、成年後は束縛と因襲を強いられる。世俗の知恵、世渡りの術を習熟するにつれて、個性は磨滅し、集団のなかに埋もれてしまう。私生活では習慣に縛られて、公的にはひたすら命令に従って行動せねばならない。「そして命令に違反した衝動は、たとひそれが如何に高潔で道理に適つたものでも、それに従ふことは夢にも出来ない。……教義の信仰が既に消滅した後にも宗教の形式が残存してゐるやうに、良心をさへ強制する政府の力は尚ほ残存してゐる――宗教が政府と同一のものとは今ではもはや言はれないけれども」。来日後、大半の歳月を教師として過ごし、教育現場を熟知したハーンならではの観察は、百年後の日本社会にも依然として通用する知見に満ちている。

公徳心の問題は社会人教育の欠如に由来するが、真の国民教育は社会人としてもつべき個人文化を育てなければならない、と谷川徹三は主張する。

今日の趨勢は何でもかでも個人主義をいけないといふことになつてゐる。しかし個人主義の拒斥は個人の価値の否定ではない。個人の或は個人文化の価値の否定は結局人間の否定になりかねない。

谷川徹三の文章には、全体主義時代を生きる一人の知識人が個性の思索を保つよう懸命に時流に流されまいとしている姿がある。一方、彼はまた冷静で、かつ真摯にハーンを受けとめた数少ない読者の一人でもあった。谷川の引用、読解を透して、作家ハーンの個性的な思索やものの見方もいっそう鮮明に見えてくるのである。新旧日本へのハーンの眼差しは、歴史の遠近法をよくわきまえ、陰翳に富むものであった。それは過去への沈潜の意欲とすぐれて醒めた現実感覚との融合によって生まれたものだった。

フィラデルフィアの眼科医グールドは、ハーンと一時親しく交際し、資金も提供していた。ハーンが亡くなった後、グールドは『ラフカディオ・ハーンについて』(一九〇八年)という書物を公刊した。亡き友に対する悪意と失望が綴られた行間に、著者の利己的動機も露呈するこの著書について、スティーヴンスン女史は「貴重な個人的洞察も含まれてはいるが、彼の妄想とも言える特異な主張がそれらを無価値なものにしている」と評している(『評伝ラフカディオ・ハーン』参照)。職業柄の偏見であろうか、グールドはいわば視覚決定論者であった。「知性は一般的に、ほとんどが視覚の産物である」と信じる彼は、ハーンのすべてが近視の影響によるものだと考えていたらしい。『ラフカディオ・ハーンについて』の第九章「近眼の詩人」(The Poet of Myopia)において、グールドは次のように断言する。

詩人は明らかにその大半は視覚型の人である。もし詩人が真実と美の現実世界を見ないで、ただその心霊の作用を示すだけだと、詩は不可避的に真と愉悦《ゆえつ》の魅力が欠けるのである。……生まれつきの盲人は、詩人になどなれるはずがない。なぜなら、真の詩歌は必ず目に映るもろもろのものに制約されているからである。(19)

グールドは想像力の文学を二種類の異なる流派に分けた。すなわち「近視者の文学と遠視者の文学」である。近視者は微細にものを見、あらゆる線を吟味し、重要な細部の一つ一つを見出す。それは彼らにとって、すべてのものが孤立したものに見えるからである。彼らの目はまるで顕微鏡のようにすべてのものを拡大する。一方、遠視者は総体的効果に目をつける。彼らの見るものには細部の数々が欠落しているが、その代わりに、全体の融合と調和が成立しているという。[20]

ハーンの創作と近眼との関係について、グールドはまた次のように述べている。

ハーンは極度の視力の欠陥をもっている。彼はほとんど盲人に近い。しかし肉体的にはあまりこの欠陥に苦しんでいない。彼の主題の選択、文学作品の方法、彼の書いたあらゆる作品はすべて彼の視力の欠陥の産物である。阿片、創作を不可能にし、同時に創作の源泉にもなる阿片がフローベールの仕事と作品を支配していたが、ハーンの片眼の極度の近視もそれと似ている結果をハーンにもたらしている。[21]

グールドの説は奇矯《ききょう》ではあるが、一つの示唆的視角をわれわれに与えている。もっともこの着眼点もハーン自身の「自覚」に暗示されているように思われる。一八八七年、ハーンが『デモクラット』紙に書いた論説のなかに、「近視の芸術的価値」(*The Artistic Value of Myopia*)という一篇がある。グールドはそれを引用していた。

おそらく少なからぬ読者は、フィリップ・ギルバート・ハマートンの『風景』と題する愉快な本の十五頁を読んで、著者の反駁のしようがない主張にびっくりするに違いない。すなわち、

「優れた視力を持つことは、詩的想像力を高める荘厳な感覚の障害であるかもしれない」。実際、自然景観の印象度は、細部を凌ぐ総体の明白な優勢によるところが大きい。ハマートン氏自身の言葉を借りれば、大きな対象――山や塔、森林の障壁の細部がよく見えるほど、その壮大さは薄れ、印象が弱くなる。……絵画においても、芸術家は森を題材に扱う場合、細微の描写を試みようとはしない。ただ独自の陰影や色彩の集合体によって全体的効果をあげようとするだけだ。こういったわけで、写真はとうてい絵画に取って代わることができない。――天然の色が撮れる写真の技術が発明されたとしても。……細部の認識は視力のよしあしに大きく左右されるのだから、風景から受け取る示唆は、近視の者より視力のいい者のほうが少ない。景色がよく見えるほど、与えた印象の深みが減るわけだ。陰影を察知し、一枚一枚の木の葉の震えまで識別できる、鷹のような目には、森の深い茂みや山の奥底に潜む神秘的な魅力がわからない。薄明かりのなかで、見慣れないものを見た時の印象、あるいは熟知したもの――薄暗い部屋にある家具や衣類を見た時の印象を思い起こせば、目のいい人でもある程度このことが理解できるだろう。この種の輪郭の暗示と示唆は、強い光を当てるとたちまち消え失せるのである。朝や夕方の靄を透してぼんやりと顕れ、あるいは遥か遠く見える魅力的な対象でも、望遠鏡を向けられると、しばしばその芸術的な特性をすっかり失ってしまうのである。(22)

肉体的な弱点をわきまえ、それをポジティブに捉える者にとっては近視がむしろ芸術的想像力を掻き立てるというハーンの仮説は、機知に富み、いささか自嘲的なユーモアも感じられるが、はからずもハーンの思索家としての総体的な特徴をほのめかしており興味深い。

チェンバレンは一九三四年、『日本事物誌』第六版のために、「ラフカディオ・ハーン」の項目を増補した。そこでハーンの「細部にわたる科学的正確さ」と「繊細で、すばらしい華麗な文体」への称賛を保留しながらも、ハーンの日本観全体に対して、かなり手厳しい論評を加えた。(23)

ただ残念なことは、ラフカディオが現実的感覚を欠いていたことである。あるいはむしろ、彼は細部を非常に明確に観察したが、全体的にそれらを理解することができなかったというべきであろう。これは精神的な面のみに限らず、肉体的にもそうであった。彼は片眼を失明し、もう一方の眼は極度の近眼であった。彼は部屋へ入ると、まわり全部を手探《さぐ》りしてみるのが癖であった。彼は壁紙や本の裏、絵画や骨董品《こっとう》、その他の装飾品を綿密に調べるのであった。彼はこれらの正確な目録を書こうと思えば書けるほどであった。しかし彼は、地平線や空の星を正しく見ることをしなかった。(24)

「細部にこだわり、全体を疎かにしてしまう」というハーンの偏りを印象づけるために、「近眼」という肉体的欠陥を持ち出したのだろうが、チェンバレンは要するにハーンの思考の特質を把握できず、即物的観察もグールドの亜流にすぎなかったのである。

ハーンは細部の観察を怠らなかったが、つねに総体への観照を念頭に置いていた。細部の一つ一つの背後に、つねに全体への暗示と示唆を求めた。ハーンの思考の特徴を考えるにあたって、「陰翳」は重要なキーワードである。審美的思考の場合も、論理的思考の場合も、ハーンは「陰翳」にこだわった。物事の表層に顕れない表情の深みや、全体への暗示と示唆が「陰翳」の中に潜んでいるからである。夕方の靄の中に朦朧と浮きあがる山と森の稜線は、芸術的美感と神秘感を呼び起こさせ、緑色の薄明の大空の深淵の中へのびてゆく椰子の巨木は、妖しい感動と宗教的な畏怖を喚起する。「陰翳」はハーンの場合に即して言えば、「視覚」という生理学的次元のものであると同時に、心理学、形而上学という精神的次元のものでもあった。

草葉の蔭に伏せる虫の鳴き声にも、幽明の境にさまよう亡霊の足音にも、ハーンは一様に耳を傾ける。アニミズム信仰や幽霊怪談への没入も、こういった「陰翳」志向の一つの現れであろう。お化けと物《もの》の怪《け》のなかに、ハーンは人類の太古時代より蓄積されてきた有機的な記憶や人類の原初体験への暗示と示唆を読みとっていた。

「日本人の微笑」の第五節に、京都の夜の町で見かけた、お地蔵さまの前で小さな両掌をあわせ、黙ってお祈りしている幼児の姿が描かれている。

その子は遊び仲間からたったいま別れてきたばかりらしい。はしゃいだ遊びの楽しさがその童顔にまだ光っていた。そしてその子の無心の微笑は石のお地蔵様の微笑に不思議なくらい似ていた。私は一瞬その子とお地蔵様と双子であるかと思った。そして考えた。

「銅でできた仏像の微笑も石に彫まれた仏像の微笑もただ単なる写生ではない。仏師《ぶっし》がその微笑によって象徴的に示そうとしたものは、それは日本民族の、日本人種の微笑の意味を説明するなにかであるにちがいない。」（平川祐弘訳　VI-377）

個人経験の背後には、つねに過去の民族的記憶が埋もれている、とハーンは見る。喜怒哀楽の感情も、ハーンにしてみれば、それは民族によって受け継がれた無数の印象の集合であり、億万世代に溯る昔の先祖より連綿として血脈において遺伝されてきたものである。民族文化を考察する際も、光をあてられた表層の眩しさに眩惑されることなく、ハーンはつねに民族の過去の体験、その歴史の深層へと沈潜していく。その「陰翳」に見出された全体への観照は、決して一人の詩人の幻想の産物ではない。幼児の無心の微笑の記述にも見られるように、一つ一つ、記録者の細部への観察に支えられているからである。

「陰翳」を見据えていたからこそ、ハーンは植民地時代のマルティニーク島の「ダー」と呼ばれる乳母に、いまなおわれわれの感動をいざなう人間の一類型を見つけたのである。あのような特別のタイプの人間は、奴隷制度の産物でありながら、消失してしまったことが惜しまれる唯一の産物であり、奴隷制度という残酷で苦い土壌から成長し、繁茂した、あらゆる暗黒の雑草のなかで不思議にもぽかっと咲いた一輪の珍しい花だった、とハーンは見る。(25)

「陰翳」を見据えていたからこそ、ハーンは過去一千年の間、剣の刃の下でおののき、無数の禁制、抑圧に堪えた末に養成された、日本の女性の美徳に深い愛情を寄せた。自分の妻やその養母のように、蟻や蜂のごとく無私無欲でひたすら他人のためにのみ働く婦人が、──たといそれは測り知るべからざる苦難の代価を払った結果だと分かっていても──消え去ってゆくことに対して、ハーンは限りなき哀惜を覚えた。

「陰翳」を見据える眼をもつ批判家だからこそ、ハーンは一方で西洋文明の巨大な完璧に計算されたメカニズム、その功利的な確実性、因襲と貪欲さ、醜悪と偽善、機械的な冷酷さを憎みつつも、西洋人の非常な包容力と親切心、世界の半ばを制した凛々たる勇気、個人の自由と意志を尊ぶ土壌に培われた、峻険たる知性の崇高さを認め、しかもその文明の知的な力の途方もない広がりを鋭敏に察知しえたのである。

「陰翳」を見据える眼をもつ詩人だからこそ、ハーンは消えつつある古い日本の社会に育まれた、人間の優しさ、礼儀正しさ、克己、忠義、忍従、純粋な信仰心を惜しむとともに、日本の未来が個人の知的な自由に頼らざるを得ず、それを勝ち得るためには自国の亡霊の「重荷」との対決を覚悟せねばならないことを説いた。そして自信過剰なナショナリズムの暴走が日本の破滅を招きかねない、と警告したのであった。歴史と現実、伝統と未来との間に、強靭な思索をめぐらしたハーンは、近代日本の運命を見届けずに、この世を去った。「陰翳」をつねに見つめるこの作家は、亡くなった後、自ら織り紡いだ「陰翳」に覆われてしまった。ハーンが眠る雑司ヶ谷の墓地を徘徊する永井荷風のように、その「陰翳」のなかに、逝きし世の廃滅の美を見いだして時代を静かに耐えていた人もいれば、「漂泊者の歌」を詠む萩原朔太郎のように、その「陰翳」のなかに、故郷の面影をしたため、日本への回帰を果たした人もいた。

しかしハーンは畢竟ハーンである。作家として幾世代の読者の批評に耐え抜いて、ハーンは次の地球共生の時代にも読みつがれていくだろう。なぜなら、ちょうど東洋の一盲女が唄った俗謡が、異邦人であるハーンの胸に、深い感情を呼び起こしたように、ハーンの思想と文学は、人種と文化の障壁を乗り越え、一民族の経験の総量を超越した、人類の普遍性を志望しているからである。

第四章 注

1　『新渡戸稲造全集』(教文館、昭和四十四年)第一巻、一六一～一六二頁。

2　Bertrand Russell, *The Problem of China*, London : George Allen & Unwin Ltd., 1966, p. 190.

3　『周作人詩全編箋注』(王仲三箋注、学林出版社、一九九五年)三九頁参照。

4　Edward M. Gunn, *Unwelcome Muse : Chinese Literature in Shanghai and Peking, 1937–1945*, New York : Columbia University Press. p. 156.

5　これらの文章は、日本の占領当局に進言するものであったり、あるいは「大東亜共栄圏」の思想に意図的に合わせたりするものだという見方もある。

6　戦時下の中国において、小泉八雲の紹介がほかにもあった。民国三十二年(一九四三)七月に創刊された『芸文雑誌』は「京派」の余韻をくむ人々のささやかな「オアシス」であった。文学新人も多く登場するが、周作人や兪平伯の寄稿が目立っていた。周作人の「中国文学上の二種の思想」はその創刊号に掲載され、「漢文学の前途」もその雑誌に発表された。第一巻第二号に、朱肇洛の「小品文を談る」の一篇が載せられ、ハーンの「特殊散文」に言及している。なお第二巻第三号には、ハーンの肖像及び蔵書の書き入れ筆跡の写真が掲載され、作家の生い立ち、著書についての紹介文も付いている。

また一九四五年に、東方文化叢書の一冊として、新潮文庫版『日本人の精神』を底本に翻訳された『一個日本女人的日記』(何楠訳、東方文化編訳館)が刊行された。

7 中国語訳は次のとおり。「形成並鍛錬了」「絶大的努力」「驚異與美」「従属階級」「難以筆舌表現的魅力」「神仙之国」。

8 *The Problem of China*. p. 99.

9 それについては、平川祐弘著『小泉八雲とカミガミの世界』(文藝春秋、一九八八年)が詳しく論じており、また田所光男氏の論文「ハーンの理想社会――スペンサーとフュステル・ド・クーランジュを越えて」(『比較文学研究』第四十七号「特輯小泉八雲」所収、一九八五年)も大いに参考になる。

10 『古代都市』(田辺貞之助訳、白水社、一九九五年)三七頁。以下の引用はすべて同書によるが、頁数のみを記す。

11 遠田勝「神国日本考――チェンバレンとの対立をめぐって」(『比較文学研究』第四十七号「特輯小泉八雲」所収)、それに『小泉八雲事典』(恒文社、二〇〇〇年)所収の「日本――一つの解明」の項を参照。

12 Basil Hall Chamberlain, *Things Japanese* (Reprint of the 5th. ed.) London: Kegan Paul, Trench, Trubner & Co., Ltd., 1927. p. 65.

13 木村時夫氏はかつて、この「戦時体制版」の『神国日本』をとりあげ、「封建制の完成」「前代の遺物」「産業の危機」の諸章の削除について、ハーンの警告は戦時下の日本当局の忌諱にふれて許容できるものではなかったろう、と推測している(『ラフカディオ・ハーン著作集』月報、No3、一九八一年八月)。

14　『鶴見俊輔著作集』3(筑摩書房、昭和五十年)所収。

15　「日本回帰の軌跡」参照。『破られた友情――ハーンとチェンバレンの日本理解』(新潮社、一九八七年)所収。

16　「小泉八雲の家庭生活」『萩原朔太郎全集』第十一巻(筑摩書房、昭和六十二年)所収、三六八～三六九頁。

17　谷川徹三著『日本人のこころ』(勁草書房、昭和二十四年)一七頁。

18　同右、三一〇頁。

19　George M. Gould, *Concerning Lafcadio Hearn*, London, Adelphi Terrace, 1908. p. 108.

20　ibid. p. 104.

21　ibid. p. 105.

22　ibid. p. 109.

23　ハーンとチェンバレンとの関係については、平川祐弘著『破られた友情』に詳しい。

24　『日本事物誌』2、一五頁。

25　ラフカディオ・ハーン著『カリブの女』(平川祐弘訳、河出書房新社、一九九九年)一三九頁。

跋

小泉八雲の作品に初めて接したのは、今から二十年ほど前、来日して間もない頃だった。東大駒場キャンパス八号館の一室で、平川祐弘先生のゼミナールに出た私は『中国霊異譚』の一篇、あの幻想的、美しい「孟沂《もうぎ》の話」を読んだ。明朝洪武年間のある美青年が数百年も前に亡くなった唐代の美女薛濤《せっとう》の霊に魅せられ恋に落ちた話である。もともと明代の小説集の「まくら」に出た話で、小泉八雲の手によって原典とは色も薫りもかなり異なる物語に仕上げられた。今から思えば、文学の上乗の境地とはいえないが、その彫琢した文体と凝りに凝った話の結び方、それに小道具——黄色い玉の獅子と瑪瑙《めのう》の筆立て——使いの巧みさなど、私にはとても印象的だった。あの頃はちょうど上田秋成の『雨月物語』を読んでいたので、小泉八雲もこの系譜の作家の一人として親しみを覚えた。作家との出会いは不思議なものである。当時はべつに深入りしようとも思わず、さほど気にとめてはいなかったものの、境遇と閲歴の変化により「他郷で旧知」に逢うかの如く再会する場合がある。小泉八雲は私にとっていわばこうした「旧知」の作家の一人である。

もう十年近くなるが、私はハーンを読みつづけた。迷路に紛れ込んだかのように、かなりのめり込んでしまった。小泉八雲と近代中国との因縁について、このように一冊の書物をまとめることができたのは、まず平川祐弘先生に感謝しなければならない。一九八〇年代以後、『小泉八雲――西洋脱出の夢』(新潮社刊)を皮切りに、平川先生は次々に意欲的なハーン研究を公刊した。比較文化史の広い視野と繊細緻密なテクスト解釈を合わせ持つこれらの研究は、私をハーンの多彩豊饒な世界に誘ってくれた。やがて近代中国の文人・学者の小泉八雲批評に触れ、この作家への認識がさらに深まった。

歴史とは人間活動の記録である。そして記録に触発されて新たな人間の活動が生み出されていく。史料を掘り起こし、記録の実態――作家とテクストの流布――を突き止めるのはもちろん大事な作業であるが、それによってある種の人生経験、思想がよみがえり、新たな人間の活動に結びつくことのほうがより意味深い。近代中国の先輩知識人の目線を透してハーンを読み返している自分もこの歴史のチェーンの一環にあることを思うと感慨もひとしおである。

ここ数年ハーンの作品を読みながら、思索したことをノートにとり、論文にまとめ、内外の著書、雑誌、学会などに発表した。その主なものを左に掲げておく。

「小泉八雲と周作人」(平川祐弘編『世界の中のラフカディオ・ハーン』所収、河出書房新社、一九九四年)
「中国における小泉八雲」(平川祐弘監修『小泉八雲事典』所収、恒文社、二〇〇〇年)
「小泉八雲與近代中国」(香港中文大学『二十一世紀』第六十六期、二〇〇一年)

Lafcadio Hearn's Influence on Chinese Literature in 1930s, HIRAKAWA Sukehiro (eds), *Lafcadio Hearn in International Perspectives*, 2001(一九九八年十月、アテネ大学で開かれた国際シンポジウムで口頭発表したものを加筆訂正した)
「中国近代文化史上的小泉八雲」(台湾大学日本語文学部編『後殖民主義——台湾與日本』二〇〇二年四月、台湾大学主催の国際学会で発表したものを加筆訂正した)
「小泉八雲論——中国知識人の視点より」(東京大学比較文学研究室編『ポスト・コロニアリズム——日本と台湾』二〇〇三年)

これらの論考をふまえながら、さらに史料を発掘し、その意味をじっくり吟味したうえで書き直したのが本書である。

考えてみると、身の不才を顧みず、ハーンの研究に指を染め、この小著をまとめるにあたって、実に内外の多くの方々の学恩に負っている。特に翻訳、基礎資料の整理を含めて日本における小泉八雲研究の重厚な蓄積がなければ、本書を決して書きあげることができなかったと思う。この場を借りて内外の先学同志に心から感謝の意を捧げたい。

なお本書が公刊できたのは、多くの師友のご厚意とご尽力のお陰である。長年私の研究を温かく見守ってくれた平川先生が初稿に目を通して、貴重な助言をくださった。私の友人、講談社の佐藤洋一さんに斡旋の労を執っていただいた。岩波書店の高村幸治さんが拙稿のオリジナリティを認め、過密なスケジュールの合間で原稿を丁寧にチェックしてくださった。日本語修辞の推敲のみでなく、内容についての適切なアドバイスは実にありがたいものである。そして編集実務の段階で、いろいろと馬場公彦さんのお世話になった。ここに記してあらためてお礼を申し上げます。

二〇〇四年七月

劉　岸　偉

主な参考文献（ハーン関係書のみ）

田部隆次『小泉八雲』早稲田大学出版部　大正三年
原田熙史『文明史家ラフカディオ・ハーン』千城　一九八〇年
森亮『小泉八雲の文学』恒文社　一九八〇年
築島謙三『ラフカディオ・ハーンの日本観』勁草書房　一九八四年
平川祐弘『小泉八雲——西洋脱出の夢』新潮社　一九八一年
平川祐弘『破られた友情——ハーンとチェンバレンの日本理解』新潮社　一九八七年
平川祐弘『小泉八雲とカミガミの世界』文藝春秋　一九八八年
平川祐弘『オリエンタルな夢——小泉八雲と霊の世界』筑摩書房　一九九六年
平川祐弘編『世界の中のラフカディオ・ハーン』河出書房新社　一九九四年
池田雅之『小泉八雲の日本』第三文明社　一九九〇年
牧野陽子『ラフカディオ・ハーン——異文化体験の果てに』中公新書　一九九二年
太田雄三『ラフカディオ・ハーン——虚像と実像』岩波新書　一九九四年
仙北谷晃一『人生の教師ラフカディオ・ハーン』恒文社　一九九六年
E・スティーヴンスン『評伝ラフカディオ・ハーン』遠田勝訳　恒文社　一九八四年
ベンチョン・ユー『神々の猿——ラフカディオ・ハーンの芸術と思想』池田雅之監訳　恒文社　一九九二年
ジョナサン・コット『さまよう魂——ラフカディオ・ハーンの遍歴』真崎義博訳　文藝春秋　一九九四年

平川祐弘監修『小泉八雲事典』恒文社　二〇〇〇年

The Life and Letters of Lafcadio Hearn, Vol. 1, ed. Elizabeth Bisland : Houghton, Mifflin & Co., 1906.

George M. Gould, *Concerning Lafcadio Hearn*, London : Adelphi Terrace, 1908.

Nina H. Kennard, *Lafcadio Hearn*, New York : D. Appleton and Company, 1912.

Vera McWilliams, *Lafcadio Hearn*, Houghton, Mifflin & Co., Boston, 1946.

Beongcheon Yu, *An Ape of Gods : The Art and Thought of Lafcadio Hearn*, Wayne State University Press, 1964.

Carl Dawson, *Lafcadio Hearn and the Vision of Japan*, The Johns Hopkins University Press, 1992.

■岩波オンデマンドブックス■

小泉八雲と近代中国

2004年9月17日　第1刷発行
2019年2月12日　オンデマンド版発行

著者　劉《りゅう》 岸《がん》 偉《い》

発行者　岡本　厚

発行所　株式会社　岩波書店
〒101-8002　東京都千代田区一ツ橋2-5-5
電話案内　03-5210-4000
http://www.iwanami.co.jp/

印刷／製本・法令印刷

ISBN 978-4-00-730849-9　　Printed in Japan

索　引

人名索引

ア　行

カ　行

サ　行

タ　行

ナ　行

ハ　行

マ　行

ヤ　行

ラ　行

ワ　行

書名索引

ア行

カ行

サ　行

タ　行

ナ　行

ハ　行

マ 行

ヤ 行

ラ 行

ワ 行